無名子集

이 책은 2013년도 정부(교육부)의 재원으로 한국고전번역원의 지원을 받아 수행된 '권역별거점연구소협동번역사업'의 결과물임.

This work was supported by Institute for the Translation of Korean Classics - Grant funded by the Korean Government.

韓國古典飜譯院 韓國文集校勘標點叢書

無名子集 5

尹愭 著

姜珉廷 校點

凡例

1. 이 책은 尹愭(1741~1826)의 文集인 《無名子集》을 校勘·標點한 것이다.

2. 이 책의 底本은 韓國文集叢刊 第256輯에 실린 《無名子集》이다.

3. 原底本은 후손 尹炳曦 집안 소장본으로 異本이 없는 唯一本이다.

4. 底本에서 判讀이 어려운 글자는 原底本을 參考하여 判讀하였다.

5. 底本에 쓰인 異體字는 代表字로 고치고 校勘記를 달지 않았다. 代表字의 판단은 韓國古典飜譯院〈異體字處理一覽表〉(2011)를 準據로 하였다.

6. 筆寫 과정에서 관행적으로 通用하던 글자는 文脈에 맞게 고쳐 쓰고 校勘記를 달지 않았다.

   例) 己 已 巳

7. 이 책에 사용한 標點符號는 다음과 같다.

   。   疑問文과 感歎文을 제외한 文章의 끝에 쓴다.

   ?   疑問文의 끝에 쓴다.

   !   感歎文이나 感歎詞의 끝, 강한 語調의 命令文·請誘文·反語問의 끝에 쓴다.

   ，   한 文章 안에서 일반적으로 句의 구분이 필요한 곳에 쓴다.

   、   한 句 안에서 병렬된 語彙 및 名詞句 사이에 쓴다.

   ;   複文 안에서 並列·漸層·因果 등으로 긴밀하게 연결된 句節 사이에 쓴다.

   :   직접인용문을 제기하는 말 뒤 및 話題 혹은 小標題語로서 文章을 이끄는 語句 뒤에 쓴다.

   " "' '   引用 또는 强調하는 말을 나타내는 데 쓰되, 1차 引用에는 " "를, 2차 引用에는 ' '를, 3차 引用에는 「 」를 쓴다.

   【 】   原文의 註를 나타내는 데 쓴다.

   ·   書名號(《 》) 안에서 書名과 篇名 등을 구분하는 데 및 모점(、) 하위 단위의 병렬에 쓴다.

《 》　書名, 篇名, 樂曲名, 書畫名 등을 나타내는 데 쓴다.

　 ＿ 　人名, 地名, 國名, 民族名, 建物名, 年號 등의 固有名詞를 나타내는 데 쓴다.

目次

凡例……5

無名子集 文稿 冊一

觀市說【己卯】……17

買刀說……18

祭星湖先生文【甲申】……20

名解……22

記驚【乙酉】……24

濯纓亭記……26

題《蟠桃海鶴圖》……29

題《小兒戲圖》……29

題《擊甕圖》……29

觀舟說……30

金進士家旌門通文【戊子】……33

《覺蒙千先》序……35

義原君行狀【己丑】……36

火罏銘……44

偶題棋局……45

與辛少年書……45

戲爲春帖……46

又戲作連珠體……46

天圓地方說……47

孔子誅少正卯論……48

孔明可興禮樂論……50

僞遊雲夢論……52

祭安岳鄭生【垣】文……55

良、平不與元功論……59

晚悔窩記……61

伯夷、太公不相悖論……62

《輪誦要選》序……64

畫屛序……65

沈從叔【壽錫】《東遊錄》序……67

恒窩序……67

講說……68

答金長卿書……70

書翼兒《詩東人冊》……72

與柳士衡【詢】……72

晚悟堂記……73

禱痘神文……75

梧竹齋記……80

祭伯氏文……82

大隱巖記……87

乙巳立春乃甲辰臘月二十四日申時也, 戲作連珠體……88

代人作祭其妻祖文……88

闢異端說……90

又。記答人之語……95

和窩記……97

權氏廟重修完議小識……98

名字謎……98

白木硯匣銘……99

與內從侄權俔……99

和窩上梁文……100

九樂軒記……106

無名子集 文稿 冊二

全體 缺落……113

無名子集 文稿 冊三

書壁自警……117

飮說……127

戲語合識……128

代燕岐鄭弘暹，上蔡左揆書……129

庭誥……131

輩行相繼錫名說……134

《文章類選》序……136

以山訟呈議送于京畿監司徐鼎修……137

通津府使李觀賢報狀後議送……139

又呈議送于新監司朴祐源，受題辭後書……143

新府使金履容查報，新監司鄭昌順題辭後，又書……145

無名子集 文稿 冊四

余前有《名字謎》，四言解一字，終不厭于心，
乃以八言解一字……149

《數彙》序……149

《古今韻語》序……150

與李持平【基慶】書……151

答辛太素書……152

昔在端宗朝，巡撫使宋侃奉命出使。及還，端宗已遜位，
宋公復命於寧越，仍痛哭而出。及端廟升遐，服衰三年，
逃之興陽地。興，湖南大海邊地盡處也。其家人尋得之，
仍家焉。放浪於山巓水厓，或慟哭終日而歸，人目爲"狂老"。
自號西齋，至今號其遺址爲西齋洞。其將死，遺命曰：
"葬我於樂安薇原。"至當宁朝，表忠獎節，靡有餘憾，
乃贈職贈謚。余奉命宣忠剛謚于西齋洞遺基之祠。其翌，
鄉儒將行禮成祭，請祝文於余……157

朱子影堂上梁文……157

以任哥養子事，報禮曹狀……160

答李判書【秉鼎】別紙……162

以逋吏金彦一事，報監營狀……163

以金應天做出歌謠事，報監營狀……165

以歌謠事，因營題更報……166

又以歌謠事，因營題更報……167

又以歌謠事，因營題更報……168

以邪學事，因營題報狀……168

農形報狀後，因營題更報……169

以白彝齋祠院事，報監營狀……170

以影堂、祠院事，因營題更報……171

又以影堂、祠院事，因營題更報……172

又因營題更報……173

罷邑內場市曉諭文……173

曉諭各面民人文……174

答李判書【秉鼎】別紙……175

供辭……179

識藍浦時事……180

記在囚時事二……187

答辛太素書……188

警兒輩，又以自省……189

蓮谷書塾上梁文……196

坡平尹氏世乘後識……198

題圖石……200

代人作祭其妻姊文……200

與成友【鎭泰】書……201

與再從弟書……202

書《太學恩杯詩集》……203

紙箕銘……206

曉諭黃山本、各驛所屬……207

《黃山學堂節目》序……208

以驛吏金有大事，移文金海……209

又以金有大事，報監營……209

以築堰事，報監營……211

以機張事，報監營……212

以加徵事，移文東萊……213

以鄭億伊事，移文梁山……214

傳令十五驛……215

代梁山倅，祭其友文……216

代梁山倅，作監·統·兵·水營、慶州府五處正朝禮狀……217

與從弟忱別紙……219

中考後記與客問答……220

余素癡拙，老病而聾，旣無所聞，亦無所言，雖有其心，
莫得而宣。是謂之啞，眞天下之棄物也。因爲銘以自寫……222

照鏡自贊……222

庭誡……223

無名子集 文稿 冊五

勸學文……229

疑題三……232

萬景齋記……233

年前爲《勸學文》以示兒，復爲文以示之……234

雜說三……235

客有好事者，爲余談古，蓋寓言也。因記之……237

疑題……238

讀書隨筆……238

自警……239

記異人……240

答人論文書……242

書《壬子文武榜目》後……248

書《實錄廳題名記》後……249

論科舉……250

論監司之巡歷、褒貶……258

書《湖洛心性辨》後……261

又總論于後……282

辭獻納，兼請譴疏……283

代人擬與吏曹判書書……288

記丁卯七月二十八日事……290

削職敍用，復拜獻納，避嫌啓……291

種瓠說……292

記不可知者……293

無名子集

文稿　册一

觀市說【己卯】

余有事適廣州，由仁川取路，憩於墟所。是日，赴墟者蓋以千數，各持廢著售衒，嘵嘵然校贏量縮。忽一人失聲走。一市人隨而大崩潰散走，棄其貨物。或百步或五十步而止，始矍然相問其故，初不自覺其爲何事所驚動。

　　余怪而詰之。皆不能知其所以然。傍有蕘者前，曰：“俄有一獐，自山上趨下，蹂落木，蕪蕪有響。彼一人妄驚怪，挈一市而走，初不知其爲獐也。市人望風而奔，亦不知其爲何事也。此甚可笑。然我幸而得免走者，以爲獐而見之也。若混於市，則難乎免矣。抑子之不見獐，而獨不走而詢之者何也？”

　　余曰：“爾之不走也，以有所見，爲不走也；吾之不走也，以無所見，爲不走也。且爾雖不走，不見獐則走矣，惡在其不走也？吾雖不走，不知其不可走而反生疑怪，惡在其不走也？自其走而言，則爾與我固不走也；自其不走而言，則我與爾皆走也。然則直不百步，五十步耳，是亦走也，又何暇笑彼哉？”於是市人相與招聚反來，質於蕘者。蕘者具道其所見。乃各依舊坐貨。

　　噫！奚獨市爲然？凡世之聞訛而驚，望風而動，增衍其所聞，張大其所見，鼓天下之人而走之者何限？古語曰：“一犬吠形，百犬吠聲。”形而走者，市之驚獐跡者也；聲而走者，市之隨而走者也。不但聲而走，又有以無聲之聲，自走而走人；人之走者，又不自知其何爲而走也。嗚呼！其亦惑之甚矣。

由市而大之，則天下也；由獐跡而大之，則小人之流言也。隨人之謬而增之者，百步者也；詔人之訛而附之者，五十步者也。隨波而靡，喪其本然之心而不知者，市之棄貨物而走者也；不知其所以然而貿貿倀倀載胥及溺者，市之相問其故者也。有大人者觀之，則得無蕘者之笑乎？有仁人者聞之，則得無閔蕘者之笑者乎？吾於是乎有感。

買刀說

余買一小刀於行貨。其體至朴，其用至鈍，以試諸物，不缺則卷，蓋天下劣材也。余因鞘以牛尾，佩之衣帶。

客有過者見而唾之，曰：“惡用是買爲哉？甚矣！子之無眼於劍也。且物有幸不幸。是刀也曩遇知者，則將麾之不暇，又焉得爲人用乎？惟其遇不知者，故得爲之用，又從而珍之，其亦刀之幸而遇子也。抑是刀也不遇子而爲田夫、販婦之所有，則亦不可謂不稱其人。其於渠也，尤豈非大幸乎？今子佩是刀而居家，凡用之者，莫不病之；携是刀而出遊，凡見之者，莫不嗤之。一則尤大冶之無金，二則笑吾子之不知，其亦刀之不幸而遇子也。”

因出所佩刀以詫之，犀作其欛，銀飾其室，外固足以驚人眼。試拔而拭之，則霜雪之色，吐花而耀月；舉而指之，則踴躍之氣，斬蛟而截玉，信不可與余刀同日語矣。

余曰："子之刀，信寶矣。然顧無用，未若吾刀之有用也。子徒知刀之美者之可好而不知人之用之之有當，徒知吾之不知之無眼而不知子之能知之無眼。子之刀雖寶，亦吾所不願也。"

客曰："何？"

曰："夫劍之用，在人不在劍。是故古人論劍，有天子、諸侯、庶人之別。今子以若刀求若用，將焉所施哉？亦不過用吾刀之所用而已。

吾刀雖劣，亦優於吾一身之用。吾之遊戲翰墨也，引是刀以裁割紙牘，有餘用矣；吾之徘徊園畝也，抽是刀以刜華果蓏，有餘用矣。以至於剪吾指爪而其用足焉，備吾廁籌而其用裕焉。凡吾身之逐日要用，是刀皆足以當之，若是則不既有用矣乎？

吾自幼讀古人書，志聖賢道，而學雕蟲小技，殆數十年，無一事成，吾之才可謂魯矣；吾力未能挽一弓，心未嘗在大劍，吾之稟可謂拙矣。是雖有倚天之劍可以斬長鯨、龍光之刀可以干斗牛，於吾身不翅若宮人之戟、盲者之鏡也。

況今聖明在上，八域晏粲，偃武修文，銷兵鑄甲，弓劍積武庫之塵，鬢白鋤桑柘之影，熙熙然人自忘於春臺玉燭之中而不知刀劍之有用，伊吾之鳴、楚城之麾，漫入騷人揮塵閑話。則吾見子之刀無用於此世，未若吾之刀切於日用也。

且子誠有覺於此而猶為之，則是不過欲誇衒於人，取勝於佩飾之間而已也，此又不可。凡物有其實，然後其名可取；有其用，然後其美可稱，苟無其實用而徒取其名美，則未有不招譏笑於識者也。子其愼之。"

客曰："以吾之刀，易子之刀，則何如？"

曰："不願也。夫易也者，以彼此之物相類也。是故以粟易械器者，不爲厲陶冶；以械器易粟者，不爲厲農夫。吾嘗見今之以附身之物相易也。見人有好，則不計己之美惡，皆曰：'易之！'以布易錦，以石易玉，己不知愧，人亦恬不以爲怪。此所謂舍曰'欲之'而必爲之辭者也。吾竊駭是習，平生未嘗易一佩用於人，又安肯以子之所病，而易子之所寶也哉？

今吾之刀，以其劣而幸爲吾之用；子之刀，以其美而幸爲子之用，得其所哉，何以易爲？故論其價，則吾之刀固不敢希子之刀矣，吾所不爲也；語其用，則子之刀又不若吾之刀矣，吾所不願也。爲我謝吾黨，學吾之刀，無學子之刀。"

客默然有色，收其刀而退。遂閉戶而記其酬酢。

祭星湖先生文【甲申】

維甲申八月某朔某日，門人尹愭哭告于星湖李先生之靈曰：
嗚呼！先生生於辛酉。又辛酉，愭也生，又二十年庚辰，始摳衣門下。先生時則蓋八十春秋矣，而精力尙王，聰明不耗。心欣然以爲生雖晚，地雖左，庶幾得遂平生聞道之願。於是跪而問一言可以終身服膺者，先生曰："吾道只在《論語》一部，子歸而讀之。"時適行忙，唯唯而退。

辛巳冬，又進丈席，承誨移時，吟風弄月以歸。昨年癸未秋，又趨拜，則先生擁衾，謂曰：「余病矣，恐不復相見。子有資與才，子其勉之。」顧以年少新學，猥蒙獎詡之隆，況且訣別之意，愴然於辭語之間，不覺感涕之自隕，而尙謂天壽仁人，一時微恙，未必爲憂。時以應舉不得留連，容竢他日更聞至論矣。孰謂斯言便作千古耶？季冬，先生易簀。小子又以事滯遠，旣未得躬承末命，亦未能展哀殯葬。追惟先生疇昔之惓惓，小子之辜負多矣。

嗚呼！小子承先生顏者，纔四年三次爾；所親炙者，暑刻間警咳而已；所質正者，《小學》中難疑而已，曾未有沐浴薰陶於日月之久，而一朝遽失平生之依仰。今而後，小子何從而得聞古聖人之道也？

嗚呼！小子何足以知先生也？雖然，蓋嘗有竊慕而鑽仰者。先生氣豪而德醇，顏和而言節，望之儼而卽之溫，守之確而行之安，使人如坐春風，如立寒雪，疊疊焉循循焉，覺吾之小而不知日之不足也。

嗚呼！使小子之生早得數十年光陰，亦足以酬願學之志，而纔奉杖屨，未及究其萬一，則小子之不幸甚矣。然而先生之德容，小子猶及瞻之；先生之言動，小子猶及驗之，則視他人之以未及門下爲恨者，亦遠矣。其亦幸也。先生之所著述甚多，則聖學之淵源、議論之高明，小子逝將讀而習之，猶可得前日未發之蘊矣。

此豈非尤大幸也耶？

嗚呼！士之生斯世也，無傳習之所，則雖有志者，率皆貿貿焉莫知所之。是故才未嘗乏，而功無由就。今小子幸有其所，而天不早小子之生，又不假先生之年，終抱此生無窮之恨。嗚呼痛哉！

先生之儀刑，不可得而復覩矣；小子之愚蒙，不可得而復叩矣。獨有《論語》一部，所以守先生之訓而不敢失墜者，庶其在此。

明靈不昧，監此衷曲。嗚呼痛哉！

名解

余友有某人，以白過見忤於邑太守，有冶長之災，多見下穽之石，莫有垂智之綆。親戚故舊遑遑吐舌，其至親有一人，愍其橫逆，凡拯救之道，靡不用極。

某人，素所信仰，文狀潤色，伻使往來，皆聽其指揮。一日某人謂余曰：「吾有宿痾，且以橫厄，久在縲紲，欲達此意於太守，冀其憐悟。子為我構其書。」

余哀之，卽草成以示其至親人。其人看畢，忽怫然曰：「如此，必然觸怒，且文甚不佳，不可用。且向某甲請之。」某甲卽其隣名於文者也。

傍有一人知其非公言也，卽詭應曰：「此乃某甲所撰也，執事何無藻鑑耶？」其人乃熟視良久，曰：「然乎？更視之，此亦無妨。"又良久，曰："此好矣。固是某甲手段也。"又良久，以手拍案，曰："我泛看，幾失好文。此文一上，必然得釋。某句語、某文字，奇哉妙哉，非某甲，吾知不能也。"遂許書上。

余出而語傍人曰："甚矣，私意之不可容一毫於方寸間也！私意一加，則<u>西子</u>可變而爲<u>無鹽</u>，<u>盜跖</u>可化而爲<u>伯夷</u>。非其眼之異於人也，非其心之殊乎衆也，由一私意做出來無限不好底光景。甚至於冠屨倒置，乾坤失位，無一物一事得其本色者矣。其不祥孰大焉？

此文固一箇文也，視之以吾之文則不可，視之以某甲之文則愈視而愈好，　此<u>虞訥</u>所以詆於<u>張率</u>而媚於<u>沈約</u>也。[1]非其文之幻於卽地也，非其眼之更於俄頃也，所以視之者然也。然則文之好否，果何與乎？亦由於有名與無名而已矣。自識者觀之，則其見笑不足羞，其見詡不足榮。而抑世之不以名爲眼者，其幾人哉？

某甲早登科目，颺聲藝苑，其名已足以矕人心眼。余雖自幼讀書，志學古聖，而年過弱冠，尙爾龍鍾，蓋無一事足以得人之推服，平居自反，不寒而栗。今此一事，尤不勝其內訟，則鄕也夫人一抑揚之間，未必不爲羞怍自勉之一大助也。然則於余與，不旣有益矣乎？

但古聖人不以人廢言之義，遂廢而不講則戚矣，又何誅乎？昔<u>退溪</u>先生嘗於村舍，聞人呼'<u>李書房</u>'，以爲呼己，徐察

1　此虞……約也：底本에는 교정부호와 함께 行間에 小字로 기록됨.

之，則乃村夫也。退溪以爲‘此實由於我亦李書房，彼亦李書房，其稱無異也。故致有此辱’，因此加勉，卒登科，遂成大賢。余之所自取者，無亦類是乎？”

傍人曰：“我適間意甚笑之而已，今聞子言，非但子所自勉也，吾亦有所猛省。請終身佩服。”

余遂歸而記之，欲時觀而自警焉。

記驚【乙酉】

上之四十一年乙酉暮春者，上行謁聖禮。前一日，四方儒生咸集于明倫堂下，蓋以其翼將設科取人也。余亦與於計偕，獲覩吾君八耋之年，躬行盛擧，暨王世孫隨其後克肖，羽旄管籥之美環橋門者億萬，竊不勝愛慕欣抃之忱，拱而觀之。

是夜第四鍾，上親酌獻聖殿，百執事罔不精白執豆籩駿奔。未及終禮，一場屋忽大驚潰，亂喊狂奔，闐闐乎騷騷乎有若波濤捲海、風霆蹴天。與余同位者，有睡者，有坐者，亦莫不從風而散。余甚怪之，欲詢其由，則傍已無人矣。迺擧目四顧，但見無數冠儒冠者，叫呼惶惕，狼狽奔走，自相推倒。久而後乃定，各還厥位。余乃逢人則問，皆云：“不知。”俄而上命宣傳敻視，譴大司成。

余仰而歎曰：“噫！此變之大者也。儒林，國之元氣也；聖廟，乃儒林之所宗仰而國之所恃以爲國也。今上率世孫，躬行奠禮，濟濟多士肅穆盈庭，則此何等盛擧，何等地面？

而乃於聖廟深嚴之地、帳殿咫尺之間，轉相驚動，疑走虛喝，挈一場而駭之；其從之者又莫知其所由，而徒遑遑焉若焚巢之衆鳥、遇伏之敗軍，載胥及溺，靡所止戾，至使上心驚疑，國子被責，不敬孰甚焉？如此則宗仰聖廟之意安在，而國何所恃以爲元氣而以爲國乎？

嗟夫士者，修於家而行於朝者也。今日之所取者，不過此中人耳；他日之揚揚政事堂，行呼唱於道路者，亦不過此中人耳。以如此之人，而以如此之樣，出而事君，則以之爲史臣，其能秉筆而直書乎？以之爲諫官，其能犯顏而廷爭乎？以之分百里之憂，其能清簡而愛民乎？以之處廟堂之上，其能論道而經邦乎？脫有不幸，兵革之警一朝卒起，安危之機在於呼吸，則其能坐而運籌決勝，進而伏節死義，鎮安於震撼擊撞之時，調和於紛綸槃錯之際乎？此則不待智者而後知其決不能也。

然則國之取士，將焉用哉？噫！今年設科，取此等人；明年設科，取此等人，以至於十餘年之後，則布朝行據祿位者，殆盡是也。吾未知是時又有幾番大驚潰也，其不祥又孰大焉？"

或有解之者曰："條侯軍中夜驚，擾亂至帳下，亞夫堅臥不起。史特書之，千古以爲美談，此固非人人所可能也。子何以亞夫之事，責睡中人哉？"

余曰："陋哉，子之言也！君子責人，必欲其善，不曰'彼不能也'；觀人，必於不意，不曰'勢固然也'。夫人以聖賢豪傑自期，猶患不至，況以亞夫爲不可及，則其所安者爲何等人耶?

亞夫，漢之一將軍耳，其臨敵應機、料變鎭衆之術，猶尙如彼。而況君子正心誠意，窮理居敬，凡天下之事變，舉不足以動其胸中，則一遭不意之擾亂，不問東西頭尾，遽輒忙亂叫走，與帳下同歸，豈有是理哉?

余慨夫世之所謂儒者實未嘗留意於學，而專尙躁競，惟務藻繪，忘廉棄恥，東走西乞，以爭得失於一夫之目。其平日所爲，固有似於此者。故於衆中之虛驚，隨波助瀾，曾未有一人砥柱於中流。小者如此，大者可知；虛者如此，實者可知，可不懼哉? 可不戒哉?"

於是乎退而記之，重以自警省焉。

濯纓亭記

環漢陽城三面皆水也。澄潭淸瀨，明沙白石，逶迤屈曲，處處奇勝，士大夫往往置亭臺供遊眺。

最西有數間一小亭，山水風景，比東南更絶。三角、臥牛鎭其後，冠岳、靑溪拱于前，左控五湖之勝，右攬二水之奇，別於天作。臺上俯臨自然鏡面，高而不露，濶而不散，咫尺市朝而耳絶喧譊，尋常煙火而身疑羽仙，信乎亭之得地也。試觀亭下有水，大小帆影，隱隱拂簷櫺上過；水外有沙，十里玉屑，瀅瀅繞汀洲邊圓。沙外有水，一帶淸光，與沙內水特異；水外有村，列岸疏煙，視水內村尤奇。又有若島若林，若巖若徑，花柳於粧點，樓臺於色態。鳧鷗以幽閑之，簫鼓以富貴之。釣歌、樵謳，帶落照而遞歸；漁火、商棹，忽深夜而來往。風雨也煙月也，氷雪也楓菊也，四時光景，萬千其狀。朝暮頓變，遠近各殊，醜者反爲妍，俗者反爲雅。凡無限分外不意之物，舉爲吾眼中賞，左右呈獻，應接不暇。是無乃造化兒故爲此一片亭地，先設無數奇觀以飣餖之，而畢竟結局於終條理，以關鎖萬里長流之氣勢耶？何其壯也？

亭之號曰"濯纓"，蓋取水之清也。余偶借居之，日夕臨流而濯纓，馮欄而樂心，因其名而竊有感焉。凡天下萬事，蓋莫非滄浪之自取也，清斯濯纓，濁斯濯足。纓之濯，固其清有以自取之也；足之濯，亦其濁有以自取之也。

今此水幸以其清而人以纓之，纓之而又以亭之，亭之而又以名之，名之而又以流之於終古。人雖有欲淆之者，吾知其必不能也，是由其眞自有清之實而非假名也。苟有一毫過情，則國人皆將下流之矣，又安能得此聲於洗心、挹清之間哉？

伯夷，清之聖也，故天下之論清者，無愚智皆歸之；盜跖，惡之極也，故天下之語惡者，亦無愚智皆指之，此非其所自取乎？以物言之，則山林樓觀之遇不遇、禽獸草木之幸不幸，皆自取也；以事言之，則吉利尊榮之至、侮辱毀伐之來，皆自取也；以人言之 則智愚賢不肖之歸、敬怠義欲之驗，皆自取也。自取而諉之勢與命，歸之怨與尤者，非愚則妄也。

余自幼讀聖人之書，求修身之方，殆過數十年，而鹵莽者不除，滅裂者益甚；家貧親老，屈首赴舉者，又殆過十餘年，而無所成名。知繩墨之爲患而不能改，知桔橰之爲便而不能從，轉喉觸諱，搖手覆洎。以肉則値熱，以漿則會涼。炎燠烈烈，衆風我爐；雪霜貿貿，衆貉我絺。醇旣釅而人我涹，芬旣馥而人我薲，莫往莫來，自信自守，踽踽倀倀，進退無據。畢竟資身之策，不過從人借宅以寓居，則斯亦可謂自取之甚者矣。噫！水以清而自取濯纓，亭以得其地而自取美名，而吾以迂懶而自取龍鍾。物能善於自取，而人獨不善於自取，其可愧也已。

抑吾之借居不于茲而于他，則其能須臾飽此無邊之風光乎？而幸得朝於斯，暮於斯，優游於斯，弄一泓之澄波，溢極目之清興。管領豪富景物，閑者便爲主人，有若自己之固有，忽忘一錢之不買。視彼無數亭臺之鎖到老不曾來者，不可謂無所得，則其所以自取者亦云美矣。

儻非鄉也自取之不善，則安得有今日自取之善乎？然則吾之平生所自取者，果無負於斯亭；而亭之得吾以爲主，未必爲自取之不幸也，其亦奇矣。余樂其清，感其名，旣爲之記，又虞孺子而歌之曰："滄浪之水清兮，可以濯我纓。如有不濯纓而濯足，夫何損乎水之清？"

題《蟠桃海鶴圖》

此桃三千年一結子，不知被南牖小兒幾番偷喫？鶴應在傍知狀。

題《小兒戲圖》

小兒戲紛紛不一，有採蓮者，有鬥雞者，有角抵者，有坐小車而前挽後擁者。世之慕身外而逐虛名者皆是也，但不知誰能高臥欹枕看耳。

題《擊甕圖》

甕穴，水注滿庭，何？為甕傍小石所擊也。擊甕何為？救甕中兒也。甕中有兒，何？群兒共遊，一兒跌也。不思全甕以拯而擊之，何？沒者轉晒且無奈而救者力不暇他也。

彼衆髦目瞠，如頸縮如風靡，鳥竄奔迸，蒼黃走急而仆於地者、既仆而復還坐回顧者、方走而惟恐後者、已走而隱身屏息相問奈何者，雖厥狀不同，其意莫不在甕間，何？無計援其溺而倉卒駭懼，姑以欺長者之耳目也。

兩髦髧髧，眉目秀雅，凝爾有儼，巍然獨立，不動聲色，疾運神機，石落甕拆，水噴兒出。一舉手之間，生死兒而措群兒於泰山之安。視他走者，其年不能長，其體不能加，其力不能勝，而彼如彼此如此，何？汗血之駒固有以異於果下，凌雲之芽固有以異於擁腫也。

擊甕兒爲誰？他日史所稱溫國公司馬光也。

觀舟說

余借居濯纓亭，亭在城西，壓臨長江。江中上下帆影，從簷櫺間過，大小高低，隱隱然如幻如畫。余日馮檻觀之，欣然若有契於中者。

夫舟，一無情之物耳，何其似乎吾人之學也？觀夫剛毅而木訥，近乎仁；潮汐而往來，近乎信。虛中受物，非君子休休有容之量乎？任重致遠，非君子死而後已之工乎？近而周旋乎浦漵之間，遠而窮極乎海天之際，有似乎放之則彌六合，卷之則退藏於密也。內而間架深廣之井井，外而棹橈旗帆之堂堂，有似乎外極其規模之大，內盡其節目之詳也。博施濟衆，不亦仁民之至意乎？先登于岸，不亦造道之極致乎？小舟有小舟之用，大舟有大舟之用，君子之用人而器之也類之；順流有順流之具，逆水有逆水之具，君子之隨時而通之也肖之。

若夫煙汀月洲，短棹輕橈，人恰受於兩三，水如坐於天上，消搖乎翱翔乎，載釣竿之閑趣，送漁笛之清響，其巢、由漫浪之象乎！大海風濤，柂傾檝倒，人皆無乎面色，惟副手之梢工，運智焉奮力焉，截層浪之贔屭，奏危檣之利涉，其周、召暨濟之義乎！

　　水非舟，無所於載；則衆非后，何戴也？舟非水，無所於行；則后非衆，罔與守邦也。不量其力，大言輕進，欲以漏船之沈醉，妄犯陽侯之危險，自取臭載之禍者，是非無其才德而貪位慕祿，履盛滿而不止，卒敗滅而莫悟者耶？備其器械，一其心目，揣萬全而用力，棄危道而不由，中流而有風波之慮，則斂帆橈而勇退，就渚港而駐泊者，是非畜其德業，以道而進，務正己而御物，不曲學以阿世，一有斯舉之色，則見幾而作，不俟終日者耶？

　　又有獲全安於險濤之中，而反顛覆於安流之邊，所謂"有備則無患，而所忽則患生"也。出惡聲於有人，而息禍心於虛船，所謂"有跡則易疑，而無心則自公"也。

　　及夫雨集潦盛，水漲灘急，則逆流者必以百丈挽之。人雖少而專心致力，則其上也易；人雖衆而戲怠虛徐，則其上也難。或有不勞而上者，或有困而後上者，及其上則一也。或有幾盡上，而忽泄緩失手，一退十里者；或有人皆上，而獨憚於用力，自畫中止者；或有盡其力，而不得其上之之術者；或有欲其速，而反不達者。不猶吾學之篤信力行則可至於聖，以怠勝敬則終不可入；與夫生知者，困得者；山虧一簣，井未及泉者；中道而廢，自暴自棄者；心非不慕，行非不力，而未能眞知，終不免誘奪於外物者；妄思躐等而卒不有進者之有萬不同乎？然而遲速雖不同，及其成功則一也；過不及雖不同，及其下流則一也。嗚呼，其可懼也已！

蓋嘗因是而論之，水之來，不知其幾萬里也；逶迤曲折如環之回、如帶之繞者，又不知其幾萬狀也；激射衝搏，躍於石而擊於岸，怒則雷而噴則雪者，又不知其幾萬變也。然而其性則天下之水一也。舟之形，不知其幾萬樣也；順流逆泝，風利而掛席，灘險而牽纜者，又不知其幾萬殊也；輕而駛，重而遲，器械之利鈍、篙師之巧拙，又不知其幾萬條也。然而其性則天下之舟同也；至於人，何獨不然？人之面，萬不同也；妍醜長短、強弱捷鈍、壽夭貧富、貴賤歡戚，又萬不類也；上自上聖，下至下愚，氣質之清濁、培養之得失，又萬不齊也。然而其性則天下之人同也。同者何也？理一也。水之清而可以就下者同也，舟之浮而可以運載者同也，人之善而可以至聖者同也。

然而皆有所異焉，異者何也？分殊也。水之清而不為物所濁者、濁而不能保其清者，與夫澄潭者、波瀾者，過額而在山者、逆走而橫擊者，異也；舟之如鳧鷖、如鯨鯢，柔櫓之鴉軋、巨浪之出沒，吳檣也、楚柁也者，異也；人之純乎天理而生知安行者、溺於人欲而醉生夢死者，反之者、學之者，與夫駁雜而不一者、放失而不求者，異也。其同也固天理之本體，而所以為萬殊之本；其異也亦天理之自然，而初不害其為同也。

且夫水不舍晝夜，放乎四海，往者去，來者繼，未嘗有一息之間斷，而未嘗有所增減於其間。是果孰使之然哉？維天之命，於穆不已，日往則月來，寒往則暑來，一往一來，而不言之妙，於焉而寓。達而觀之，則吾與舟均是其中之一物耳，又焉有所擇哉？今欲以尾閭焦土之說，而窮其極，則誕也；以坐井守株之見，而拘於泥，則惑也。噫，其難言也！夫子曰：「天行健。君子以，自強不息。」吾於觀舟而有感。

金進士家旌門通文【戊子】

子之爲親而孝、妻之爲夫而烈，　此天理之自然而民彝之同得者也。然而從古及今，以節孝特稱者，蓋罕而有焉，誠以臨大故而決一死者，在恒人爲極難。

而極難之中又有尤難者，非死之難，處死之難。凡人之情，慘毒卒遽，不能自忍之際，則慷慨決之或易；而時移事往，志意稍定之後，則從容就之甚難。苟非烈行卓節，根於性而審於義者，不可與議於此矣。是故國家所以表宅里而樹風聲、士流所以好是懿而揚厥美者，尤以是爲重，而天下後世之所仰慕而不已者也。

可以當此者，其惟近故進士金公聖迪之妻恭人原州李氏乎；而其子頤默之至孝，又非凡兒所可辦者。則一室之內節孝竝萃，其不可以堙沒無稱也明矣。

李氏平日端莊淑貞，事舅姑以孝，奉祭祀以誠，閨範無違，令聞夙著。前遭舅姑之喪，六期蔬食，一心哀毀。繼以金公之疾四載沈綿，躬親扶護，晝宵焦煎，貧窶雖甚，藥餌必備；及至危篤之境，則夜半露庭，祈天請代，如是者閱累朔如一日。丙戌五月，金公竟不起。李氏叫叩昏窒，日至數三次，而凡於殮殯之節，猶能强自看餙。成殯之後，閉目緘口，委頓苫席；至靷行，素轎隨柩，臨壙永訣。

自是氣力日漸漸綴，若不保朝夕，而以葬地之不叶，必欲移窆，抑哀强飲，支過時月。及其更占山地，將以戊子二月二十六日行緬禮，李氏旣經紀葬需，又備藏自家斂襲之具，迺於前三朔丁亥十二月二十六日，仰藥自盡。蓋豫計其月數，欲因而爲同日、同穴之地也。

李氏之初不死，非不能死也，乃欲保護其子女，又慮移葬之遷就。故延過歲月，待葬日之定，然後徐爲之所，一以順克襄之禮，一以遂同歸之志。稱量輕重，安保逝存，使節義情禮曲盡無憾者，乃素所蓄積於中而良有待於後也。抑情於難抑之時，決義於難決之日，不爲匹婦溝瀆之自經，而能辦君子從容之就死。此非蘊卓絕之行、審義理之正而能之乎？

且其子頤默年今十四歲矣，而誠孝出天，已自金公病革之時，輒欲血指，而爲傍人所沮。及李氏之屬纊，乃斫指折骨，呼泣垂血，幸得少甦，食頃而後遂絕。是兒年未滿志學，知不過童蒙，而能此者，豈非至性之攸發？而抑可以見天理民彝之有不容自已者也。

嗚呼！從容就死，死得其義，丈夫之所極難，而李氏以婦人能之；斫指流血，以死自盡，長者之所希罕，而頤默以童子行之，此豈尋常之人强勉所能者？而之節之孝，眞可謂有是母有是子矣。

雖在閭巷下賤有此一節，其在敦尙褒勸之方，不可無旌彰之舉。今此金公之門，妻則烈，子則孝，一時巍卓，而不思所以表揚顯示之道，則庸詎非士林間羞恥之端而爲朝家一大欠事耶？玆敢因一洞上下之公稱，歆古昔旌別之盛擧，徧告于同志之諸君子。竝賜鑑燭，特軫矜賞，趁時呈于儀曹，俾得轉以上聞，幸甚。

《覺蒙千先》序

人情有子，莫不思所以敎之。而敎之之術，亦必先易而後難，急近而緩遠，然後用力省而收功倍。苟或欲速圖大，冀之以難能，强其所未及，則是猶馬之未成而銜轡之駕軛之，以責其鳴和鸞淸節族也，吾見其不能尺寸行也。

間讀書，稚子方四歲，從旁以手問之，輒能識有，殆百有餘言，而披歷浩汗，擇而不精。因念敎小兒之書，有所謂《千字》、《類合》者。世以此爲最初發軔，而皆無先後緩急之序，或有濫竽遺珠之歎。余病之，蒐輯選撮，近取諸身，遠取諸物，進其凡而退其罕，詳于實而略于虛，五言成句，類而韻之，不雜不重，滿千而止，命之曰《覺蒙千先》。要以便於領習，不甚至於茫洋也，非敢外他人之所尙而別爲之地也。若能因是而讀而誦之，識而通之，則夫義理之已然、古今之成迹，直次第事耳。汝勉之哉！

抑古人有詩曰："人生識字憂患始，姓名粗記可以休。"又曰："人皆生子願聰明，我被聰明誤一生。"吾非不知此書之成洒爲汝憂患之始，而以其所以自誤者願汝也。蓋生於憂患，未必不爲玉成之資；而人之聰明，亦在乎所以用之如何爾。騏驥有千里之德，而不遇則鹽車，不可以懲鹽車而遂棄汗血也。爾其從此進步，無安於姓名之粗記而能爲聰明之可願，則乃父之志也。於是弁以爲祝。

義原君行狀【己丑】

公諱爀，字晦仲，自號謹獨堂，仁祖大王之曾孫，麟坪大君忠敬公諱㴭之孫，福寧君諱栯之子，司憲府持平許公悅卽公外王考也。

純文王二年辛丑八月十三日，公生于駱東第。幼被王朝麟趾之化，長襲家庭詩禮之訓。天資孝友，敏而好學，折節爲行。

甫十歲，丁福寧君憂，執喪如成人。

顯義王元年乙卯，三加，初授義原正，旋陞都正。蓋是時公已通四書、二經矣。

丙辰三月，上親講諸宗經學，公以《論語》居魁。上大嘉之，命加資、封君。十月，行醮禮。

丁巳，以推恩陞中義，兼都摠府副摠管。

戊午，辭遞，從伯氏陽原君入楓嶽，遍探關東名勝而歸。

己未，謀印出仁、孝、顯三朝御筆，上疏封進。上優批，命加承憲。是歲，上觀武才於春塘臺，命諸宗射侯，公三中。有錫馬之典。

庚申，公仲父罹禍，公坐竄金海，陽原興陽。

癸亥，量移近地，由金海襄陽，由興陽通川。

戊辰，太夫人凶音至，拘於法，不克星行，惟日夜號慟。及襄，遙泣血，爲文送納諸壙，聞者莫不哀之。

己巳，有一廷臣上疏曰："福平與陽原、義原，親則王孫若王曾孫也，或在絶島，或在海濱，愁居慴處，已經十餘寒暑。如使三人者被霧嵐瘴毒，有不終其天年而死者，殿下豈不病尺布斗粟之謠乎?"公由是得蒙恩宥。

庚午，卜居于坡州沙村。

壬申，特教授職牒。

癸酉，遷忠敬公墓，上命給抱川旺方山二崗及東園材，他賜予甚優異，親製祭文，御筆繕寫，遣近臣致祭，宸翰極其懇惻鄭重。又有公兄弟特敍之命，仍接見於宣政殿。上曰："予意既悉於祭文，實非偶然，而追思前事，良可憞愧。今特收敍，開示予意。安心行公。"仍命宣醞，又賜內廐馬，各殿俱有賜物，異數也。

是歲十月，自坡山移住氷湖戴恩亭。

甲戌，卜新第於雙里洞，頗有幽勝。讀書之暇，輒杖屨逍遙其間。

是歲三月，公與諸宗英承召詣闕。上出後苑，御映花堂，東宮侍，淑徽、淑明兩公主亦在側。玉音殷勤，爲家人飲，投壺極歡。堂後有池，泛彩船，命共登，自蕩槳。又命周觀後苑愛蓮、魚水、逍遙、清漪諸亭閣。

上下御製詩，有曰：“魚水一堂魚水樂，何妨淸讌賞佳辰？”命次之。公進，曰：“臣等素不閑詩，亦不敢違聖敎，請進一絶，以寫平日情衷。”詩曰：“臣罪應萬死，全生天地仁。花堂今日會，尤祝聖恩新。”上亟稱其意好，霑賜御筆及豹皮。人皆榮之，傳以爲盛事。

未幾，因臺啓有削職、歸田之命。公出廣陵，還坡山舊墅。一日夢侍福寧公，作詩曰：“伯牙不須鼓，鍾子無相識。直鉤垂釣者，空詠《滄浪曲》。”公之平生自守蓋見於此，而其精誠之發於宵寐亦異矣哉。自是之後，杜門求志，唯聖賢之書，是讀是究。

或有止之者曰：“末世宗室無用學問，學問實崇禍。”公曰：“子誠愛我，然亦未可謂知我者也。吾所以若是者，非爲尋摘字句以爲名也，以聖賢之書，求聖賢之道，欲於奉親事君、行己處事之際，庶幾不至於違天理也。將欲使畏世怵禍，不讀不識，自不覺駸駸入於悖理妄作之域，則向所謂求免禍者，反所以媒大戾也。《詩》曰‘旣明且哲，以保其身’，非苟且偸生之謂也；《易》曰‘含章可貞’、‘括囊无咎’，惟當修身以俟命而已。至若禍患之橫來，在昔聖人，猶或不免，吾何以不忍順受乎？”

嘗讀《中庸》，曰：“作聖之功不越乎第一章。古人謂‘《論語》半部，足以治天下’，余謂《中庸》一章亦足以治天下。”遂扁其所居小齋曰謹獨堂，蓋取諸“愼獨”二字也。

己卯，蒙邦赦，倣晦齋自戒之辭，書之兀上曰：“爲君親有未誠與？日月在上。持心術有未正與？鬼神在傍。日三省吾身，願不愧怍。”其厲志篤行蓋如此。

癸未，公年四十三，始弄璋。先是，人皆以爲：“公平生未嘗有一毫傷人害物之意，至於蚤蝨之屬，亦不手殘，此人豈無後者耶?”至是果驗。

嘗有人戒其剛直果敢而勉以寬緩平恕，公曰：“余少時果有此病，失於勇者多矣。今則銳氣頓減，反近太柔，而人之言猶至此，此吾氣質之未變化也。”其虛受人類如此。

丙申，自抱川楸下，作白雲之行。公自少性好佳山水，凡有名勝，遊歷殆遍，洒然若有得於仁、智之樂。

戊戌，重患時疾，多試瞑眩，得良已。而侍病人卒無傳染者，人皆異之。

庚子，復讀《中庸》，以爲：“久廢經書，自覺工夫日益荒蕪，所以收拾前功。”是時公年恰六帙矣，其篤業不懈猶若是。公之平日所自期者，可謂不淺尠，而其所以喫緊實踐之工亦勇矣。曾謂貴公子之流而有能如是耶?

是歲十月，猝患風疾。

德文王二年壬寅九月，疾漸篤，自氷湖移寓城中，爲醫治也。十一月十二日，皐復于正寢，得年六十二。公平日與東平都尉鄭公載崙、雙湖崔參奉道鳴爲友，心期相許。臨終，爲書告訣，無一言及家事。

癸卯二月，克襄于抱川先公墓下。

當宁元年乙巳，命給職牒。

辛亥，相臣洪致中建白以爲：“庚戌後，大君祠宇久廢香火，宜有繼絕存亡之義。”於是特命以兄亡弟及之例，使公之子安興副正奉大君祀，令世世不絶也。

乙卯三月二十七日，郡夫人屬纊。閏四月，遷公墓，同窆于廣州先塋亥坐之原。

辛未，安興陞資，命追贈公嘉德。

庚辰，安興復加階，又贈公興祿。

於戲！　公之氣質之純粹、學問之篤厚、報本追遠之誠、素位安命之志，固非一二揄揚所能既者。而概其以近宗之貴，處患難之地，其所閱歷不翅霆霹風濤之震撼擊撞，使非公者，亦難乎若是其坦蕩。而爲能超然世故，不喪其守，屏迹於山野之間，從容乎禮法之中。極其韜晦，而猶不廢學行之進進；篤其履操，而卒不露章美之表表。出則徜徉乎水石，處則研賾乎墳典，左右挿架，誦讀涉獵，兀兀窮年，自幼至老，未嘗一日釋手。文辭該洽，詩律精深，尤邃於禮學。今見其所著《五禮集說》、《禮說類聚》等書，類非尋常末學所可模擬；至於《世記要覽》及《歷代君臣錄》，又見其淹博勤篤，而在公特餘事耳。

蓋其充養之方、踐守之工，固已有早歲之所心得；而其動心忍性，增益於困坎厄窮之際者爲尤多。雖在流離竄謫之中，惟以朝聞夕死爲定向，以聖經賢傳爲依歸，沈潛反復，俛焉日有孳孳，忘身之老也，不知年數之不足也。

謹於享祀，齋沐必潔，牲器必精，與郡夫人必躬與之。嘗曰：「祭以誠敬爲本，儀節爲文。苟盡其本，則文或有不備至者，祖先之靈，必無不假之理。貧窮則亦當稱其有無，雖一器飯羹，庸何傷？」每日必晨謁祠堂，雖風雨沍栽，不敢一廢，出必辭，還必拜。嘗值痘疫大熾，人皆不祭，公獨曰：
"祭不當拘忌痘疾，先儒有論甚正。雖家內有痘，亦不可不
祭，況隣比乎？吾東自古畏痘，多有廢祀，習俗難曉，誠可
慨然。"

又嘗於寒食大風雨，公曰："古者墓祭，於三月上旬擇
日行之。則俗節非比忌祭，有如當日有故，翼日行禮可也。
君子霜露之感，何獨切於節日而已乎？只在盡誠焉耳矣。"
其所以酌古參今，不隨流俗者，皆可以爲後世法。

安興生有癃疾，不可以口授。公遇物則誨，指彼喻此，
因東曉西，使之意會心融，觸類引伸，卒至於無所不通，世
稱以爲異事。夫人之於敎子，孰不用其極？而公能施敎於不
可敎之地。雖曰"敎亦多術"，而苟非至誠所透，又安能如彼
也？

至於事親奉先，亦莫不以身先之，俾目濡心化，孝弟之
端油然而生，終有式穀似之之美。則公之於孝，可謂得於天
而行於身，修於此而施於後者也。

公性不喜華奢，衣服飲食居處之節，極其薄略。或曰：
"君生長富貴，自奉若是，何以堪之？"答曰："非是樂，爲家
貧故也。"乃曰："此人豈知我心哉？"

與伯氏友愛篤至，一言一事，必經咨稟；視兄弟子，無
間己子；待親戚，雖疏遠亦無外。諸宗族，無不滿意，至于
今相與感誦，津津不已。

其敎人讀聖賢之語，恒勉以反己而體貼之，無徒事口讀
爲也。

聞人死喪，其情理之可悲者，爲之泣下，慈仁之出於天者然也。嘗過水口門外，見路傍有露屍，意慘之，製衣袴斂瘞之，沽酒灌之。如是者不翅數三次，人或謂之曰：「彼若有罪，觸刑憲以至此則固也。何必收葬爲？」公曰：「不然。此人之有罪無罪，非所可論。《詩》云‘行有死人，尚或墐之’，豈擇死人之賢者而後必墐之也哉？借曰以罪而死，旣死之後爲之掩骼，亦何傷？況世或有無罪而枉罹者乎？又況此人安知其必爲刑死者乎？」此又可驗其惻隱之發自有不期然而然者，而實非人人所可容易行之也。

又性喜施與，聞人有急，必因其人之所親而給錢財，使自周之，令受者不知其出於己也。所以陰惠人者甚夥，蓋不欲當其名也。公之積德餘慶，其必未艾也。

嘗喜讀朱書，曰：「千言萬語反復敎誨，都在向內做工夫；所謂向內，又在於‘主敬’、‘勿欺心’而已。彼浮華務外飾者，不可與語也。」

尤致力於《春秋》，嘗手書卷後，自敍其七載講讀之所得；而於夫子筆削之微意及讀諸傳之次第，皆究深探妙，卓爾自得，有可以爲學者訓。

每讀宣廟行狀，至壬辰事，未嘗不慷慨流涕；見己卯野史，輒廢卷太息，曰：「構禍姦凶，固不足言；其時諸君子鋒銳太露，亦不無激成之嘆也。」於此又可以見公之善處憂患，一心玩賾，克透斂晦之義，不爲長戚戚之態。雖其得於天者有過於人，而學問之力亦不可誣也。

其處坡山也，鄉中士流相與欽服不已，曰：「以若德行，必爲斯文宗匠，血食千秋，而惜乎其地處"云。其爲人山斗之仰，又可知也。

公容貌端肅，動止詳重，雖燕處，怠慢之氣不設於身，鄙褻之語不出於口。望之儼然，使人敬憚，而及其承顔接辭，藹然和氣可掬，以故見者無不悅服。及至觀化之日，從容不亂，澡身易席，誦曾子"啓手足"之語，怡然而逝。

公之於世，蓋不相干涉，似無足稱者，而其謹獨之實工、講學之美範，見於行事，施於家庭，絅錦之章、蘊玉之彩，終有不可得而掩者。河間之《詩》·《禮》、東平之爲善，豈足專哉？

雙湖崔公誄之曰："有志於學者，孰不知爲己、爲人之分？而以其有所求於世，故多不免爲人之歸；惟公無所求於世，故專用心於爲己之學。問其名，則綺紈公子；校其迹，則韋布寒士。古所謂君子人哉，其果多乎此哉？"斯人者深知公平生而善狀之，與夫阿所好者亦異矣。

蓋公之學問可能，而在公之地而爲公之學問，不可能也；公之韜晦可能，而以公之才而爲公之韜晦，不可能也。是其造詣之深，有不可以易而論之，而其亦不可以草草堙沒而已也。《詩》曰："高山仰止，景行行止。"子曰："《詩》之好仁如此。"公其有乎！又曰："鄉道而行，中道而廢。"公其免乎！

公配安東郡夫人權氏，郡守德廣女，生於甲辰八月二十一日，貞淑端順，克承夫子，後公十四年而卒，享年七十二。生一男一女：男安興君埱，女未笄而夭。庶子墀早歿，庶女適成壽龍。

安興娶柳澲女，生一男一女：男鎭翼，女適沈師章。又有庶子幼。

堚追贈安溪守，娶許級女，生一子天，以宗人鎭璧爲後。

鎭翼進士，前任麻田郡守，娶縣監金道健女，生三男一女：男長秉淳生員，娶金尙柱女；次秉源娶鄭義煥女；餘幼。

鎭璧登武科，前任德源府使，娶安相鼎女，生一女適沈鐔。

沈師章有一女幼。

《詩》曰："孝子不匱，永錫爾類。"若公者，其殆庶幾乎！

麻田持公遺事，要余爲狀，曰："斯亦不足以盡發潛德之幽光，而若夫溢美，則又非先王考遺志也。"余素耳薰而心服公者蓋稔矣，今獲此，誠幸耳。於是遂强拙謹序如右，雖有愧於古人立言之體，而姑以竢當世之大筆云爾。

火鑪銘

土以埏埴，檀以圍范，
不圓而方，不窳而範。
爾職維何？炎上是薦，
晴窓淨几，一穟裊篆。
苟得其宜，沈腦可薰；
儻失所遇，腐茵亦焚。

一罏之事，噫亦參差！
小哉之器，君子大之。

偶題棋局

父教丹朱，子分黑白。
縱橫十九，冷暖三百。
清簟疏簾，古松流水。
無所用心，猶賢乎已。

與辛少年書

以吾悵戀，知君缺然。
別後眠食，何似於前？
大病之餘，尚亦慎旃。
我幸得達，四日於船。
清江白石，幽思可挲。
飄泊生涯，萬事相牽。
爾愛其遊？我愛其年。
別詩攸戒，願毋孤焉。
歸便告辭，悁悁不宣。
維夏之晦，敬夫之牋。

戲爲春帖

婦愛刑家，夫愛內助，夫夫婦婦。

子훼而嶷，女婉而處，子子女女。

奴可掘桑，婢可泝[2]水，奴奴婢婢。

雞晨於報，狗夜於守，雞雞狗狗。

又戲作連珠體

多男子壽富，堯則辭，我不辭；

攸好德康寧，箕曰福，吾之福。

玩尋常理於天根月窟，厥數自一二至千萬億而無窮；

惜分寸陰於賢傳聖經，其日蓋三百有八十四如不足。

右，丁亥。

維赤猪月貞丑旣望未初，乃黃鼠斗揷寅建節已訖。

若他時十災八難四百四病之屬，擧皆如律令，風殭而電先；

凡今年百廻三轉五十五日之間，莫不惟心意，男欣而女悅。

右，戊子。

---

2 泝 : 문맥상 "汲"이 되어야 할 듯함.

天圓地方說

世之言天地者不過曰："其形也圓而方。"紛紛然爲之說。吾未知天何爲而圓，地何爲而方也。《晉·天文志》有"倚蓋棋局"之喩，爲此說者，未必不爲天下後世言天地者一誤套也。信如斯言，則天地之形不同，而南北極三十六度，九十餘萬里、一萬三千六百餘息之間，必有礙滯而不通者矣。烏有是理？

昔單居離問於曾子曰："天圓而地方，誠有之乎？"曾子曰："如誠天圓而地方，則是四角之不揜也。參嘗聞諸夫子曰：'天道曰圓，地道曰方。'"然則圓卽天之道而非天之形也，方卽地之道而非地之形也，亦明矣。

今之言天地者，因循而不知悟，因仰而指天曰："彼如倚蓋之圓。"又俯而指地曰："此如棋局之方。"至於一物之圓則取以象天，一物之方則引以象地，眞若有形器之可言、方所之可指，則是可謂知天地者耶？

夫天地之高明博厚，覆載萬物，運行不息，健順相配，則焉有一定之規矩如倚蓋、如棋局者乎？此不待明者而後知也。《志》曰："太極元氣，函三爲一。"混沌如鷄子。又安有鷄子而中有四角之方乎？以理推之，必有齟齬難合之患矣。

且"圓而神"、"方而知"，乃言蓍卦之德，則天地之圓方，獨不言其德而言其形乎？天之形雖包乎地之外，而其氣實透乎地之中；地雖一塊物事在天之中，而其中實虛，容得天許多氣。故坤道承天而動，有直方大之義；乾道應地而行，有健不息之象。天地之道要不過如是而已，豈容以圓方，分爲之形，而又從而爲之辭乎？

或曰：「道亦形也，形亦道也；道以形而道，形以道而形。天地之道旣圓方，則謂天地之形亦圓方，無所不可。旣曰'圓'、'方'，則謂之'倚蓋也'、'棋局也'亦宜。抑雖謂其道之圓方，而人未得見天地之極際，則其圓其方，未可知也，又烏得強說圓方之非其形也？」此又與兒童之見無異。

夫苟求其故而明其理，則雖四海之外、九天之上、千歲之日至，可坐而致；而況天地圓方之言道而不言形，易知而易見者乎？雖聖人復起，不易斯言矣。後之言者盍亦詳察乎圓方之形而明辨乎圓方之理？

孔子誅少正卯論

聖人之法貴乎使民遠罪而不貴乎道政齊刑。是故四凶之罪，止於流放；三苗之惡，不過分北。雖其輕重取舍，陽舒陰慘之不同，而"欽哉欽哉，惟刑之恤"之意，則未始不行乎其間。罪雖已形，而猶加審察之意；惡雖已彰，而常開自新之路；與其殺不辜，寧失不經，國人皆曰"可殺"，然後殺之。則其肯逆億其心術之惡而遽立己見，誅之戮之，不少假借，啓萬世勒罪妄殺之端哉？

志曰：「孔子朝政七日，而誅亂政大夫少正卯，戮之于兩觀之下，尸於朝三日。子貢進曰：'少正卯，魯之聞人也。今夫子爲政而始誅之，或者爲失乎。'孔子曰：'天下有大惡者五，而竊盜不與焉：一曰心逆而險，二曰行僻而堅，三曰言僞而辯，四曰記醜而博，五曰順非而澤。此五者有一於人，則不免君子之誅。'"

余嘗讀之，以爲此非夫子之言也。夫少正卯，魯之聞人也。則雖使其中有五者之惡，而其罪未形也，其惡未彰也，聖人豈肯直以五大惡置之而誅之於七日，戮之於兩觀，尸之三日，有若弒君父犯首惡者哉？

其必示之以聖人之道，化之以聖人之德；布其不屑之教，責其自新之效。彼若終不能改，而眞有反是獨立、撮徒成黨之意，則沐浴而請於君，明辨而諭於衆，然後君子之誅乃可施也。若是則彼必無辭于罰，而天下後世洞然皆知大聖人作爲出尋常萬萬。

而其待人也如是之仁，其用法也如是之嚴也，安有攝政七日而汲汲然誅之，而無一言出諸口，雖以子貢之穎悟明達聞一知二者，猶有疑於失刑，然後乃語之以五大惡乎？然則當其時也，魯國之人舉皆疑而不服矣。豈唯魯人？抑亦天下之人聞之者，莫不疑而不服矣。聖人刑人殺人之法，果若是乎？

此蓋《論語》所不載，子思、孟子所不言，雖以左氏《春秋內外傳》之誣且駁而猶不道也，迺獨荀況言之。是必齊、魯陋儒憤聖人之失職，故爲此說以夸其權。《家語》以後世始出之書，襲而記之，則吾又安敢輕信其言，遽稽以爲決乎?

　　且謂"五者有一於人，而不免聖人之誅"，則春秋之世，如此之類滔滔皆是，指不勝僂，使聖人爲政於天下，則將比而誅之乎？其教之不改而後誅之乎？"竊盜不與於五者"，則是聖人不假於五者而獨假於竊盜也，又豈有是理？且夫子之言，不應若是有圭角不渾然也。

　　聖人一言語、一動作，靡不載於《論語》及諸經傳，則若此大政令、大施爲有可以爲天下後世法者，何顧無一言之記而獨見於彼乎？余故踵朱子之論而曰："誅少正卯，非夫子之事也。"

孔明可興禮樂論

禮樂之興，必有其人有其位而又有其時然後可。有其位非其人與有其人無其位，固皆不可；而若夫以其人居其位，而非其時，則亦必不以居其位而强行之也。

　　先儒有言曰："孔明無死，禮樂可興。"世以此意其不死則必有大煞施爲。余獨曰："孔明雖無死，禮樂雖可興，孔明亦不爲矣。"何者？

　　試觀孔明之時，非興禮樂之時也，就使以其人居其位，亦不得展盡其底蘊以成一代之禮樂矣。孔明以高邁獨出巍然三代之佐，其德其才儔於伊、傅，則其興一代之禮樂，蓋無足疑；而以其時而論，則非不能也，不爲也。

噫！興禮樂，是何等事業？何等力量耶？以周公之德之才，而繼文、武之後，當文明之會，得成王之令主，又有召保以下名臣碩輔同寅協恭。故能成治定法，制禮作樂，賁一代之文物，垂百王之軌則。此其以周公之聖，居周公之位，當周公之時，兼三而施之，殆千萬古一人，千萬古一時耳。故克有興禮樂之功，而後世莫能及焉。

若夫孔明之時，則昭烈既不可以並文武，而劉禪闇弱之資又不足與有爲，諸臣中又無表表可稱者，而黃皓輩日夜潛伺於其傍，則孔明雖不死，亦無可興之地矣。

先儒之言曰："禮樂其有興乎。"又曰："禮樂可興。"夫"其"者，期之之辭也；"可"者，未然之辭也。是其孔明之興禮樂，其勢有所不可必者，故以"其"字、"可"字惜之，而程、朱諸賢又從而許之。蓋其天資之高明、學問之正大，若當升平之時做出，必須光明磊落，不可以漢、唐人物，想望其風釆。而無奈不得其時，徒付"禮樂可興"四字嗟惜底說話，則政使不死，吾知孔明之不爲此無益底舉措也。

觀夫孔明之治蜀，服罪輸情者，雖重必釋，游辭巧飾者，雖輕必戮，與《康誥》愼罰章合；其與後主言"成都有桑八百株、薄田十五頃"，與《太甲》篇末同意；至於《出師表》，與《伊訓》、《說命》相爲表裏；其出處大節與夫正己格君，靡不與《易》道相合。程子於《易傳》，每以伊尹、周公之類，並而稱之，則周公後興禮樂者，舍孔明其誰哉？

不幸當三國之際，躬耕南陽，抱膝長嘯，謾以禮樂中人，消却歲月於草堂之夢；後來雖應先主之聘，徒紆籌策於鼎足事業；及其末年，運移漢祚，志決身殲，則孔明此時，已絕興禮樂之望矣。縱使天假之以年，北定中原，還于舊都，以成昭烈之遺志，亦必如朱子之言，只是興"粗底禮樂"，不過宮府一體、奪統攘奸已試之事而已。

此其已包一部《周禮》在其中矣，必不欲強復大段設施以受時人之沮敗也。夫子非不欲興禮樂，而袖手於危亡之國；程、朱非不欲興禮樂，而無奈於漏船之醉。則孔明之於禮樂，所能者雖存；而所不能者，時也。

是故孔明未死之前，則固有所不遑；而孔明已死之後，則又孔明所不爲也，豈肯規規翦翦於儀章度數之末、音響節族之繁而費心力於不可興之禮樂也哉？余故曰："孔明雖不死，禮樂雖可興，孔明亦不爲矣。"非不能也，時有所不可也。嗚呼，時之義大矣哉！

僞遊雲夢論

漢高之所以待韓信者，平生不過一"僞"字而已。何者？夫以漢高之明達，豈不知待臣下之不可以僞爲？而至於韓信，有以知其不可以常法御之也，故自初至終，以僞待之。當信之杖劍歸漢也，帝亦非不知信之可用也，其以爲治粟都尉而未之奇也者，僞也；責蕭何以追信者，僞也；設壇拜大將而使之一軍皆驚者，僞也；晨稱漢使，馳入奪符者，僞也；及信之請爲假王也，怒而罵之者，僞也；復罵而拜爲眞王者，亦僞也；徙爲楚王，使之快平生恩讐者，亦僞也。夷考其平生駕御之迹，蓋無一事非僞也。

暨乎陳兵出入，人告其反，則帝亦無所用其僞，而平生駕御之術，至此而亦窮矣。彼絳、灌輩皆不知帝之待信別有其道，徒齊聲而賈勇曰："亟發兵，坑豎子耳！"噫，亦過矣！信，高帝之所畏而僅以僞御之者也，豈諸將所能豎子之哉？誠用此謀，是龍且之續耳，迺公平生用意，將無着落歸宿處，而天下事去矣。

夫惟冠玉孺子，獨能揣其然也。故當帝之默然問之也，一"僞"字爲第一策，而帝於是乎欣然從之也。觀夫帝之待臣下若蕭、曹、張、陳之流，曷嘗以僞與之也哉？彼韓信，兵仙也，國士無雙，一舉足，則天下其誰有敵手耶？苟非僞以待之，則智不可以應之，勇不可以屈之，此帝之所以不得已而僞遊雲夢也。而凡前之無數"僞"字，未必非豫知有此舉也。

世之人徒見遊雲夢之僞而不知遊雲夢之前皆是僞也，故一見"僞"字，紛紛然爲之說。是韓信固已在帝僞中而天下後世之人又皆墮其僞中矣。吁，其顛倒籠絡，神鬼不測之術，一至此哉！

抑又論之，帝之僞遊，可見其料信熟也。夫天子巡守會諸侯固禮也，而廢而不講者凡幾年矣。八載干戈之餘，未嘗定其禮於朝廷，布其令於天下若約法三章然也。借曰行之，亦不當行之於是時也。夫雲夢，南也。南巡守，聞以五月，未聞以十二月也。

今乃不定其禮，不審其時，而卒然令之曰："吾將遊雲夢，會諸侯。"其誠耶？僞耶？將不待明智者，而疑之也。使信果有不軌之心而將計就計，據漢水、方城之地利，皷木罌、沙囊之神智，邀其來而襲之，則吾未知是時陳氏子又勸帝以僞遊何處也。

然而惟彼信也，不過城下釣徒、市中袴夫，其所多多益辦，特將兵耳。一聞遊雲夢之言，茫然若墮雲霧而迷夢囈，將奔走待命之不暇，烏能知其僞也哉？惟帝明知其見僞而不知也，故率一武士，南而縛之如探囊中物然。若信足以知之，而猶爲此計，則不亦齟齬狼狽，爲天下後世之笑乎？

雖然，雲夢之事奇則奇矣，而揆以古聖王以誠待下之道，亦有餘愧矣。夫信，則誠自取之矣。一"僞"字豈所以剙業垂統，爲可法於後者耶？

嗚呼！信之於漢，其功果何如也？與高祖首建大策，起漢中，定三秦；遂分兵以北，禽魏取代，仆趙脅燕，平齊滅楚。漢所以卒得天下者，大抵皆其力也。假王之請雖見跋扈之疑，而只是貪功之心；固陵之師雖失期會之信，而亦由裂土之望，則原其本情，寔不過不學無識之過而已。觀其感解衣推食之厚待，拒武涉、蒯徹之甘言；一聞會侯之詔，遽行迎陳之禮，則信何嘗有他腸哉？

當帝之初問也，如陳平者宜告之曰："信雖桀鷔，亦人耳。漢之待信，不爲薄矣，其志願亦已遂矣，何苦反耶？且人雖告反，未有明驗，宜使人審其眞假，然後徵彭越、黥布輩，諭以大義，聲其罪而討之。信之才雖梟雄，信之罪將無所容於天地之間，蔑不禽矣。"云爾，則庶幾哉主不失忠厚保功臣之名，臣不違引君以當道之義矣。

奈之何以一"僞"字，逢君之心，遂使上下疑阻，卒成其反，陷其君於少恩之域也哉？然則其鞅鞅怨望而歸於叛逆，非信之本心也，實平使之也。其後蕭相國僞告豨死，紿信入賀之謀，皆從僞遊中翻案出來者也。不仁之禍之烈，一何甚哉？

嗚呼！信之一生在漢君臣一"僞"字簸弄手段，以之王，以之死。及至鍾室之日，始知爲兒女子所詐，而猶不覺其平生大夢之在"僞"字乾坤，信亦愚人也哉。余故每讀史至此，始則哀韓信之不學無識，中則咎漢祖之不誠少恩，終則誅陳平之陰謀逢君。

祭安岳鄭生【垣】文【代內從兄作。】

人亦有言，知人未易；
我獨於公，肝膽相視。
人亦有言，士爲知己；
我獨於公，存沒多愧。
昔公來思，瘁力靡慝；
今我訪止，濛氾倏遷。

縶我之交，餘數十年，
傾蓋如舊，忘形欣然。

人朋以面，我友以心。
楊山高低，汾水淺深，
每一相思，千里命駕，
瘦筇花春，孤燈雨夜。
濁酒三盃，言笑嚇嚇，
嗟慨一世，間以嘲罵，
奮氣攘臂，吐瀉襟期。

自得之妙，人孰能知？
《河》、《洛》至理，親見包羲。
行、詵何有？信、毅非奇。
三十六宮，都是春而；
二十四位，豈容膠之？
不假於文，不傳於師。
高邁獨出，低視嬰兒。
我聞其言，如醉如癡。
識公之心，驗公之為；
奇公之才，仰公之持。

凡今之人，惟利是追，
稍有術技，罔不矜詖，
逐臭俯仰，望風奔馳，
所媚營苟，所爭覓吹，
黃龍朝嘗，窣石暮隨，

緝緝腕腕，飄風九嶷。

公視此輩，喙唾胸嘻，
威武不屈，炎涼不移。
貌古而奇，辭訥而宜，
所交惟人，不知其他。
權門要路，簡傲不過，
小不如意，若浼納履。
窮交貧友，不遠萬里，
義氣攸感，死生不變。

有所不諾，一諾必踐。
豈如世人，食言而肥？
確然自守，不少依違。
豈如世人，中無是非？
爲人謀事，一以至誠。
豈如世人，每利舞情？
外若鹵莽，中則蔽明。
豈如世人，儓質攫名？

顧我於公，偏感厚誼，
前後相地，奚止一二？
金盞玉盃，青烏白馬，
妥靈萬年，祖禰以下。

公不自功，我則可忘？
公家素窶，又荐凶荒。
苦不自聊，愛而莫助。

維夏京路，欣荷歷紋。
謂當卽會，孰料永訣？
二竪纔嬰，大暮已忽，
豈固命耶？抑藥未達？
睠懷我居，叮囑臨歿。
旅櫬空山，景色慘絶。
壽享稀年，在公爲折；
名播八域，在公爲屈。
二子見星，寡妻呼天。
向婚未畢，孟褐可憐。

日月如流，淺土驚秋。
孰裹綿酒？孰付麥舟？
我力嗟綿，辜負實多。
老失知音，此恨如何？
已矣斯世，不可復覯。
山陽笛橫，酒壚人邈。
返柩以船，海西迢迢。
漢波悲鳴，楓葉哀號。
我今來哭，髣髴靈至。

一篇哀辭，金風吹淚。

良、平不與元功論

自古論者皆以爲：「良、平之不與元功，以其不履行陣而徒有帷幄之講論故也。」余獨曰不然，此蓋高帝之微意也。

信如論者之言，發縱指示之蕭何，何以反居於七十餘創之上；而鄂君之言，又何以爲帝所採乎？親冒鋒鏑之是與，而決勝千里者獨不與焉；躬犯戰陣之得參，而動出奇計者顧不參焉，此後世庸主之所不爲，曾謂高帝而有是耶？

夫高帝，豁達大度、深謀遠慮之人也。方其提三尺起豐沛也，顧其所取者，能耳。是以凡有奇謀詭計可以有益於勝敗之數者，靡不博收而曲採，若其謀雖奇而有違於正義，計雖神而不合於大經，則帝亦非不知也。

及夫天下大定之後，則殲嬴、馘項，已作先天事；而創業垂統、燕翼貽謨爲可繼於後者，乃急務也。於是乎詔定元功十八人位次，則其所以抑揚與奪之微意，正在這裏。方其時也，若但以定天下之功，則高帝之臣，夫孰有可以比論於良、平者？而獨使之不與焉者，是必有其說矣。

噫！良、平，高帝之所由取天下者也。則其奇謀秘籌，誠千古一人，所謂天授非人，而惜乎其於大義理上有所未盡耳。堂堂張也，有儒者氣象，而背約勸迫，不義甚矣；冠玉孺子，有六出之奇，而陰詭機變，不經大矣。當其屈群策之時，固可以不厭其詐；而暨乎定邦典之日，亦將以此爲訓乎？

惟高帝爲能知此義也，故干戈搶攘之際，則詐計詭策，無所不用；海內寧謐之後，則陰謀不義，有所不取。其意若曰："吾之八年所用者，誠足以取天下而已；若夫鼎彝旂常之爲天下後世則者，則無寧付之於戰陣汗馬之徒，而不忍與之於不義陰謀之流也"云爾。則其垂統貽謨、深計遠慮，夫豈偶然而已哉？

嗚呼！指三萬而使擇，壯曲逆而移封，則帝之於賞功酬勞之道，不爲不厚，而獨此元功之昭揭來許者則靳之焉，其意蓋不難知而亦可謂竝行而不悖矣。

丁公有引還之功，而斬其不忠；雍齒乃平生之憎，而封其有功，蓋莫非所以示後世昭勸懲之意也。豈以一時之功過而遽加誅賞也哉？

惟此定功一事，其用意也婉而深，其垂訓也謹而嚴。既不宜追責其既往，又不欲顯言其微意，長慮却顧，渾含不露，泯然無可見之迹。故當時諸臣無得而知之，雖以良、平之神智，亦未必能窺其涯涘；而至於後世之尙論者，求其說而不得，乃曰："不履行陣。"是帝之不測機權，不但行於一時，并與後人而瞞之。嗚呼，此高帝之所以爲高帝也與！

晚悔窩記

人莫不有悔，而能知其可悔而悔之者尠矣；知而悔之，而能知所以改之者又尠矣；知改之，而能不使悔於前者悔於後者尤尠矣。悔而不改，則將不勝其悔而以可悔爲不足悔也，反不如不知悔者之猶爲無責也；改而又悔，則將不勝其改而以可改爲不足改也，又不如不能改者之猶爲無心也，若是者終於悔而已矣。是故君子悔而必貴乎改，改而必求乎無悔，不欲其頻復以至於迷復之凶也。

余過姜永休城西之居，見其扁曰晚悔，固喜其能悔而有志於改其悔也。及叩其所以，則曰：「吾之悔多矣，吾少居鄉陋，無嚴師畏友以及時就學，不能早取功名以悅吾親；後迺家于洛，亡幾何，有枯魚銜索之嘆；眼中有二三兒子，又不能教育成就，而吾之髮亦將種種矣。吾惟不能悔於早而致有此終身之悔，今雖悔晚矣，何益焉？」

余曰：「惡！是何言也？子惟不悔，苟悔也，何早晚之有？使子悔之於早而不能改，改而不能又無悔焉，則吾見其隨事隨悔，無無悔之日，何貴乎早？使子晚而悔之，而眞能改之，改之而必求無至於悔，則彼在天之不可奈何者與夫在人之難容力必者，吾不知已；其在我之所當爲而所得爲者，子欲無悔，斯無悔矣。又何晚也？子之悔早矣。《詩》曰：『夙興夜寐，無忝爾所生。』又曰：『教誨爾子，式穀似之。』若是則庶幾哉悔可無也。而若夫其所以行之之道，是在乎子。子勉夫！」

永休迺請書之以爲記。　永休豈有意於人所尠能者邪？
歲旃蒙協洽陽月三十四日，無名子書。

伯夷、太公不相悖論

余嘗謂："伯夷、太公不相悖之說，似也而未盡善也。"何
者？

　夫所謂不相悖云者，所遇之地適異，而其道則未嘗不
同，故易地則皆然也。易地而不能皆然者，未可謂不相悖
也。是故堯・舜之與賢、禹・湯之與子，其事雖殊，而易地
則皆然也；孔子之尊周、孟子之別樹，其言雖異，而易地
則皆然也。禹・稷、顏回，纓冠、閉戶之不同，而易地皆然
者，以其道之同也；曾子、子思，武城、衛國之不同，而易
地皆然者，以其義之一也。此眞所謂不相悖者，而乃若其
事之不同而若相悖者，特其所遇之地有不同；而其所以不
同者，乃所以爲時措之同也。

　今二公則不然，其時同，其跡同，其爲天下之大老又同。
當其避紂而待天下之清也，或居北海之濱，或居東海之濱，
固未可謂相悖也；及其聞文王而爲己歸也，一則曰"善養老
者"，二則曰"盍歸乎來"，亦未可謂相悖也，是其仁人之心蓋
有所不謀而同者。而暨乎牧野之役，爾月斯邁，我日斯征，
揚鷹於叩馬之際，分茅於採薇之時，從前如合符節者，到此
而不翅若丹漆朔南之相反。則其事可謂相悖而不可謂不相

悖也，此果何故也？

試使聖之時者而同遭此時，則其將俱爲伯夷耶？俱爲太公耶？抑一爲伯夷而一爲太公耶？是未可知也。且所貴乎聖人之道者，以其易地則皆然；而其事有不同者，以其地之易也。而今則地不易而不皆然，此又何也？

噫！二公之事，殆不可竝而論之也。彼其扶綱常於天地，懼萬世之無君者，伯夷之所以爲伯夷也；拯民生於水火，恐一日之無君者，太公之所以爲太公也。伯夷自伯夷，不可以其事之悖於太公而疑其悖；太公自太公，不可以其事之悖於伯夷而疑其悖。則又何必以"不相悖"三字，竝而論之，而有若虞·夏、孔·孟、禹·顏、曾·思之事異道同，易地皆然者哉？

是故夫子論伯夷者屢矣，而未嘗及於太公；孟子斷淸聖者審矣，而未嘗列於太公。至其竝論也，則只說得歸西伯以前事而亦不及於會孟津以後事。則其各自爲一節而不相及也，蓋亦明矣。苟若眞有可以竝稱而不相悖者，則此何等大關節，而孔、孟之言曾不及於是耶？

蓋此二人之擧，皆出於天理之公，非由於人欲之私，經權竝行，不可偏廢，故遂有"不相悖"之論。而伯夷也、太公也，分明是一日之間，二人之事千里相反，則烏可輒以爲"同其歸"也？吾必以爲伯夷百世之師，而謂之聖之時則未也；太公達權之才，而謂之聖之時則非也，俱不可以"易地皆然"論之。

而自後世觀之，撐宇宙君臣之大經，樹百世廉頑立懦之功者，惟孤竹清風是已，又豈可與一時爕伐之勳並稱也哉？
余故曰：「史氏之以'不相悖'三字斷之者，似也而未盡善也。」

《輪誦要選》序

夫記誦之學，固非其至也；而薄記誦不爲，則又無以領略前
言，受用於吾身矣。若是乎，記誦之不可廢也！雖然，書契
之生久矣，天下之文字無限，而吾人之精神有窮。張華之藏
蓋三十乘矣，而未聞其能遍誦。則又不得不以最要而尤切
者爲先，固其勢然也。

　　余素患記誦之不廣，每於心閑夜靜之時，反繹幼學，輒
齟齬疑失，愈浩而愈迷，未嘗不咄咄也。間見兒子受業，試
以故溫之，或舉其漫而反遺其要，不勝鹵莽。甚病之，迺就
古經及先賢粹語，謹撮其最要而不可一朝廢者，爲內篇；又
於文章家，遴揀詩、文、賦、儷之絕代而獨立者，爲外篇。
內篇二十五，外篇亦二十五。摠命之曰《輪誦要選》，蓋欲以
此逐日課誦，周而復始，而吾與爾共之也。

　　噫！聖謨賢訓之日星於簡策者與夫古今藻華之墻壘相
望者，隻字片言，夫孰非可誦？而乃獨拈出此若干篇者，固
取其便於念誦，無浩汗遺忘之患，而抑下學上達之要綱妙
訣，大約皆備於其中。

　　至於外篇所載，自是作者正派，而兒童女子之所往往歌
誦者也。此而不能熟於口存於心，則其於實地之工夫、餘

事之文章，尚何論哉？且李陵，蘇武之罪人，而以其言之悲咽慷慨而收之；雄賦，《離騷》之讒賊，而爲其詞之奇崛炫耀而存之。《陳情》之感人何如？而義忽悖於遣辭。《原道》之立言何如？而讒反取於無頭。則諷誦反復之間，亦足以知其勸戒也已。

抑內篇兼乎文章，而外篇則有文章而已焉者，所謂"有德必有言，有言不必有德者"，不其信乎？余之所感者，不徒在於記誦而已也。

歲旃蒙協洽復月復日，無名子序。

畫屏序

余雅不識畫，直以蟲者爲山，波者爲水，柯而葉者爲樹，巾而趨若坐者爲人。天下之不識畫，無在余下者。

然每見善畫者畫，余胸中爲之浩浩焉落落焉，蕭散夷曠，見造化之流動而莫測其迹，其神會意適，乃有畫者之所未及。當此時也，天下之識畫，亦無在余上者。向嘗與客語此，客詰之。輒不能狀其所以然，衆皆笑之，余亦無根也。

間過友人，觀所謂《華國畫》。畫凡七紙，皆有山水之境，而四時、朝暮、晴雨之景，具幽閴、邃夐、平淡、奇巧，峯翠欲流，泉響若答。側而視之，蓋有無限格趣，或令人暢悅，或令人蕭瑟，或令人有登潛嶽之意，或令人有聽黃鸝之想。咫尺而有萬里之勢，轉眄而成百種之態，如以燈取影，逆來順往、旁見闖出、橫斜平直，各相乘除，得自然之數。雖畫者，自不覺入於三昧。豈惟畫者？卽觀者亦恍然自疑坐漁舟而窺桃源。 想其解衣盤礴之際，慘憺意匠良獨苦矣。

然一怒先也，而爲郭從義作遠山數峯於一角則寶之；爲岐人子，作小童持線車，放風鳶，引線數丈則怒之。此可與知者道，難與俗人言也。

昔李伯時作《山莊圖》， 使後來入山者信足而行， 自得道路， 如見所夢， 如悟前世， 見山中泉石草木，不問而知其名；遇山中漁樵隱逸，不名而識其人。此無他，天機之所合，不强而自記耳。醉中不以鼻飲，夢裏不以趾捉。龍眠之在山也，不留於一物，故其神與萬物交，遂乃形於心而形於手。是可以舐吮渲染之工拙，較議也哉？

參寥非畫者也，見子美"楚江、巫峽"之詩，則自不能不一朵頤於江瑤柱，神之所交者然也。向使寥眞畫此句，何患不克？然則畫之妙，其亦可言也已，其亦不可言也已。

爲語主人："以此畫，作之屛列之座，不待蠟屐理筇而自可得臥遊之樂，是固子之淸福也。 余雖不識畫，他日尋山，有此畫之境，將不待問其蠢者、波者、柯而葉者之名而知其爲此畫之本色。 子如聞某山某水之間， 有巾而趨若坐者，亦能不名而識其爲吾也邪。"

著雍閹茂遯月四十三日，無名子書。

沈從叔【壽錫】《東遊錄》序

公已遊矣，尚何事乎余言爲？余未遊矣，雖欲語公遊，烏得而語諸？雖然，苟遊之以眞遊也，雖未遊，猶遊也。庸詎知吾之未遊之未始不爲遊乎？又庸詎知吾之遊之未始不爲眞遊乎？然則公雖索余言，可也；余雖爲公語之遊，亦可也。

雖然，未遊而遊，又不若以遊而遊。蓋吾所謂遊者，固不在乎足目之所涉歷而亦必有待乎心神之所感會。苟能因其足目涉歷之迹而自得乎心神感會之妙，則不旣賢乎坐談龍肉，而實未得嘗者哉？

夫論仁、知之樂於千載之下者，不爲不多矣，比之攝齊攘袂於農山、沂水之間者，則有間矣。且也境雖眞，過則夢也；意雖逼，傳則畫也。世之遊其所遊者，皆夢饌而詑飽，畫藥而齅香也。是雖窮天下詭怪之觀，吾必謂之未遊矣。

今公之遊蓬萊楓嶽也，旣足目以夢之而詩文以畫之矣，抑未知有所超然默契於心神之妙而得其眞於萬二千峯之際耶。余雅知公意，其必有以異乎人者。於是敢以爲問。

恒窩序

"人而無恒，不可以作巫醫。"此南人之言，而夫子誦之，曰："善夫!"恒之於人，不可以一日無也如是夫。是故之爲字也古作"恆"，蓋象一隻船兩頭靠岸。是箇一條物事徹頭徹尾，夫豈可以易言乎哉？

　雖然，恒有恒之恒，有不恒之恒。恒之恒，易知也；不恒之恒，難爲也。恒人遇恒事，恒恒於恒，恒不恒於不恒。恒於可恒，不亦善乎？恒於不可恒，不幾於泥於常乎？

　天地以不恒爲恒，故能恒不息；日月以不恒爲恒，故能恒照；四時以不恒爲恒，故能恒成；君子以不恒爲恒，故能立不易方。

　於雷風震動之時均一，恒也。在九三，則不恒其德，而或承之羞；在六五，則恒其德，貞，而夫子凶。是則可恒而不恒與不可恒而恒，皆非恒之中也。

　雖然，自以爲恒於不恒而不知恒於恒，則其所謂恒者，非吾所謂恒。而將見層濤疊巘之中，一箇舟亡維楫，沒頭沒尾，反不如刻舟求劍者之猶爲無後災也。此又不可不知也。

　余過城西權季量家，扁之曰恒窩，蓋有意乎恒者也。固喜其能自拔於恒人，而又恐其泥恒也，迺語之曰：“子不見夫月之恒乎？月不恒圓，亦不恒缺，而終古照之者，以其得天而恒也。此殆非巫醫之所能及，而君子之所以者也。子能匹之則善矣。”於是姑爲之說，以驗諸他日云。

　章敦之嘉平，無名子書。

講說

上之五年辛丑二月二十五日，　上命大司成率講製儒生入侍映花堂，賤臣亦同爲入侍。上命講《論語》司馬牛問仁章。臣讀訖，上曰：“問仁者多，而獨於司馬牛之問必曰‘其言也訒’，何也？”

臣對曰：“聖人答問，必隨其人之所造詣與其病處而言之。司馬牛病處，正在於躁。故以此告之，而聖人之言亦無所不包，無所不當矣。”

上曰：“仁之道至大，而今於問仁，只以‘其言也訒’答之。然則其言也訒，便可謂之仁乎？”

臣對曰：“仁者心存天理，自是不苟，事事皆要合當道理，故其言也自不得不訒。然則其言也訒，雖不可直謂之仁，而仁之道亦不外於此矣。”

上曰：“言既訒，則行亦當訒乎？”

臣對曰：“以下文‘爲之難’之訓觀之，則爲者，行也；難者，處事不苟而有訒底意。蓋以其言之之訒，驗其爲之之難。而君子欲訥於言而敏於行，則言雖欲訥，而行則宜敏矣。”

上顧侍臣，曰：“似此文義，雖登科中人，亦未易得之矣。”

仍下問曰：“汝居在何處？”

臣對曰：“居在京畿通津地矣。”

上又曰：“汝，誰之族乎？”

臣對曰：“族黨中今無立朝者矣。”

上又曰：“汝曾參月三講乎？”

臣對曰：“臣新自鄉來，未嘗參矣。”

上曰：“試官亦可問文義也。”

試官問曰：“司馬牛‘斯謂之仁矣乎’之問，可謂其言之訒乎?"

對曰:"註亦有'觀此, 則牛之易其言可知'之言, 而牛之此問只是疑聖人直以'言之訒'答仁之問而再問之也, 豈有訒不訒之可言乎?"

上卽命收椐。臣退于階下, 製表以呈, 退待于臺下。上命設夕食堂于臺上, 分列東西, 一依食堂節次。上命大司成躬行勸飯, 又進御, 以餘賜侍臣。旣罷, 卽以紙、筆、墨賜臣等。臣等退出集春門, 卽又賜送酒、肉、麪、雉于明倫堂。其翌, 臣等詣敦化門外, 上謝箋而退。【後因史役見《政院日記》, 則試官兪彦鎬出講章自《顏淵》篇首章[3], 注書趙衍德呼講生姓名。上殿進伏。上曰:"一二講生所對頗有條理, 而其餘皆免不作。文官安知快勝於此儒也?"次考製述。講製居首生員韓允鎮, 紙三卷、筆五枝、墨三笏; 講之次生員尹憘·進士崔光泰、製之次崔光泰·生員金養知, 各紙二卷、筆三枝、墨二笏。命夕食堂備入此庭。上曰:"先朝屢行此擧, 予今遵行, 甚盛事也。"】

答金長卿書

日前泮人來傳手畢, 披讀欣慰, 益仰見識之超詣也。宜卽修

---

3 章 : 저본에는 이 뒤에 "以次呼名" 4자가 더 있음. 《승정원일기》의 "上曰: '然則試官出講章於《顏淵》篇首章, 以次呼名受講可也.' 彦鎬出講章, 衍德呼講生姓名。上殿進伏。"과 비교해 볼 때 이는 요약하는 과정에서 잘못 남아 있는 衍文이므로 삭제.

謝，而病未之果，想致訝矣。即辰秋日清爽，齋中讀履，仰惟珍重。此間河魚之祟久未獲痊，良苦。

大凡觀人論人，最難得其中，衆好之必察焉、衆惡之必察焉者，豈其易乎？世之以私好惡爲説者，固不足道；而雖或有自以爲公平持論者，亦多未厭人意。擧其大體而略其小節，猶之可也；議其細疵而沒其全美，失之遠矣。

是故古聖賢之論人，不特取其大體而已；雖其大體無足可稱，而苟有一長片善，則靡不表揚。衛靈公，無道之君也，而能用王孫賈、仲叔圉、祝鮀，各當其才，則夫子稱其"夫如是，奚其喪"；魯人之朝祥暮歌，子路笑之，則又戒其責人無已；庾公之斯欲全私恩，反廢公義，而孟子引以喻取友之必端；鄧伯道繫樹絶恩，至不忍也，而朱子以其棄子全侄，人所難能，載之《小學》。是其意豈眞以爲之人之事，有足以垂訓來後也哉？苟有一端之可傳於善者，在所不廢耳。

今高明乃謂"大體旣欠，則其他言行雖有些少善處，不足稱也"，至以"鐵鑪零金"、"弊縕寸錦"爲譬。愚恐零金、寸錦雖不足與論於全體大用，其可貴者則終有掩不得者矣。蓋聖賢之心至公無私，苟可以垂世敎而爲後戒者，無不收采，陽虎之言也而引之，佛書之語也而喻之，非如後世之以人而遂廢其言也。不識高明以爲如何？

書翼兒《詩東人册》

此翼兒所膽科魁詩也，起癸巳。癸巳迺吾小成之歲，而渠之
爲此，亦將欲以有資乎小科之工也；終乎吾而始乎爾者，其
在斯歲乎。於乎！爾惟毋怠，尚亦有終。終而始，始而終，
指窮而火傳。

　　無名子漫題。

與柳士衡【詢】

近乍阻，殊庸渴仰。伏惟暵熱，直履宜勝，慰溯區區。

　　辛生推奴事，自是辛生呈於兄者也，弟何嘗有一言半辭
發於口而形諸筆哉？日昨適往里洞，則族兄出示兄答族兄
手札，其中有"尹進士獨非哀兄族黨乎"云云之說；且傳兄對
交河族祖言"尹進士則必欲督推，尹喪人則怒其推捉，此事
難處"云云。筆之於書不足而又明之以言，噫，所謂尹進士
亦困惱矣，亦多事矣！何苦代人健訟耶？

　　設令弟眞有參涉之事，固不當捨當者而移及於弟，況是
夢不囈之事乎？弟旣目見兄手跡，則不敢以爲偶然誤書也。
且兄"難處"之言，雖出於傳說，族祖與族兄，俱決非做出妄
言者，則又不敢以爲公然虛傳也。而人亦必以爲弟之眞箇
從傍力主是事，弟亦無辭可明也。

　　夫爲訟官者，拈出隱伏之訟隻，則當之者雖喙長三尺，

何以自辨？而訟隻之惡之也，將倍蓰於呈訴之人，此必然之勢也。兄何爲而公然加是名於弟，而有若離間人族黨者然哉？弟固知兄必不爲此，而又不敢不以爲然。此弟所以矍然愕然求其說而不得，誠莫曉其何以致此也。

且族兄旣非與辛生不識者也。辛生之欲推其奴，族兄亦何嘗以爲非哉？兄則惟當直據事理，可以推給則推給，如其不能，置之而已，何必空事無味之推捉，姑以應辛生之呈訴，又別把出千萬意外無片言沒半字之尹進士，聊以答族兄之書責乎？

借曰“弟與辛生非泛然親知，故如是”云爾，則凡辛生之事，擧皆以弟爲證乎？此又必無之理也。反復思惟，終不得其故。竊欲竢兄脫直就銓，而明發鄉行，不得不以書替告。若賜詳教，則其感如何？

弟本疏迂狷狹，凡於接物處事之際，率不免謬悖，以此動遭多口之患，日夕恒凜凜然捄過不暇，曷敢小有尤人底意？而第於此事弟實無一半分干涉，而若其難安之端則迺有不可勝言者。此亦無非自反處，而旣有滋甚之惑，不敢不奉質於兄耳。欲達己意，言不能不長。幸望曲恕而俯諒焉。餘撓甚不宣。

晚悟堂記

悟亦多術，有吾道之悟，有異端之悟，以至於百家衆途、片藝曲技，莫不各自有悟。然而悟之中，有早悟，有晚悟；有悟悟而悟，有不悟悟而悟；有不悟悟而未始不悟也者，有悟悟而未始悟也者；有悟其悟而不自謂悟也者，有不悟其不悟而自謂悟也者，其岐蓋萬也。而要其歸，則悟，悟也；不悟，不悟也。自悟者而觀之，則悟其悟，不悟其不悟；自不悟者而觀之，則不悟悟，不悟不悟，甚則不悟有以爲悟，悟有以爲不悟，是不可不諦其所之也。

嗟乎！悟豈易言乎哉？而亦可以早晚言乎哉？自悟以前，皆非悟也；自悟以後，皆悟也。蓋不悟而後有悟，使其悟於初，則尚何容悟云？是故生知之聖，未嘗曰悟；而其悟焉者，皆不及乎生知者也。

雖異端之所謂頓悟者，亦皆始迷而終悟。故有擊竹而悟、捲簾而悟，悟於鍾聲，悟於棒喝，一朝航苦海而燈昏界，則紛紛然迷者自崖而返，而君自此遠矣。且學草書一也，或見蛇鬪而悟，或見《渾脫舞》而悟，或見公主擔夫爭道而悟。及其悟則均也，其所以悟則不必齊也。

夫竹與簾與鍾聲、棒喝，非參禪之偈也；蛇與舞與擔夫爭道，非學書之具也，而其悟也則在乎此而不在乎指花、數珠、腐毫、腕之間，是必有所以然矣。蓋其天機所觸，闇融倏透，如瞽者之忽視、聵者之忽聆，始得宇宙間眞境，非復疇曩之墨墨。斯所謂心會神遇，不言不動，不期悟而自然悟，我雖欲語人而不能，人亦雖欲學之而不可者也。斵輪之子，所不能受之於斵輪，而況其他乎？余嘗耳之於古人，而未之或親見也。

近過駒城趙戚兄，額其堂曰晚悟，固喜其能悟也。而既又叩其所以悟而所以晚，則曰：「難言也。吾少窶塞，晚幸安適。今垂六袠，髮種種，所閱歷不爲不多矣，其於物理世故，蓋自以爲不無所悟焉。懸贅可以蛻也，漆盆可以水也，北翁之馬、車子之晬、梁叟之子，摠之罔兩之責景也。昔焉惑，今焉析；昔焉黮，今焉豁，往往寐之覺而醒之醒也，視向之悵悵然摘埴，不既有悟矣乎？始也不悟悟而悟，卒之悟其悟而悟。人之謂吾悟、不悟，吾不顧也，獨恨吾之悟也不早。誠使悟於早，吾不爲是半生之直沒沒也。今雖悟晚矣，何悟爲？」

余曰：「惟不悟，悟則晚非所病也。借曰病之，不猶愈於卒不悟者乎？聖人有言曰：『朝聞道，夕死可矣。』世之卒不悟以死而自謂悟者皆是也，患悟之非悟耳。苟能人不悟悟而自悟悟，則何晚之有？黃粱未熟而一夢初罷，軔茲以往，儘無非快活底世界也。孰謂黑窣窣地，迺有此光明景象耶？雖然，悟亦多岐，尚勉旃。」

主人笑曰：「子眞悟於悟耶！何其言之悟吾也？請書以爲記。」

禱痘神文

維玄黓攝提格之年林鍾之月下弦之日，無名子莫出，見有折杻爲馬，編藁崇塋，若將有事者，訝而詢之：「是何故也？」

村婆進，曰：“今茲痘神客吾家，幾一朔于茲，式顯厥靈，妙運其機。始兒之病也，或輕或重或速或遲；其發癍也，或深或淡或密或稀，脹而膿，膿而痂。有驗孔神，不差毫釐，蓋三五日而後良已。虛軟者或變而爲堅緻，美妙者或幻而爲險詭。必齋潔肅清，謹言語，慎行止，不接外人，不作他事，凡臭穢猥惡之類，一切不使邇焉。苟或犯是，動有其祟，茲故俺等奉之甚惴。神今駕有日矣，敢不祗戒行李以謝其庇？”

無名子曰：“誠若乃言，甚靈異也。汝既知此，胡不早指？吾亦有所大病，儻可因是而求已歟？”遂乃纓冠整襟，束帶綦履盥潄，長揖于神之止，仰首而言曰：

“竊聞'明神

執造化之機，主生殺之權，

都可使鄙，孅可使妍'，

變厥初生，惟神所專。

視其慢敬，殊厥憎憐，

孚應孔昭，如左契然，

俾彼蚩蚩，奔走恪虔。

華、扁逡巡，參、黃失色，

死生美惡，咸歸爾極。

神之爲靈，亦云不忒。

盍廣其施

而反區區於痘疫？

余覩斯世，不能無惑。

人亦有言，福善禍淫。

天理玄窅，苦難斯諶。

或如符節，有赫其臨；

往往繆盭，不可覼尋。

仰之欲質，自古迄今。

顏焉而夭？跖焉而壽？

原胡爾貧？石胡爾富？

惡未必罰，善未必祐。

苟使篆於鐵者印於紙，種於前者食於後，

鑿鑿而中，毫無紕繆，

則將見人無奰屓，世絕怐愗，

不待刑而懲，不竢賞而就矣。

若之何獨靈於痘而不徧乎窮宙？

顧余薆爾，門寒跡畸，

性既疏迂，才又鈍詿，

以貌則寢，以辭則癡，

百不猶人，矧又病羸？

龍鍾蚑蠢，廬蝸縮龜，

袁雪、王銼，兒呼寒而妻啼飢。

人生斯世，又焉能不接物而酬時？

搖足轉喉，動被嗔欺。
均酒而人我漿，同肉而人我葵；
地醜而人我奴，年若而人我兒。

其言竊竊，顧我則默；
其交誾誾，值我則螫。
黃眉幻黑，青眸忽白；
恭者反傲，親者反逖。

惟彼西子，宜笑宜矉；
我欲效之，駴走四鄰。
莫往莫來，踽踽子身。
苟究厥故，豈無其因？

木拙爾容，訥鈍爾舌。
人之對之，輒不怡悅，
自然而然，非有意絕。
靜言思惟，懇惑嗟咄。
天之餉我，胡若是閟？
惟爾有神，變化翕歘，

隨厥薪祝，顯以靈驗，
殺活惟意，喜怒不僭。
今余攸病，宜在矜念。

儻垂冥佑，不勞而贍，
神之孔仁，胡獨嗇俺？"

辭畢，復揖而退，歸不敢臥，坐而假寐。怳有人兮吾之左，
星冠甚偉，玉佩有韠，舉笏笑指，語余[4]曰：
"坐。
凡爾所歎，乃台攸可。
爾曾讀書，何言之過？
以若所操，求若所舒，
<u>越轅</u>燕軾，未足喩些。
苟欲同流，盍思自浣？

惟天有命，卬則無奈；
惟爾有志，奚問於我？
命有所定，身在自修，
惟違於時，乃與道儔。

蘭擯於艾，玉攻於石。
恬爽者安知不毒？僵濯者何遽非福？
鉛刀珠鞞，莫邪不辱；
果下金鞍，蒲梢斂足。
天豈欲信於彼而詘於此？奈何乎時不齊而命有局？

---

4 余：저본에는 "汝". 문맥을 살펴 수정.

凡爾所祈，爾自不欲。

不欲而祈，何相戲之至斯？
我主乎痘，其餘不知。
縱欲佑之，非余敢私。
夫人兮自有美，君愁苦兮胡為彼？
世態之浮薄，固自昔而若茲，
猗君子之蕩蕩，顧焉足以為疑？
但內省而不疚，誠自求乎純禧。"

言終而逝。余亦驚寤，開戶四顧，惟缺月之在樹。嗚呼！我
生有命，寔天攸賦，我形可改，斯不可變；我辭可假，斯不
可倩。已而已而！又誰怨而誰羨？

梧竹齋記

鳳凰之於飛鳥，類也；梧若竹之於眾草木，亦類也，拔乎云
爾，惡得謂非類？然而類之中有不類者存焉。故鳳凰之棲而
食，與飛鳥類也，而其棲而不於枳棘、食而不與雞鶩啄粟則
不類也；梧若竹之根於土、枝而葉，與草木類也，而其柯碧
玉而實琅玕，為威鳳之棲而食則不類也。

其所以類而不類也相類，則鳳凰之於梧竹，真不類而類
也。故其棲也必以襯榮，其食也必以練實。物猶以非類而以

類相感, 而況君子之比德, 又豈可以非吾類而不以類之乎?

古之人之於鳳凰也, 必以爲聖德之符而希世之瑞者, 蓋有取爾也。 非爲其鴻前麐後、鸛顙鴛思、五色備舉之不類而已也。是故霽月孤柯, 莘莘其容, 則想翽翽之于飛; 清飆疏葉, 猗猗其影, 則思縹縹之爰止。又非爲其囊鄂之五乳、雲槊之萬尺, 不類於凡卉也。

吾聞"鳳凰出於東方君子之國, 見則天下安寧, 飛則群鳥從以萬數"。又曰"梧桐生于朝陽。朝陽者, 山之東也"。然則彼翔于千仞, 遙增擊於細德之險微, 而覽輝下之者, 必在於天下之東; 而其所止而棲者, 又必在於山之東。則豈不以四方之中東屬於仁, 爲君子之國, 而有聲相應、氣相求之理耶?

今趙上舍宜陽氏, 安東之賢者也, 遊于太學。余獲拜而甚敬之, 意其居之必有異也而叩之。則曰:"吾之居有山曰鳳凰, 有臺曰覽德, 因扁吾齋曰梧竹。子盍爲我記之?"

余惟吾東, 天下之東而君子之國也; 安東又東國中君子之鄉也。天下無鳳則已, 有則必在於斯。無乃丹穴九苞之羽, 徊翔於山之東、臺之下、高梧修竹之間; 而又有高世之賢, 爲之主人, 相與和德音於雝雝喈喈之際耶? 然則君子之於鳳凰、鳳凰之於梧竹, 果爲非類之類; 而其所以爲類者, 蓋有所不相期而自然相感之理矣。齋之以是名, 不亦宜乎?

趙上舍曰:"子之言, 余惡敢當?"

余作而曰:"上舍之名固宜於朝陽者也, 不佞之言不可謂不類也。"

於是謹書以歸之。

祭伯氏文

維歲次甲辰三月丙戌朔二十六日辛亥，舍弟憕謹因祖奠，再拜哭告于伯氏學生府君之靈曰：

嗚呼！今有三尺之童隨長者而行，進退左右，惟長者是視。雖半夜深山，虎裂崖而魅嘯林，猶不甚恐者，以其有所恃也。乃於轉眄之頃，忽失長者所在，則其迷茫惴慄、彷徨悲號，蓋有使人不忍言者矣。嗚呼！孰謂小弟今日不幸類是耶？

我尹氏以世家大族，式至于今，衰微孤弱日甚一日，內無緦功之親，外絕友朋之援，兄弟二人，若形影之相弔。兄又棄弟，弟將疇依？我觀他人，有兄庇之，繄我獨無，我寧不悲？我觀他人，有弟奉之，我獨不能，我寧不悲？人之塤箎，我莫效之；人之鬩墻，我猶美之。平居恒忽忽，忘言而忘生。自我無兄，于今才四五朔，而猶尚如此。況乎從今以往，無非絕悲至恨底情地，則安得不失聲長號，心碎而腸摧也？

嗚呼！以吾兄之抱負，而止於斯耶？聰敏之姿、超逸之才，粵自髫齡，人莫能及。過眼萬籤，曾不再讀；下筆千張，掃盡一瞥。論古今，則二酉、五車森在胸中；對研槧，則風檣陣馬，驅來座上。蓋自百文各體以至曲藝衆技，觸處洞然，迎刃而解，投之所向，無不精絶，觀者歎服，聞者驚倒。又若人情物態、事理義例，凡世間百千萬般，擧皆瞭然無疑，逆料遙測若燭照而龜卜。與之論者，靡不爽然自失。

人皆期其早登科第，夬揚王庭，內有以黼黻皇猷，外有以剸理盤錯。而顧乃屢擧不中，卒未得一科名，徒使人不能無"麾下偏裨萬戶侯"之歎。則是果一身之數耶？一門之運耶？衰世之事耶？傾者覆之之理耶？孰謂天生才而必有用也？孰謂理不爽於食報也？孰謂"窮則必通，否則必泰"也？此小弟所以直欲仰質諸蒼蒼而無從也。

嗚呼！以吾兄之仁德，而止於斯耶？孝友之行、慈祥之性，能全所受，不渝於俗。數十年來，家計蕩敗，簞瓢屢空，而事我親必以誠；一姊一弟不能自存，而升米束薪，必欲分之，常有同飢飽之心，每以不能相救，蹙然見於色，發於書；性又好施，見人艱乏，苟有所儲，曾不慳吝，物我無間，靡所較計。以故婢僕感戴，鄰近稱誦。然至見人不是，必正色面責，不少貸。人又敬憚之，不敢以歪語相接。人有過而旣改，則亦未嘗理會科斗時事。是皆"豈弟君子，求福不回"之道。

而顧乃五十年，忍飢受寒，未嘗一日展眉，又未有生育之樂，其於一切世味，蓋淡如也。環顧世間，多子女、富厚、安樂、貴且壽者，未必非握齱薄德人，則又孰謂善者福而淫者禍也？ 爲善者何以勸而爲惡者何以懲也？ 此所謂天難諶而理難必者耶？

嗚呼！以吾兄之壽格，而止於斯耶？心志凝定而無浮動之病，骨相堅剛而無虛脆之患，人以遐享望之，公亦以此自期矣。孰知纔過知命之歲而遽爾觀化耶？夫以吾兄之才且仁，而卒不得受其報，嶔崎孤窮以終其身，而又嘅其年而促之，彼造化翁之橛柄，一何其偏且酷也？

吾家自得姓以來，冠冕之絶，至公身而忽已三世。無乃理有盛衰，運值陽九，終至於沈滯不振也耶？念吾先君子以獨步一代之聲名，而卒不得展布其蘊，至今國人無不嗟惜而疑天道焉。公又繼之，亦止於斯。夫既與之豐，而報則嗇，此又何理也？堪輿家訾風水，五行家咎磨蝎，是或然耶？未可測也。嗚呼痛矣！

吾之兄弟嘗三矣，惟公長於弟八歲，仲氏少於公五年。尙記幼小之時，同被共案，未嘗暫離，自謂天下之一樂，吾輩全之矣。仲氏以清秀之容、神異之才，纔過十歲，不幸短命。當是時，吾家之運，已可知矣。然而猶幸兄弟二人相依相期，讀則聯榻，做則竝硏，自小至長，皆資家庭之學，未嘗出外交遊。鄒聖有言曰"人樂有賢父兄"，正小弟之謂也。顧弟材智下，每當共業之時，仰歎才格之出常而自愧其無能爲役。公猶不以弟愚不肖而棄之，見弟終日終夜誦讀不怠，則喜形于色；一言一行粗率不謹，則敎寓於怒。蕭寺之負笈、場屋之攜券，動輒相隨，庶幾有所成就，以爲悅親之道矣，其奈命與仇謀？解額之聯璧者三，而及其會圍，輒皆見敗，此又難容人力者也。

癸巳之春，小弟幸忝小成。而其後連以侍湯奔走京鄉，兄弟相對，每不禁傷哉之歎。暨乎戊戌風樹之後，則遂成孤露，萬事灰心。回思昔年之樂，若隔前塵，此生此世，更何由復得也？洛水、汾曲，東西漂泊，落落若秋天之晨星，飄飄如洞庭之落葉，一壑苑裘之計，謾作詩中之空言，而每於憑便開緘之際，輒作數日惡。況復數年來，荐遭大無，長時顧頷，實有大命近止之慮？

前冬進拜時，留四五日，長枕而寢，語及圖生之策，只有茫然相愍而已。歸時又歷辭于芝山，惟以歲初爲更拜之期矣。夢豈料凶音之遽承於七八日之間，而芝山拜別仍作千古永訣耶？雖曰"死生有命，人事難期"，禍變之急胡至於此？同氣之間，而未百里之地，乃不得承遺訓於屬纊之時，是豈人理之所宜有者耶？

粵在庚寅，天不慭我以塞禍，而使之當不忍當之境。苟非如小弟之至頑忍者，豈能苟延視息以至今日？而迺今日復作後時之行，此莫非小弟之獲罪神明，有以致之也。嗚呼痛矣！

公無子，以弟之子爲之子。幸成長，今二十歲矣，粗能尋行數墨；新婦頗孝順勤謹，公亦嘗稱之，此其稍可慰者也。天若假公以年，則庶或粗成家業，抱孫優游，以娛暮境。而所可恨者，當此饑歲，又值凶變，想來萬事茫無涯岸。而人心俗態日移時變，縱曰哀憐，誰復顧藉？百尺竿頭更無進步之地，幾箇食口難免顛連之患，累代祠宇，何以奉之？兩家群率，何以保之？至此而向所謂童子之失長者，不足以喻其苦也。言念及此，寧欲無知。公其於斯而尚有憂憫之心耶？抑脫然無係，頓忘人世之累耶？嗚呼痛矣！

繼自今，吾家事都擔在小弟脊上，而顧念氣質脆弱，素自善病；志意庸懦，全欠榦事。況自草土以後，漸多衰微，髮種種而視茫茫，望已絶於立身，計又違於謀生，將何以了得許多般耶？顧今苟有可以合兩家之勢，則奉丘嫂，課兒子，以期他日之成立，自是小弟之責也，而左思右量，計不知所出。有弟如此，不如無弟。公又諒此否耶？嗚呼痛矣！

自冬至今，力不從心，殯事襄禮，俱不能及期，罔非小弟之罪。而惟彼梧林卽吾親山，則所當繼葬餘穴，而術家以爲“不合年運”，又無新卜他山之勢。故不得已將權厝於舍後，以待後日之遷奉。而前頭保存，未可豫期；再舉大事，安保如意？嗚呼痛矣！

往者小弟之來也，公必忙步出外而帶笑迎語；其辭也，必隨而送之，每有悵惜之色。今焉來不見吾兄之出，而去無有吾兄之送；只有一小子纍然持衰，深墨而若不勝。小弟心非木石，安得不悲？嗚呼痛矣！

在京而見鄉書之到，則若將索公之筆；在鄉而當寢睡之時，則若將待公之出；及其入內也，又若將瞻公之坐，聆公之語，而但見素帷飄拂、丹旐寂寞，悲風寒月，隨處傷心而已。則公之容，不可得而復覩矣；公之誨，不可得而復承矣。

惟有昔日遺迹，往往留箱篋几案間，觸目在手，只增悲涕，小弟將何以自慰乎？事有難，孰從而決之？文有疑，孰從而質之？風雨中宵之對床，已矣難得；池塘春草之好句，夢亦何時？遙天鳴鴈，似訴失群之哀；空庭紫荊，如含摧枝之恨。此何人斯，能自堪忍？嗚呼痛矣！

至情無文，焉用是為？而悲慟之懷，匪辭莫宣。茲庸飲涕構拙，以攄胸膈，而言有盡而意無窮，哭有止而悲無已。惟靈不昧，尚鑑于茲。嗚呼痛哉！

大隱巖記

大隱不隱。以隱為隱，隱之小者；不隱而隱，乃隱之大。若所謂大隱金門、大隱朝市者皆是也。

有巖於象魏之北門之北，蓋物之不隱而隱，而其必待人之不隱而隱者歟。昔朴挹翠遇是巖，題之曰大隱巖。

嘻！深山絶壑之中皆巖也。而是巖也獨隱於不隱之地，不為市夫夕子之所辱，而托若人以壽其大隱。隱之不在乎隱而物之有待於人審矣。後之得是巖而以不隱隱者，盍亦挹挹翠之風而不徒物其物焉？

　　逢徐陽月大雪日，無名子記。

乙巳立春乃甲辰臘月二十四日申時也，戲作連珠體

猗歟！

蒼葭乍動，丹莫迭抽，

自申時便是新正，惟辰年自作舊歲。

月青陽而流化，均陶甄於白屋朱門；

日黃道而揚輝，各歡欣於碧桃紅杏。

代人作祭其妻祖文

嗚呼哀哉！

粵在己亥，委禽公門，

獲拜于公，洵儼且溫。

公之愛我，有加諸孫，

于時食食，于時言言。

江聲入琴，山影浮樽，

陪隨杖屨，不翅幾番。

顧以重侍，躬奉晨昏，

每拜旋辭，曾未源源。
越至于今，七易寒暄，
豈意一朝，萬事風飜？
南宿晦彩，白雲無痕，
存沒之間，欲言聲吞。

槩公平生，在公無冤。
箕疇五福，壽爲之元，
猶七十稀，矧九耋尊？
籌添偕老，觴擧回婚。
精力尙旺，視聽靡渾；
聖朝尊年，式推殊恩。

鬓金腰紫，榮耀閭村，
蘭茁其二，孫枝且蕃。
匏葵摘籬，芋栗收園，
問釣秋磯，課耕春原。
咏柴門迥，絶塵世喧；
考槃之樂，永矢弗諼。

性旣朴厚，行又純敦，
親戚之間，咸欽以惇。
暮境優游，左粥右飱，
同採芝綺，異臥雪袁。

生斯老斯，太平乾坤，
純禧備福，旣美且繁。
此其大略，何必絮煩？

惟是小子，善病而惛，
波未理楫，路莫脂轅。
豈不愛屋？久矣辭軒，
慶無躬賀，吊靡卽奔。
孤負眷愛，悲思繾綣，
悠悠此懷，曷可具論？

卽遠有期，載啓丹旐，
<u>楊江</u>如咽，<u>楊山</u>若騫。
公棄斯世，公有英魂，
幽明縱殊，不昧者存。
監我衷曲，庶歆格愛。
嗚呼哀哉！

闢異端說

異端者何？異乎聖人之道而別爲一端者也。闢之者何？開
其蔽塞而使之廓如也。異乎聖人之道，則必害乎聖人之道，
爲聖人之道者，惡可不辭而闢之乎？

夫子曰："攻乎異端，斯害也已。"當是時，異端之害似若有不甚可憂者，而聖人之言如此，其爲後世慮，至深遠矣。故程伯子有言曰："道之不明，異端害之。""闢之而後，可以入道。"異端之不可不闢也，有如是夫。

在昔戰國之時，楊、墨以爲我、兼愛爲異端。而孟子以爲無父、無君，又曰："能言距楊、墨者，聖人之徒也。"其闢之之嚴蓋如此。

及孟子没，而異端之說日新月盛，咸能惑世誣民，充塞仁義，而又未有若老、佛之彌近理而大亂眞。故其所以陷溺人心，爲吾道害者，至此而極。然自漢以來，未有能闢之者；至唐，韓昌黎始奮然筆之於書，以闢老、佛爲己任。偉矣哉！

自是厥後，又寥寥未之聞焉。至于宋，程夫子兄弟者出，而傳千載不傳之緒，斥二家似是之非；朱夫子又繼起而闢之，使聖人之道粲然復明，而蔥嶺伊蒲塞氣味遂不敢肆。譬如太陽亭午而魑魅遁，春風和暢而陰氷消。天下後世之人，皆知一染異端，便作吾道之罪人，趣舍有定，路徑無岐。昌黎子有言曰："孟子之功不在禹下。"愚亦曰："朱子之功不在孟子之下。"

惟我東國雖僻在海外，素被父師之敎，獨傳禮義之俗。至于我朝，聖神相繼，崇儒重道，一洗羅、麗之陋習，制度文物郁郁乎不讓姬周。里皆絃誦，門成鄒、魯，人非孔子之道，不習也；士非朱子之言，不從也。無論楊、墨、老、佛，卽權謀術數、百家衆技之流，一切皆鄙夷之，不待闢而自無所容於世。《詩》曰：「周道如砥，其直如矢。君子所履，小人所視。」其此之謂乎。

余雖有生晚之歎，猶以遭值斯世爲幸，閉門讀聖賢書，于今四十年矣。雖時復應舉，而病且懶，不能出入交遊，人亦無肯顧之者，每恨離索窮陋，不能有以盡其切磋講劘之方矣。

近日客有來者曰：「子亦聞所謂天主學乎？」

曰：「未也。何以謂之天主學也？」

客曰：「其學本出於西洋國利瑪竇，其書有所謂《天主實義》等十許目，而中國人有治之者。年前我國使行時購其書以來，輕俊之士見而悅之，多學焉者矣。」

余曰：「其學之宗旨云何？請無問其詳，且問其略。」

客曰：「其學專事天主，天主者，上帝也。大意以爲‘人雖生於父母，特不過偶然形化，則所可尊奉者，惟天主是已’。於是模出天主之像，有若眞有形體之可象者，而朝夕頂禮，以致虔誠，‘一此弗懈，則升彼天堂，享受快樂，雖身犯大戾，手足異處，亦無害也；小或怠忽及有斥其說者，必入地獄。’日夜所冀者，惟在乎肉身速蛻，魂靈返眞；所講者，不過乎《眞道自證》、《敎要序論》等書。

其於儒家，則所不敢毀者惟孔子，而自孟子以下不取也，至於程、朱則攻斥之甚至。此又淸人毛奇齡之言也。其大致如此，他餘奇詭之說不一而足。子以爲何如？」

余曰：「此異端中之尤無倫而絶悖理者也，顧何足多辨也？蓋自古異端，雖其所以爲說者各自不同，亦皆有把捉論辨之義，　如楊之似義、墨之似仁、老之淸淨無爲、佛之寂滅頓悟，舉足以惑天下之人。而至於佛氏之法，尤爲近理，故漢、唐以來，　高才明智之人率多逃焉。此程、朱所以極力辨破，而其有功於聖門，不可勝言者也。

今子所謂天主學，是果何義何說也？此蓋佛家之劣乘，而其陋悖之說又佛之所不道也。苟粗有知覺者，必笑而不答矣，又何足以惑之哉？

吾聞利瑪竇於天文地理及天下之事無所不通，自謂'四海萬國，跡無不及。故其星曆推步之術，最極精妙，至今天下遵用其法。雖在外夷絶域，亦可謂神智之人也'。不佞平日每論及此事，未嘗不想像而奇歎之，豈料更爲此一種杜撰之學，而遺風餘波至及於一片禮義之邦耶？

嘗試思之：自古有才智者，類不肯循踏前人之迹，而必欲別立門戶，以自壽其名於千秋。故常反前人之爲而爲之，如蘇秦旣合從，則張儀反之爲連橫；楊朱旣爲我，則墨翟反之爲兼愛。此其意以爲已然之迹不足以新一世之耳目而使之靡然從之也。故必也飜案出來，換做名目，以爲拔趙白旗，立漢赤幟之計耳。

彼瑪竇者挾才多智，自以爲超古今，騁寰海，而獨立萬物之表也。必將以神聖自處，刱出萬古所未道之語，以作萬古所未有之人，　而乃以伏羲、神農、黃帝、堯、舜、禹、湯、文、武之繼天立極者爲庸常而不足述也，　周公、孔子、顏、曾、思、孟之立言垂後者爲陳腐而不足師也，　程子、朱子繼往開來、衛道距邪之千言萬語則又卑之且惡之而斥之，將欲異乎此而別爲一端。

則凡異乎此者，從古不爲不多矣，皆已經群聖賢勘破，五尺之童羞稱之。是不可以自立標榜，欺天下後世。於是乎拈出至高無上、至尊無對底'天'之一字，暗依經傳中'上天'、'上帝'等語，而又不欲用儒家文字，乃以'天主'二字爲其尊事之目。而尊事天主而已，則又不足以誑惑愚民，故復爲肉身魂靈、天堂地獄之說，要以神其說而歆動恐懼之；既又慮其混於浮屠之流，乃更外爲詆毀竺敎之論，以別其指。原其情狀，蓋亦巧矣，而自我觀之，可笑不足怒，可哀不足戰也。

至若其說之是非邪正，譬若白黑之易分、玉石之不混，不待辨析而自無所逃，又何足費辭呶呶也？"

客曰："子之言誠然矣。然而今世之士大夫子弟，已多爲此學者，惡在其不足辨也？"

余曰："恒人之情，好新而喜奇；且苟非持守有素，則鮮有不動於禍福者，此所以驟見而悅之者也。然而人誰無良知良能，而甘自入於外倫常、沒義理之敎哉？如或有酷好而甚信，終迷而不返者，斯乃失其常性者耳，又豈多乎哉？此固不足慮也。

又況聖明在上，尊崇儒道，非若他時之人各異師，士不同道，百家騰躍，萬匠驅馳，致有邪害正、非勝是之患也。設或有詿誤漸染之弊，則必有嚴斥痛禁之美，子姑待之。

且子如見爲此學者，爲我語之曰：'人無無父母而爲人者，士無無聖人而爲士者；天不可誣，道不可二。火其書，洗其心，無惑西胡之邪說，無爲吾道之罪人。'"

客去，乃記其說，以示兒輩。

余既爲此說，以爲不足辨，而私又咄咄曰："異哉！自<u>朱</u><u>子</u>以後，庶無更有異端之惑人者；而於今忽有之，稍有才而尤好奇者，率多歸焉。直欲使西土高於華夏，<u>瑪竇</u>賢於仲尼，揚揚焉得得焉自喜自足，若將蹈水火而不顧。此何故也？無乃運氣之所使然耶？不然，何其不當惑而惑之，一至此也？"

居亡何，朝廷治逆獄，株連於爲其學者。司寇因捕其教授者，刑而流之。其徒初或願與之同死矣，後遂不敢復言；其他同學之類，恐其連及，紛紛然爭迭呈文，以自明其不爲。又太學發文以斥之，其人或反自署其名，以示共擯之意，其情可憐還可笑也。

蓋其初悅而學焉者，專爲禍福所動。故及其利害所關，曾不移時而爭相投降，惟恐人之指以爲"爲其學者"，此必然之勢也。余於是喜其前言之幸而驗也，更書于後。

又。記答人之語

謹按<u>程子</u>曰："<u>老子</u>書，其言自不相入處如氷炭。其初意欲談道之極玄妙處，後來却入做權詐者上去，如'將欲取之，必固與之'之類。然<u>老子</u>之後，有<u>申</u>、<u>韓</u>。看<u>申</u>、<u>韓</u>，與<u>老子</u>道甚懸絶，然其要乃自老子來。蘇秦、張儀則更是取道遠。

初，秦、儀學於鬼谷，其術先揣摩其如何，然後揶闔；
揶闔既動，然後用鈎鉗；鈎其端，然後鉗制之。其學既成，
辭鬼谷去，鬼谷試之，爲張儀說所動，如入庵中，說令出之
之類。然其學甚不近道，人不甚惑之，孟子時已有置，而不
足論也。"

夫鬼谷、儀、秦，其術易以動人。故當其馳騁之時，七
國之君皆從風而靡，天下振動，名流後世，此非趦趄者醜也。
而孟子以爲"妾婦之道"，程子以爲"甚不近道，人不甚惑"。蓋
其揣摩揶闔之術，雖足以鈎取當世一時之功名；險詭鄙陋之
言，亦不能陷溺天下後世之人心，非如楊、墨、老、佛之愈
出愈近，易以惑人者。故曰"不足論"也。

今此所謂天主學者，奚翅甚不近道？直可謂全不成說。
其所謂尊奉天主，　雖欲依倣於經傳中"昊天"、"上帝"等語，
而以無聲無臭之載，欲求之形像模畫之中，此不可以欺竈間
老婢也。其所謂天堂地獄，雖欲祖述於貝葉間"輪回報應"之
說，而粗淺庸俚，反不能窺其藩籬，殆甚於小兒之塵飯塗
羹，人誰信之？至於棄父子之倫、斥聖賢之訓，胡叫亂嚷，
備盡無數醜惡底光景，又有狂夫醉漢之所不敢道者。

余雖不見其書，聞人傳說，其學不過如此，誠不曉今世
人之何爲而始或不能無入於其中也。然當自起自滅，置而
不論可也。

和窩記

余既靡家而屢遷，竊自比於和氏之三刖，因名所處小屋曰和窩。客有問者曰：「刖則信有取已，璧亦可謂云爾已矣乎？」

曰：「則吾豈敢？雖然，有說焉。當璧之藏於璞而隱於荊山也，特不過一拳石耳，樵夫遊人日見之而不顧；及其見知於和也，亦惟和一人而已。和思以其所知者，知於人，卒三刖而不已，為璧謀則善矣，為身謀則吾不知也。洎璧之為璧也，天下爭寶之，楚欲悅于趙，則明光奉而之邯鄲；趙欲售于秦，則相如以頭睨柱；秦欲餂之，則白起坑四十萬於長平；卒之，虜遷、嘉而夷之，皆璧為之祟也。

然後單斯、壽之技，作天子之璽，萬世相受，重於九鼎。璧則遇矣，而天下多不幸耳。堯、舜抵璧之世，聞有授時之和，未聞有抱璞之和。又何嘗有傳國之璽也？然則和之刖非不幸也。

今余讓他識寶一隻眼，未免為荊山下尋常樵夫。其不能為璧謀固也，而為身謀則亦可謂'匹夫無罪'，豈若和懷璧以為其罪耶？璧之為璧若不為璧，迺非君子之所先也；而祟天下不幸 而使人謂己'非不幸'，又非吾所欲也。獨恨余幸生昭代，而無一能可以效芹曝之誠，自取陵陽之美名，顧踽踽焉徧國中，無與立談。東西飄泊，朝莫棲遑，反有似於泣刖，故尚友以況之。蓋和之所能，固吾之所未能也；和之所為，又吾之所不為也，而獨其所遭遇，殆與之相類，是之取爾。」

客唯唯而退，遂書以為記。

權氏廟重修完議小識

天下之事有經或有權。 以人家立廟奉先一事言之，廟於宗子宗孫之家而祀之，固萬世不易之大經也。而事變無窮，不幸而宗家或不免於蕩析瑣尾，不能自存之患，而廟底於荒頹之境，則爲其廟之支孫若外裔者，其可曰"我非宗孫，非我責"，弗思所以修葺之道乎？是則所謂可以權者也。

余外王考妣廟在汾津。而其宗孫窶甚，弗克安土，保抱纇徂，廟不蔽風雨，傾圮在朝夕。瞻拜之餘，不勝愴痛，迺言于廟下支外孫曰："吾與子等皆忝在諸孫之列，而廟今若茲，其敢曰'不知'？宜各出力以葺治之，且以時節無廢香火。"僉曰："唯。"

因詳定其節目儀式，俾有遵守之方。若夫各自勉勗，無相猶矣，以底永久，則宜不待余言，茲不復申。

歲乙巳十一月初八日，外孫坡平尹愭拜手謹識。

名字謎

惟土惟皮，【坡】聖法衡同。【平】

君不尙口，【尹】耳順心通。【愭】

于以直內，【敬】上達天衷。【夫】

【一云：厥土織皮，聖法如準。伊後無人，立心耳順。苟能右文，上通于天。】

白木硯匣銘

木近仁，飾弗用金銀。
白昭質，色弗加朱漆。
我爾取，因以定石友。

與內從侄權倪

卽惟辰下，孝履支持？向聞有所遭曲境云，今則已出場而能
有雪憤之望耶？遠地不能種種聞知，甚爲悶鬱。

此中頃纏迎壻，又將有送門之事，無非愁亂處，奈何？

祠堂改造事，雖賴會議而定，其所仰成則非哀伊誰？近
聞尙無始役之擧云，未知緣何而遷延耶？若謂諸論岐貳，則
其時相議，已知僉同之美意，到今數三朔之間，似無變改之
歎。若謂物力不足，則當初已有商確，不必材瓦之完好，只
斬園中之木，構成一間，蓋之以草足矣。

哀或以此爲持難之端？而吾意則只主乎祠宇之免頹壓
而庇雨雪。與其爲外面之觀聽，而淹延時月，以致罔極之
變；曷若務安奉之實地，而急速圖辦，俾無目前之患乎？

蓋吾輩之爲此論，誠非得已也。据今所見言之，則實有
時刻不忍忘者。故不顧希聖之怒、敬伯之嗔，而妄出從便
之計。哀之心豈後於吾之心，而凡完議中諸人之心，亦豈泛
忽耶？

如此等事，旣以爲不可不爲，則只當各自爲其所當爲，而毋責他人之不若己，然後可以有成。苟或彼責此非，甲效乙尤，則豈所以共謀爲先之意乎？

竊想哀之心，雖使獨當，有所不辭；而安叔則使之來役，必不敢避；貫之則看役及有所出物，亦必樂從；吾雖在遠，苟有所共出力者，則謹當如約。其餘諸人則渠自以爲先之心，隨衆效力則好矣；而儻或不然，亦何必强迫之，又從而效之耶？

完議旣成之後，今若中止，則揆以情理，參以事面，實有所萬萬未安者。故茲以書議，幸須亟遂前約，無貽後悔焉。餘不宣。

和窩上梁文

伏以所謂"富貴行富貴，貧賤行貧賤"也，斯乃聖訓當行。不曰"一國友一國，天下友天下"乎？至有古人尚友。茲於容膝之所，庸揭指目之名。

主人技惟雕蟲，命乃磨蝎。自少讀聖經賢傳，旁及諸子百家；至老昧物態世情，常愧一未億中。志謾篤於附驥，義向黃卷中每尋，才則短於畫龍，望斷青雲上自致。一日二日以至此耳，尙誰咎哉？四十五十而無聞焉，不足畏矣。

至若處世而接物，尤患寡合而多違。徧國無與立談，猶恥齊乞人行色；在潤獨寐寤宿，莫追衛隱者高蹤。禀賦迂疏，無奈得乎天者如此；言辭拙訥，有非學於人而可能。毋論遠近親疏、老少尊卑，率皆齟齬若方鑿圓枘；其於冷暖燥濕、取舍向背，動輒乖戾如燕軹越轅。閱歷奚止百千萬般？顚沛難以一二數計。誦孟子一樂之訓，已矣此生；愧叔孫三立之言，未能不朽。

虛占龍門解額，幾度增廣、庭試之場？甘與馬卒比肩，堪羞成均進士之號。好美而醜，好少而老，何顏郎未遇者多？賣肉則熱，賣漿則涼，蓋姜子所值也巧。

是以東西漂泊許多歲，竟作欹崎歷落可笑流。靡室靡家而未奠厥居，殆甚突不黔、席不煖；於京於鄉而莫適所向，頗似舟無楫、車無綏。不聞人送汝，但見汝送人，那免揶揄於鬼手？豈惟世棄我？抑亦我棄世，已絕戀係於心頭。

洞庭之秋葉飄飄，何處歇泊？長天之晨星落落，靡所親依。固知棲棲者何爲，徒自嘐嘐然曰古。衡門泌水之樂，仰高標於千秋；索帶野徑之歌，挹遺芬於三閭。

如滿得於空門，韋楚得於山水，禹錫得於詩，皇甫得於酒。美哉，白樂天之風流！梧琴托之嶧陽，石磬托之泗濱，竹榻托之夢，《南華》托之心。展也，李建勳之閑適！

伊終古安分知足之何限？固多簡策流芳。彼沒世逃名滅跡者幾人？類皆草木同腐。竊觀卞子故事，最近老夫平生。自以爲寶焉，世孰肯信？人皆曰石也，汝何獨知？始獻之武王，再獻之文王，三獻之成王，胡至此苦不知止？既刖其左足，又刖其右足，并刖其兩足，未可謂善自爲謀。悲風助荊野之聲，淚繼以血；浮雲視陵陽之貴，心質彼蒼。

茲當鷦鷯之棲一枝，益歎狼狽之同前轍。三年謀數椽之構，奈爾拙之似鳩？百代感一士之風，嗟厥迹之合贊。備嘗千辛萬苦，何似屢蹈刃之時？窮研二酉五車，不啻獨抱璞之舉。或僑或儌或借或寄，蓋嘗數十年而數十遷；如醉如病如癡如狂，相望千載上而千載下。

迺於青門之內，爰定白屋之居。世爭稱洛陽東村，鬱蔥蘢之氣象；山遙分上林北麓，聳飛舞之精神。巷接朝陽樓、朝陽橋，名園臺榭之似圖畫；地號蓮花坊蓮花洞，清水芙蓉之去飾雕。井冽寒泉，藹赴萃以靈氣；離奇老木，澹偃蹇如高人。

庸建數楹，先相隙地。鳩聚得木石茅索，規模則房一間、軒一間。烏能免甕圭蓽繩？粧點者墻半面、簾半面。斧彼鋸彼，曾不借梓匠指揮之功；縛之編之，眞可稱盯畝目巧之室。杜工部浣花溪上，謾想裴節度、王錄事高風；邵堯夫天津橋南，難繼王宣徽[5]、司馬公遺躅。

惟其閑居最僻，所以幽趣無窮。十丈紅塵，何關咫尺之熱鬧？一區翠靄，堪樂尋常之閴寥。麓林儼環抱之形，此是天作屏也；岸栢疑崒崔之狀，豈非木假山耶？雪堞嵯峨，明落照於南漢；碧柳掩映，媚韶光於東闈。

白叟黃童，咸共樂於康衢煙月；幽花怪鳥，各自得於城

---

5 王宣徽：저본에는 "尹宣徽". 王安石의 新法에 반대하여 邵雍과 정치적 입장을 같이했던 王拱辰(1012~1085)이 1062년 洛陽 尹으로 있으면서 천진교 남쪽에 30칸짜리 집을 지어 소옹에게 준 일(《古今事文類聚·買宅遺康節》)이 있으며, 그가 宣徽北院使에 제수된 일이 있으므로, "尹"은 "王"의 오자로 판단하여 수정.

市山林。於焉吾愛吾廬，于以自嘲自解。絶蹬音於空谷，縱歎離群而索居；凝心神於一床，旋喜隨處而默契。垂簾塞兌，坐虛白而閉重玄；扶杖邅觀，繞千紅而開萬紫。

入吾室者但有清風，對吾飲者惟有明月，謝譓之閑趣依然；徑其戶則若無一人，披其帷則非無主翁，傅昭之靜界宛爾。敢爲嶢嶢而皦皦，不恨踽踽而凉凉。殘書幾卷了却焉，所願學者紫陽夫子；破屋數間而已矣，若是班乎玉川先生。

效昔賢四不赴、四不出之規，所貴行可則行、止可則止；異前人二宜去、三宜休[6]之迹，何必北山之北、南山之南？坐而琴酒、里而松栢、鄕而雲山，遠愛元漫郎之志槪；梅則寒秀、竹則瘦壽、石則醜久，暗照文與可之襟期。

欠伸屋打從君嗤，高明鬼瞰非吾願。翬甍燕廈，固是他自好而我無緣；蝸廬鶉衣，何妨人多厭而世看醜？爰居爰處，爰笑爰語，泥龜之性情難違；載寢載興，載嘯載吟，檣烏之生涯隨遇。張仲蔚之蓬蒿一徑，誰識窮巷寒儒？陶元亮之菊花數叢，聊作晚境勝友。

或自歎息而長想，一何眞假之倒懸？魏田父之獲明珠，遽棄遠野；宋愚人之藏燕石，十襲緹巾。物有實美虛名，蓋亦遇不遇也幸不幸；世無眞知的見，孰能是爲是而非爲非？

---

6 二宜去三宜休：저본에는 "二宜去二宜休". 《古今事文類聚》別集 권22 "三宜休" 조에 당나라 司空圖(837~908)가 벼슬을 그만두고 中條山 王官谷에 은거하면서 쉬어야 할 이유로 세 가지를 들었다는 고사가 있고, 같은 책 같은 부분에 나란히 있는 "二宜去"조에 당나라 孔戡(752~824)가 尙書左丞을 사직하면서 떠나야 할 이유로 두 가지를 들었다는 고사가 있으므로, 뒤의 "二"는 "三"의 잘못으로 판단하여 수정.

惟世事固自如斯，彼和氏獨何爲者？懷璧其罪，伊寃酷無容議爲；裂土非心，噫愚忠有足愍矣。口不言其中之必有，眞是明月之暗投；心獨惜此物之非常，只恃白日之臨照。

舉荊楚而莫識，宜其小怪而大驚；曾葵衛之不如，是何艱多而知寡？嗟乎！我非子而安知子？奇哉！跡不同而有相同。癡誠徒抱於獻芹，奈乏懷寶之美譽？嘉謀無取於食蘖，況論匵玉之善沽？

或見知，或未見知，語厥終則爾固勝也；有全足，有不全足，論其始則吾爲優乎。彼一時，此一時，縱云參差其遇；由百世，等百世，若夫孤畸則均。

於是扁以和窩，揭諸矮壁。顧名茲在茲之義，蔽之一言；用大書特書之規，表以二字。楚山之寶氣悽愴，尚想三日泣苦忱；荷麓之環堵蕭條，每愍一隻眼眞具。

彼世人之好蔽，雖使題以石亦何傷？欲吾志之必明，至於視猶土則太過。斯誠尚論於古，可無肇錫以嘉？千霜興隔晨之懷，聊復爾耳；片月留照夜之色，以觀子心。

曰“友之”云，竊欲比予于是；於我乎見，且可隨分而安。至今詠葭蒼露白之詩，尚庶幾托子知己；自古多梔黃蠟澤之愛，獨奈何俱丁不辰？

自以缺陷界晚生，幸作太平世閑跡。竟日無敗意之俗物，雖設門而常關；半夜有會心之好書，時掩卷而太息。人似樗櫟無所用，猶足得全；玉如桃李不自言，魚目亦笑。年願豐而道希泰，不禁漆室女之憂；山癭影而石韞輝，謾羨光斗牛之瑞。

粗免木處土處, 何用輪焉奐焉? 陳元龍之高臥百尺樓,
縱難追湖海奇氣; 管幼安之堅坐一木榻, 庶可學遼野逸民。
酒謀病妻, 老去經綸不草草; 書課稚子, 閑來事業自恢恢。
成虧相仍, 試撫枯桐三尺; 輸贏互變, 默觀殘棋半枰。

由來多忤少容, 敢曰安貧知命? 積雪閉戶, 無人問袁安
之家; 淋雨連旬, 有誰子桑之飯? 曲肱樂亦在其中矣, 不願
文繡膏粱; 皷腹歌"何有於我哉", 莫較縕袍狐貉。狷狹之性
轉甚, 嗟不免昨日這樣、今日這樣, 虛過百年; 疏懶之病難
醫, 愧未能退人一步低人一頭[7], 壁立萬仞。載颺善頌, 以落
幽居。

兒郎偉抛梁東, 駱岑初日射窓紅。
宮園松檜如君子, 一色靑靑四序同。

兒郎偉抛梁西, 天爲幽棲設小堤。
遮却市朝成別界, 春來芳草自萋萋。

兒郎偉抛梁南, 峯深紫閣繞蒼嵐。
午門漏盡多車馬, 臥聽鍾鳴三十三。

兒郎偉抛梁北, 華岳高高拄斗極。

---

7 退人一步低人一頭 : 저본에는 "退人一步低人一步". 이는 《朱子大全》 권59 〈答
趙恭父〉의 "所說退人一步 低人一頭者 此則甚善"에서 따온 말이므로 뒤의 "步"
는 "頭"의 잘못으로 판단하여 수정.

下有<u>仲尼</u>數仞墻，德音躬奉何由得？

兒郎偉拋梁上，只有蒼蒼天可仰。
暗祝豐登候月星，好風好雨終宵望。

兒郎偉拋梁下，聖明之世悠悠者。
時時欹枕看兒嬉，爲是年來無事也。

伏願上梁之後，客有可人，案多奇字，心無憂，身無病，永作升平閑民；天不怨，人不尤，好驗隨時妙義。古來不識寶，任他赤水遺玄珠；　席上自有珍，　休敎靑蠅點白璧。【人謂余：“此作多作科體對偶，殊非古儷文體也。”此恐不然。古儷文及古律聯，亦多不以義對而以字對者。若不以科體眼觀之，而只作不對之對觀之，亦何妨也？】

九樂軒記

昔有<u>榮啓期</u>者行乎郕之野，鹿裘帶索，鼓琴而歌曰：“天生萬物，惟人爲貴，而吾得爲人，一樂也；男女之別，男尊女卑，故以男爲貴，吾旣得爲男，二樂也；人生有不見日月，不免襁褓者，吾旣已行年九十，三樂也。貧者，士之常；死者，人之終。處常得終，當何憂？”夫子曰：“善乎，能自寬者也！”

余嘗讀而慕之，曰：“嗟乎！往古來今，有此三樂者不爲不多，而能知其樂者，蓋榮啓期一人而已。此所以見稱於聖人，而其高風遺韻，至今歷幾千百載，猶足以令人景仰不已也。豈不誠偉人乎哉？”

又反而求之，曰：“之三樂，奚獨之一人？吾亦庶幾焉耳矣。但未知能到得九十地界，而顧今屈指數，九十已强半。雖使過九十以往，亦不過如斯而已，視彼不免襁褓者，其樂蓋與九十者無多讓焉。特自他人觀之，差有五十步、百步之別耳。”

既又猶然而笑，曰：“吾之樂，奚獨之三者？蓋又三之矣。請自之三者以下，足而數之。

吾觀世之人獲天刑者多，眇者、尪者、啞者、瞶者、脣缺者、齒齾者、尫而魑者、攣而痿者、籧篨者、戚施者、贅癭者、駢枝者、偏枯而支離者，千奇百怪，不可殫舉。形既生矣，腕或爛於炭，指或截於莝，勢或啖於獝，墮而折僂，顛而痕疣，又有癩、痣、瘇、瘡、蟲食、風中、口喎、眼斜、病心、喪性之疾，亦不可勝紀。而吾得免焉，此樂之四也。

人生不辰，遭遇板蕩，或骨肉分散，或肝腦塗裂。毋論戰國、秦、漢以下，卽三代亦然。觀於《詩》、《書》所載，可知已。今天下雖曰晏然，顧瞻周道，盡入氈裘之域，微吾東，吾其被髮左袵。而幸以殷父師遺民，又際我聖朝至治，偃仰自在，歌詠太平，此樂之五也。

人或有不學無識，目昧一丁，已既冥擿，人不齒數，蓋其平生無非羞憤之日。而吾得粗傳家庭之教，其於聖賢之訓、古今之變，略不無依俙彷髴焉者，此樂之六也。

我國最有君子小人之別，哀彼小民禿指黧面，終身不得休息；又皆編於行伍，督急租庸，動被鞭枷。至若奴隸之屬，恐恐然恒以得免笞罵爲幸。而吾幸賴祖先之餘庥，迺得冠儒冠，服儒服，獲廁於士君子之列，此樂之七也。

人或有奇才美行，而家世親屬一有世累，則終身不齒，爰及苗裔；或與人有世嫌，出門輒拘礙。又有自玷其言行，見擯於一時，遺臭於後世者。而吾無是焉，此樂之八也。

人皆有親疏取舍，以之爲恩怨禍福，怨有招於疏與捨，禍或胎於親與取。而吾以迂疏拙訥之故，人不甘之，平居終歲無剝啄者；吾亦不能事追逐，遂與世莫往莫來，固已省拜揖酬應之煩，全靜寂優閑之味，儘有愜於懶散之性。而時或倦遊太學，遇相識寒暄外，彼輒漠然。吾以爲不可以絕物，強欲與之談，則乃冷答之，甚則顧左右，吾竟憮然而退。以故雖自視踽踽凉凉，亦不見有切齒以胥之者。是眞所謂無所與而超然者也，又焉有恩怨禍福之可言乎？此樂之九也。

夫以太倉稊米之至微者，兼此九樂而有之，此皆天也，非人也。天之所以餉我者不亦厚乎？若其區區之科宦得失、人世憂樂，直外物之外物耳。雖幷日而食，易衣而出，如此而生，如此而死，敢以是爲憂耶？於是遂額所居小軒曰九樂，蓋演榮啓期之餘意，而欲以其所以自寬者自寬也。

子曰：‘樂天知命，故不憂。’又曰：‘飯疏食飲水，曲肱而枕之，樂亦在其中矣。’余之所樂，雖不敢妄議於此，而其所以隨遇安分，無求於外則或不至見笑於<u>泰山</u>丈人矣。 人之見之者，尚亦有以罪我而知我乎否?"

歲在圉朝之凉月下浣，<u>無名子</u>書。

文稿　册二

全體 缺落

無名子集

文稿　册三

書壁自警

1.《宵雅》曰："高山仰止，景行行止。"子曰："詩之好仁如此。鄉道而行，中道而廢，忘身之老也，不知年數之不足也，俛焉日有孳孳，斃而後已。"聖人之教人，不過如此；人之學聖人，亦不過如此。

2. 敬是通上下、貫終始底物也。斯須不敬，前功皆廢。

3. 朱夫子戒子書云："'勤'、'謹'二字，循之而上，有無限好事，吾雖未敢言，而竊爲汝願之；反之而下，有無限不好事，吾雖不欲言，而未免爲汝憂之也。"切哉，是訓！請書諸紳。

4."參知而後動，可驗而後言。"不特婦人，丈夫守身之法，亦當如此。

5."鷄猪魚蒜，逢着即喫；生老病死，時至即行。"毀譽愛憎，任其所爲；窮達拂順，隨其所遇，今此下民或敢侮余？

6. 使我知之，謂人不知，人不知，亦謂我不知。因以我知，戰人不知，欲其從我，是亦不知也。況我不知乎？

7. 以聖賢自期，毋以恒人自處；以恒人恕人，毋以聖賢恃人。以聖賢恃人，人之自待也，不以聖賢，則將奈何？以恒人自處, 人之責我也, 不以恒人, 則將奈何?

8. 寧拙毋巧, 寧訥毋捷, 寧野毋史, 寧魯毋銳。故天下之拙者, 無在吾上, 而恒自患其或染於巧; 天下之訥者, 無在吾上, 而恒自患其或近於捷; 天下之野者, 無在吾上, 而恒自患其或類於史; 天下之魯者, 無在吾上, 而恒自患其或入於銳, 人有嗤之以訥、拙、魯、野, 則喜不可言。

9. 今夫洪鍾, 苟叩之則輒應。然大叩之則大鳴, 小叩之則小鳴, 不叩之則寂然。乃有人不叩而臨之, 曰: "是鍾也無聲, 將焉用?" 或曰: "叩之乃有聲。" 於是援寸筳微叩之, 曰: "是鍾也, 叩之亦不大鳴, 安在其爲洪鍾? 曾不如瓦缶。" 爲洪鍾者, 不亦寃乎?

10.[8] <u>穀城</u>老叟被歐於孺子, 則必無五日之期; 草廬布衣見迫於大耳, 則必無三顧之許。夫二子者, 豈故欲神其迹而餂之哉? 蓋不如是, 則誠無益也。故聖賢之道, 來者勿拒, 去者勿追, 苟以是心至, 斯受之而已矣。

11. 德無不報, 怨非所屑。屑怨, 非長者。

---

8 底本에는 이 조항이 윗 조항 속에 들어 있으나 주제와 소재가 판연히 다르므로 별개의 조항으로 처리함.

12.“忍”之一字，衆妙之門。百忍而一不忍，非忍也。

13.人之趨我，非趨我也，趨其所求也，吾不知其爲榮也；其侮我，非侮我也，侮其所賤也，吾不知其爲辱也。所趨侮者在彼，吾以爲趨我、侮我，因以爲喜怒，不猶見他人之被人趨侮，而便自尊大、忿恚者乎？自識者觀之，恐以爲不長者耳。

14.古語云：“病從口入，禍從口出。”蓋謂病由於飲食，禍由於言語也。天下之人苟生而有口，則不得不入之，又不得不出之，而入之小過，則病隨之，況大乎？出之小過，則禍應之，況大乎？人亦莫不知其然也，莫不戒其然也，而能免焉者甚鮮，其故何也？暫時之或忽，而以爲無傷者，終身之追悔，而無所可及，寧不難哉？寧不懼哉？然則如之何其可也？

於其入之之時，而必反而思之，以爲是將爲吾病也，則不能不節之矣；於其出之之時，而必反而思之，以爲是將爲吾禍也，則不能不愼之矣。此心暫忘，則必至於縱而將不勝其悔矣。一開口之間，而必能反而思之，苦其入之甘而難其出之易者，其殆庶幾乎。

15.<u>季文子</u>三思而後行。余嘗欲三思而後言，竊比於金人之三緘、<u>南容</u>之三復，而卒未能也，每一出言輒悔。嗚呼！悔其終不可寡乎？

16. 毋違衆，毋徇俗；違衆則詭，徇俗則流。詭與流非吾徒也。

無害義理而有駭瞻聆，自用己見而不顧時宜，是曰違衆，雖使有所據而爲之，猶不可也。

若夫輕薄之態、譎詐之風、齷齪之習、炎涼之情、酒色財利之嗜好、博奕賭戲之遊浪、忌忮傾險以爲伎倆、便宜剽掠以爲緊要，凡一切俗子波蕩風靡者所爲，難以僂指。有一於此，更無可觀，小則自賤自辱，爲識者所唾鄙；大則必至於敗家亡身而後已，是可以俗尙而徇之乎？

易染者，耳目所近；易忽者，文字所戒，苟非堅着一心，念念不忘，則難乎免矣。可畏可畏！顧之哉顧之哉！

17. 多客之門，不可數往；少實之人，不可深交；多利之事，不可耽爲；少稽之言，不可質語；多味之饌，不可飽進；少閑之地，不可久留。

18. 凡物理，激者難定，如水激、矢激皆不得其正。惟人亦然，激於中而急猝難抑者，怒也。此先儒所謂"七情之中，怒最難制"者也。故方怒之時或不知死生，而少頃之間未有不旋悔，旣悔無及而復有所激，則其發又然。此非不自知其過也，直由於氣之激爾，乃人之大患也。

吾每反省吾身，百愆千尤，蓋未嘗不在這裏也。而卒不能不貳，此氣質之偏，而又無學力以變化之也。今老矣，將若之何？

19. 人所最不堪者，情外之責也；又有甚於此者，無根之謗也；又有甚於此者，不顯謗而意之目之、外之，且隱然譏之也。蓋責猶易明也；謗難人曉，而亦可以辨；至於意之，則雖明知意己，而無由辨之，此所以爲至不堪也。

　　然苟反諸己而無怍，則斯已矣，吾如彼何哉？故毋論責與謗與意，都不如無辨，又都不如自省。

20. 便旋勿向日月，行步必避蟲蟻。此雖小節，可以終身行之。

21. 古人以日晏高臥爲不祥，又以一朝科頭、三晨晏起爲召天怒之愆，而人多忽之何居？

22.《書》曰：“位不期驕。”大抵人情有所挾則驕。挾固不一其端，而語其大者，則曰門閥也，貴勢也，文學也。有一於此，未或不驕，此固凡人小腹之所不免。而自古及今，未有驕而不亡者也，上愼旃哉。

23. 毋妄想、毋妄語、毋妄動，此三者足爲治心守身之要。

24. 君子之容，恭而已矣。以聖人言之，自堯、舜之“允恭”、“溫恭”，以至於夫子之“恭儉”、“恭安”，皆恭也；以論學言之，自“貌思恭”、“禮之端”，以至於“篤恭而天下平”，皆恭也。恭之爲德，其盛矣乎。

蓋恭與敬如形影然。恭，敬之見於外者也；敬，恭之存於中者也，存諸中者敬，然後見乎外者恭。信乎之夷狄，而不可棄也。若所謂象恭、足恭，非恭也，惡足以遠恥辱哉？

25．夫子罕言命，而得之不得，曰"有命"。然則聖人之言命，可得而聞也。世之主彌子而得衞卿者，滔滔皆是。是眞以爲無命而罕言耶？

26．隱惡而揚善，其斯以爲舜乎。成人之美，不成人之惡，夫子以爲"君子"；言人之不善，孟子以爲"當如後患何"，聖賢之詔後人如此。

27．子思言："誠者，物之終始。"而至曰："不誠無物。"夫子言："人無信不立。"而至曰："去食。"蓋誠信者，天地之實理，人不可須臾離者也。可離，皆虛也，豈復有物乎？吾得而食諸？

余觀世之人以不誠無信爲能事，人之見之者，不惟不以爲怪，反相慕效成風，專尚詐僞。"誠"、"信"二字遂爲癡談、非實理也。雖違衆，吾從聖人之言。

28．禮者，天理之節文而人事之儀則也。人而無禮，不可以爲人。故《相鼠》刺之曰："胡不遄死？"以此爲訓。人猶有曰："禮豈爲我輩設耶？"寧不寒心？

29. <u>昭烈</u>臨終敕後主，是心法傳授之言，而乃曰“惟賢惟德，可以服人”，是以賢德爲服人之資而勉之也。<u>孟子</u>曰：“以善服人者，未有能服人者也。”宜乎不能服天下而王也。噫！凡有意於服人而爲之者，雖或以力而服，其於七十子之服<u>孔子</u>則遠矣。此王霸之辨，學者不可以不審也。

30. <u>武侯</u>戒子書曰：“君子之行，靜以修身，儉以養德。非澹泊，無以明志；非寧靜，無以致遠。”此言，非行之有得而深於造道者，不能也。後之有志於學者，其可以非聖經而忽之乎？

31. 人之處貧賤也，必思不如我者而自幸其猶勝，不可羨勝我者而羞恨其不若。一有羞恨之心，則必至於濫；濫則必至於無所不爲矣。

　　蓋簞食瓢飲、藜羹不糁，人所不堪其憂者；而其甚者則土銼無煙，并日而食；又其尤甚者則蒙袂貿貿，三餔而視。然則未餓死之前，必有不如我者矣。

　　大布敗絮、冬葛夏裘，可謂窮矣；而其甚者則百結懸鶉，肘見踵決；又其尤甚者則緝木皮葉，牛衣臥泣。然則未凍死之前，必有不如我者矣。

　　蓽門圭竇、甕牖繩樞，居室之至陋者；而其不蔽者則風破雨漏，蓬蒿滿宅；又其尤甚者則權住岸上，露寢雪中。然則屋雖蝸，而必有不如我者矣。

　　款段瘦蹇，百鞭一步，行路之極疲者；而其不得者則曾繭重胝，胸喘背汗；又其尤甚者則擔負重任，急不暇休。然則行雖勞，而必有不如我者矣。

推而至於百千萬事，莫不皆然。彼不如我者，尚可以堪，則我獨不堪乎？以是而隨事自慰，則所謂知其無可奈何而安之者，未必不在於此耳。雖使不幸而至於死，是亦命也，何必爲無益之憂乎？

32. 古往今來，人之大患莫過於因循。朝之所可爲者，因循而至於夕；今日之所可爲者，因循而至於明日。一日之因循而至於十日，一年之因循而至於十年，十年之因循而至於百年，姑息之習，於是乎漸長；懶散之症，由茲而遂痼。荏苒之頃，送了光陰之迅速；逡巡之際，撇却機會之遭嬗，天下事終無可爲之時矣，豈不惜哉？

今夫有一事於此，十年之所因循者，一朝勇決而爲之，則小而立見其就，大而漸底於成。苟使事事而無因循，則世間焉有淹滯頹墮之弊乎？

國之委靡而不振者，究其源則因循也；家之渙散而難收者，蹶其故則因循也；身之優游而至老者，診其祟則因循也。彼在人者與拘於勢而不得不因循者，固無奈何；在我而莫之能禦者，亦且因循歲月，虛度一生，是誠何哉？此無他，直由於志氣之昏惰，不能自主而然也。如欲醫之，惟在乎大振勵，堅執守，勇猛奮躍，箚住做去。

33. 余平生有三恨，三恨又爲三幸。家無書，有書者借人讀之，今亡矣夫。以故不能遍看天下好書，或值考校參互處，亦無可奈何，一恨也。素自離索，又不能往來交遊。以故終年無剝啄，殊失會友輔仁之樂。且天下奇傑之士何限？而無由一接其言論風采，二恨也。居僻性懶，又貧寠無濟勝具，人亦不肯相招携。以故未能遊覽佳山水，無以開暢心目，發舒精神，恒有坐井之歎，三恨也。

然尚有幾卷殘書，可以熟讀反復，視人之多蓄奇文僻書，貪務涉獵，而反不通淺近音義者，未必多讓，爲幸一也。靜坐足以涵養，尚友可以資益，視拍肩執袂，嬉笑度日，又或因人誤落坑塹者，未必不愈，爲幸二也。出戶便有山色溪聲，亦足逍遙陶寫，視歷盡世間名區，而依舊在膠漆盆中，甚或玩物喪志，髣髴蕩子貌樣者，未必可羨，爲幸三也。

雖然，所謂恨，乃自然不可忘者；而所謂幸，終是以己拙法，方人不好處，而强自慰自戒耳。又不可徒大言而無實地，反不如向所謂不好處之猶有快活底意思也。

34. 飲食，無匙箸聲；盥頮，水不灑滴於地。此<u>退溪</u>先生懿迹，而吾所欲學而未能者也。

35. 飲食雖一簞一瓢，必戒麤惡不精；衣服雖一襦一袴，必戒垢污駁視，要皆儉而潔。器物雖一几一席，必戒散亂不正；事爲雖一灑一掃，必戒粗率苟且，要皆朴而整。

36. 事無大小，有始則有終。既始之，必終之，然後方可謂爲其事。爲山而虧一簣，掘井而不及泉，前功皆棄，不亦可惜哉？此不惟學問與功業爲然，雖瑣細之事，若作輟不常，有始無終，則非但中塗而廢，於理不可，亦非享福祿、致長遠之兆也。《詩》曰：“靡不有初，鮮克有終。”由此觀之，自昔然矣。苟非決之勇而持之堅，難乎免矣。後生戒之哉！

37. “退人一步，低人一頭[9]，壁立萬仞”，是余十二字符。

38. 余少也，粗有志於拙修，讀書之餘，或有一得，則輒筆之於壁，常寓於目，以擬古人座右之戒，竊自以爲苟能此矣，上可達於堂室之奧，下不失爲謹勅之士。

　其後棲遑靡家，于今幾三十年，鹵莽滅裂，無分寸進，恒自慙痛。偶於病中閱塵篋，得昔日所筆以自警者讀之，既又逐條反省，則其所自勉者，蓋無一不違；而其所自戒者，又無一不犯，畢竟不過紙上空言而止耳。於是不勝瞿然愧訟，因幷與其後所得而合書之，以自傷懶散因循，終不可入道；而又或庶幾未死之前，有以息劘而補黥也。茲識之要，以資他日之考驗焉爾。

　玄黓困敦大暑日，荷麓散人書于九樂軒。

飲說

余幼小無所識，甘酒不知節；至十三歲，讀《論》、《孟》，有感於戒飲之訓，遂作《止酒文》，斷不近之。此心一定，雖盃樽爛眼，視之以狂藥，不强而自厭。

然素善病羸弱，三十後，醫者曰："面少血色，氣不周體。欲投大劑，恐子之窶，惟有飲以行氣耳。無過自好，何必絕乎？"余以其言頗有理，因自思："今雖飲，庶不至於亂。但無過一二盃，則人誰强灌之者？"乃復之，而遇則小進，否則不沽於市，不索於人。

今老矣，而猶常存戒心，雖小許，不敢一吸倒盃，徐徐呷之。人笑之，曰："飲酒如飲茶，有甚滋味？"余應之曰："飲酒如飲茶，然後方知甘中有辛，辛中有甘，自然有不可形之至味。雖<u>陸羽</u>、<u>張又新</u>之能辨泉味，未必過之。若一傾而盡，則何暇細嘗其味耶？"若吾真知飲酒妙理他人不知也。人益笑之以爲强辨。

近來窮益甚，或至數月不知味，亦不甚思之。而大抵若有五十畝秔，則作佳釀，朝一盃，午一盃，則足矣。而今或數日不得炊，恒憂大命近止，豈望飲乎？

今日屢空之餘，家人賣絲得二文，沽村中濁酒一盃以代食。其味酸惡蜇慘，余不能盡而笑，曰："早知如此，不用吾飲茶法也。使一吸而盡，豈復知其美惡哉？"因書此以志吾之拙態。

戲語合識

東俗儒生之服，名曰中赤莫【赤，音寶。】。其制闊袖而三其裾，所以藉道袍也。仕于朝，則服氅衣。氅衣者，兩傍爲殺縫以合之，而背自帶以下拆其裰，所以藉團領也。巾曰湯巾。湯巾者，鬃帽之稱而形似紗帽，所以藉紗帽也。

余旣登科，鬃帽則人有贈之者，而衣則貧不能具，乃戴鬃帽於笠下而着中赤莫。人之見之者怪問其故，余戲爲之語而應之曰：“鬃湯巾表文臣，中赤莫示無爵。”蓋余時無官職而自嘲之也。

間或出外，輒脫去鬃帽，而加道袍於中赤莫之上。人復怪問，余又戲爲語曰：“不着烏紗帽，無所事鬃帽；不衣錦團領，依舊布方領。”衆咸笑之。

又吾壬子榜爲五十九人，而其中卿相家子弟，唱榜後卽除奎章閣、弘文館之職，京華少年皆入抄啓。抄啓是極淸選也，祿俸外，賜與絲絡，出郊則擁蓋策郵，列邑支供。而其餘衰老無勢及鄉曲明經者，毋論祿仕，卽分館亦遷延無期。故余又戲爲語曰：“五十九惟才取，卿相子直學士，美少者乘駟馬，誰沈滯？老無勢。”

人有謂余曰：“盍以子爲之語？”余卽應曰：“問其名，小科、大科；校其迹，一味蹉跎。”

或曰：“子方編《古今韻語》，是亦皆韻語也，何不繫之？”余曰：“無妄言。且得罪於時。”旣又筆之，藏諸篋笥，以供後日披閱際一胡盧。

代燕岐鄭弘暹, 上蔡左揆書

伏以自古妄認古之聞人以爲己祖者, 蓋或有之, 如郭崇韜之哭子儀墓、吳寧杜氏之宗延年·當陽侯、淳安汪氏之祖魯公是也。而皆不過自附於遙遙華冑, 以夸大於世而已, 亦未嘗僞造巧粧, 欺君誣人, 奪而私之如近日長興人鄭奎煥輩之所爲也。

噫嘻! 小生之遭此變, 已三十餘年, 而見抑於權貴, 含冤抱屈, 以迄于今矣。竊思之, 倫統至重, 無終乖之理; 天道甚明, 有好還之期。假托者必不能長遂其奸, 理直者必不至永齎其恨。而況聖明在上, 事無有掩而不章, 物無有枉而不伸? 時則有若閣下以山斗之望, 處鼎鉉之位, 凡所以佐風化而燭邪正者, 靡不厭乎人心。此正籲冤辨僞之秋也。茲敢大聲疾號, 具本末而略陳之。惟閣下試垂察焉。

小生卽端廟朝右議政忠莊公諱苯之十一世孫也。 粤在忠莊公復爵贈謚之後, 晉州墓所焚黃之時, 晉州人鄭重權、德海等自稱同姓而來, 請觀世系。 其後重權忽稱其九世祖遵乃忠莊公之子, 故與之訟于嶺營。 伊時方伯查得鄭遵父仁德之碑, 刑配德海等數人於慶興矣。

及至乙酉年間, 長興人鄭奎煥又得世系於晉州之鄭, 僞造磁器誌文, 埋於其遠祖之墳, 惹人相訟, 請官掘出, 以爲"其九世祖光露卽忠莊公之子, 而佯狂逃命於長興; 後其子變韶爲此誌於光露之墓, 以光露遺戒, 諱之於其子。故因遂不傳, 而今乃知之"云。而所謂誌文, 假托粧撰, 瘡疣百出。

故又與之訟于完營，則奎煥不與相訟，逃入京城，請囑權門，至於筵達而得官。當此之時，小生家下無以訟辨，上無以伸暴，古今天下寧有如許變怪乎？

又於丙午九月，奎煥之族奎應者上言，請以忠莊公配享於渠祖鄭名世之私祠，畢竟至有賜祭之舉。故小生等累次上言，而終未登徹。戊申陵幸時又上言，則奎應又巧密周旋，卒以勿施回啓。小生之痛迫冤鬱，益復如何？彼固以自托於忠臣之孫爲榮幸，詐謀詭說，靡不用極。而在小生則豈可置而不論，一任其跳踉自私乎？

今又竊伏聞《莊陵志》將成云。失今不覈破奸情，明正統緒，則後雖欲爲之，得乎？抑將何顏，生而往拜先祖之墓所，死而歸見先祖於地下乎？兹將其僞誌文及辨破僞誌之文字，并以仰塵。一經清覽，則其眞僞虛實，必無所逃於明鑑之下矣。

此不但小生家家變，其在正風化、昭倫紀、絶奸僞、杜後弊之道，眞所謂爲國家急先務也。以閤下任世道、表四方之心，豈不爲之惻惻憤疾，思所以夬正之乎？伏望哀小生冤悶之情，痛末俗矯詐之習，亟趁《莊陵志》未成之前，建白筵中，明示好惡，使奸小之徒不得亂忠臣之宗緒，則又不但小生之幸，實乃世道之幸也。惟閤下憐其情而恕其僭焉。無任涕泣祈懇之至。

庭誥

1.《書》曰：“不作無益害有益。”蓋作無益，則不但無益而
已，其弊必至於有害，故聖賢以爲戒。然此非以利害言也。

竊嘗觀今之人於有益無益之分甚明，一言一動有益於
己則爲之，無益於己則不爲；見人忠於爲人者則譏之以不
緊，緩於謀身者則哂之以歇客，轉相懲效，便成風俗。其較
毫釐而切己身，莫今世若也。

而其所謂不作無益者，只是沒人情、墜廉恥底市井之
習也；其所謂不害有益者，不過背義理、徇私慾底穿窬之
技也。若然者徒知守其小而反遺大者，徒知察於近而反無
遠慮；專以利爲心而不知有大不利也，自誇其獨善而不覺
有大不幸也，滔滔焉莫之反，其可歎也已。

夫爲士者，上焉則讀書窮理，以爲修己治人之本；次焉
則勤業不怠，以爲揚名顯親之方，斯乃爲己有益之事也。外
此而悠悠泛泛無所猷爲，徒以誇諸人曰“我，某祖之孫也，某
人之族也”；甚者行己處事鄙陋悖戾，小則蟲蠹，大則蛇蠍。
是不但無益而已，反所以辱先喪家者，而方且自以爲得，瞋
目攘臂，傍若無人，豈不哀哉？

余平生迂疏鈍拙，百不猶人，而粤自幼時，已自以爲能
審取舍於有益無益之間，日夜所事者，不越乎誦讀究解、抄
寫勘校之際。若夫兒童嬉遊之事如風車、紙鳶、鞦韆、踢
毬、馴鵒、黏蟬等雜戲，一切不接於手目。見他兒強學吸
草，乘長者不見，惟恐不及，則心笑之曰“是有百害無一益，

何苦乃爾",未嘗一吸其味;至於酒亦斷之,三十後用醫者
言,始進一二盃,亦終不過也。凡世間閑漫之事、博奕之屬,
初不欲學。嘗見人殫心竭思於枰罫之間,不知賓客之出入,
至忘朝夕之飮食,竊以爲與其專心致志於此,曷若解一難解
之文字乎。

　　不面譽人及附人言,　恐其以爲諂也;　不往見新除方伯
守令,恐其以爲有所求也。不與人爾汝,不與人戲辱。見世
人相親切歡狎,則不但拍肩執袂,輒相鄙俚謔辱,甚則醜語
悖說,以爲情好,每欲掩耳而走。此則直不自辱一間耳,是
眞忘親也,是眞禽獸也。苟有人心,豈忍爲此?

　　昔吾先君子平生未嘗爲戲慢語,　人皆比之於第四廳舍
人,不敢奉戲。不肖無能爲役,惟庶幾於此不敢失墜也,且
如不爲閑出入、不赴群聚會、不交匪人、不問雜術、不事
晝眠、不喜夜話,皆有所受也。以故人皆譏嘲無味,以爲虛
度了一生,遂至不相往來,而亦不之顧也。獨聞有佳山水,
則興不可遏,而卒亦坐於窶,未遂焉。蓋有耽書之癖,爲之
主,故舉天下閑物事,無足以嬰之也。

　　然而至老且死,　夷考其所成就,　無一足稱焉者。　此無
他,貧爲之祟,而立志不確,因循荏苒故也。《詩》曰:"靜言
思之,躬自悼矣。"我之謂矣。雖然,後之人其毋以我無成,
而或忽於"作無益,害有益"之戒;又毋如世人之專以利害縈
歇爲有益與無益也。嗚呼! 尙克時忱,乃亦保身而傳家。

2. 世之自暴自棄,敗家亡身,而一或陷溺,迷不知反者有

三：曰酒，曰色，曰投牋。酒色之爲害，古昔聖賢千言萬語，不翅申複，今不必更僕；而至若所謂投牋，未知始作俑者爲誰，而其弊其害反有甚於酒色。

蓋博奕之屬，皆雜戲之有害無益者，而不必一一賭錢，故多爲閑遊者偶坐消日之資。而惟彼投牋，八目標號，四人作隊，有將取姑與之術，有巧占奇中之妙，語其利則一擲百萬，言其樂則池酒林肉。以故不學蔑識之輩、無賴幫閑之流，緝緝翩翩，如醉如狂，窮晝達夜，喪性失魂，囚首赤目，宛成奇鬼。未聞得之而補益於家計，惟見失之而蕩殘其產業。畢竟鬻其田宅器物而不足，乃至於矯詐奪攘非分不義之事，無所不爲；父母妻子飢寒顛連之苦，實之相忘。僇身名，犯刑憲，而不顧；廢寢食，促壽命，而自甘。苟極言之，則嗜酒好色者，亦未必皆然。而如欲勘定天下之服上刑者，則不得不首之以此也。

彼破落戶、常漢輩，固無論已，卿相士夫之子弟、金馬玉堂之才望，亦無不招朋引類，如恐不及，以爲能事。今之談者曰：「人而不爲投牋，不爲戲辱，不可以結交而行世。」噫！習俗之痼人心，一至此乎？吾於他人，固無奈何，而書此以爲戒於家庭，爲吾子孫而或忽此言，非吾子孫也。

3. 人之最可懼者，莫大於辱先忝祖，墜落家聲；最可守者，莫先於保身傳家，無所玷汚。苟念茲在茲，則雖不能得橫濫之好事，而自然心廣體胖，無所疚矣；苟自暴自棄，則雖足以快目前之意欲，而必至身僇家敗，無所歸矣。惡可以貧富窮達，切切然動其心；利害禍福，芒芒然移其操，爲天下後世之所恥笑哉？

吾家自始祖至于我，三十世矣，而一脉傳來如鏡不塵。世著勳戚，而絶流水游龍之誚；冑聯公卿，而遠鍾鳴漏盡之戒。

以近世言之，我十代祖<u>參判公</u>，處同氣間至難處、至難免之地，而能明哲恬退，不貽銖寸之累；我七代祖<u>訥齋公</u>，際三千同德之時而棄官長歸，用揚高風；我曾王考<u>粹翁公</u>，歷揚春坊、臺閣之任，而未嘗以偏私論人，以故世無與我家嫌怨者，此汝輩所知也。

蓋我家法，不趨權貴，不循黨私，不妄交游，不效俗套；執清素之軌，守謹拙之規，惟以讀書持身爲三尺。故雖不免貧寒之苦，而亦無禍患之及。求之一世，罕有倫比。我後承儻有不謹於此，則其忝辱墜落，實不可使聞於人，苟有人心，寧不愧乎？嗚呼！其念之哉愼之哉！

輩行相繼錫名說

名以表輩行，於收族末也。然兄弟同列以名，肇上世尙矣；自時厥後，推而至於遠兄弟亦然。蓋顧其名，則雖百世之遠，不問可知爲兄弟之行。不惟知爲兄弟，以昭穆例之，雖叔侄祖孫若曾玄之行，亦無不可推而知也。不惟自知之，人之見之聞之者，亦不問，知其爲兄弟叔侄祖孫若曾玄也。不惟自知之，人知之，苟自祖先視之，雖雲仍窮宙，宛然若一室之內，可辨其某與某為兄弟者幾人、某與某為叔侄者幾人。

為子孫者念及於此，則其可不以祖先之心為心，而油然於孝悌敦睦之行乎？苟以疏遠而名不同行，則將至於不知其為兄弟叔侄，而路人而已矣。然則命名之於合族，不可以末之而不務也明矣。

肆我<u>邵南</u>族祖為是之懼，往在乙酉，既行歲一祭之禮於<u>交河</u>墓所，仍會諸族于宗家，議"自<u>靖平公</u>十二世孫行為始，皆以輩行錫名，而先以'培'字為二名下字，後則五行相承，周而復始"，意甚盛。從今以往，凡為<u>靖平公</u>子孫者，庶不相路人而相兄弟，不亦美乎？

然竊思之，若不豫定行列相繼之為某字，則久遠之後，京外諸宗或不免有不相領會而終至睽貳之歎。是豈<u>邵南翁</u>敦尊眷眷之本意也哉？

茲敢不揆無似，定以八字曰"培"、"善"、"永"、"秀"、"容"、"德"、"進"、"裕"，俾以次嘉錫，而一為上字，一為下字。蓋於五行相承之中，兼寓交勉、無窮之義，此區區之微意也。八世之後則又必有繼此而惇收之者矣。既以此告議于宗孫<u>昌烈</u>，仍通于京外諸宗。若不以人廢之，則非<u>惜</u>之幸，實吾宗之幸也。

壬子冬十二月初六日，<u>靖平公</u>十一世孫<u>惜</u>謹書。

《文章類選》序

自粟雨，世萬，文人萬，文之體又萬，今之才之下且相萬。以相萬之才，居萬世之後，於萬人之中，選萬體之最，其亦不可謂不難也已矣。

然而山有木，工則度之；市列貨，商則擇之，以其不可徧用也。棟充牛汗而欲無選，可謂知要乎？兵不選，不精；馬不選，不良。選愈峻，用愈中，理則然也。茲故採英咀華之士，靡不事乎蒐掄。雖所尚之體裁、所取之段數不均，要之，執其要而專於誦讀、便於考核則一也。且三百之竽，一一而聽之，恐其濫也；象罔之珠，人人而求之，懼其遺也。苟濫且遺，則如勿選，選之善者，不亦尤難矣乎？

我東之士操觚童習者，大約不出於賦、表、策三者，蓋所以決科也。此固已非第一等工夫，而竊觀世益下俗益惰，近之業是者，全不事古作者軌躅，惟以近體科作爲三尺。不但體格之日就荒陋而已，往往豕亥蹈襲，玉瓦混換，而茫昧於出何書而成何說。可哀已。

有病之者，要走溯三者之源，而選出若干篇，以澄其流，走亦有意於斯雅矣。迺敢撮而翹之，分而類之，至宋而止。而賦之祖又《騷》也，舍《騷》而言賦不可，故特表而出之於其上。摠命之曰《文章類選》

夫鑑裁則吾豈敢？要皆遵昔人之定論，以爲教家塾之要法。而又不欲其廣而繁也，故務在選之又選，寧遺毋濫。覽之者其不以爲"與人之選相萬"乎不？

昭陽赤奮若日中日，<u>無名子</u>書。

以山訟呈議送于<u>京畿監司徐鼎修</u>

右謹言：

　道民之祖墓，在於<u>通津</u>地矣。不意今夏間，其近處常漢<u>金奉山</u>偸葬其父與兄於至近之地，故去月往訴本府。本官城主圖形摘奸，則<u>奉山</u>之父塚爲四十六步，兄塚爲四十三步，而坐立俱見。於是推問厥漢，則厥漢稱以繼葬，萬端肆惡。

　本官諭之曰："此當禁之地。汝雖同是士夫，後入者爲主，則不許繼葬，法理當然。況汝以常漢，安敢不掘於如此逼近之地乎？汝若不信吾言，須廣問於鄰近邑士夫家墓直，則可知其不可不掘矣。"厥漢猶不肯服。

　本官又曰："汝若不掘，當報使刑推，自官掘移矣。"厥漢輩數十人突入官庭，叫嚷跳踉；而<u>奉山</u>之三寸叔<u>次奉</u>者，肆惡尤甚。

　本官命枷之，<u>次奉</u>擲枷于地，曰："此枷小矣。更無大於此者乎？我欲死於此矣。"

　本官又多般開諭，俾悟其迷，半日之後，忽曰："汝父之塚，雖不得掘；汝兄之塚，則速掘可也。"

　道民以爲："訟理旣是當掘兩塚，又無遠近，則豈可以彼漢之肆惡，一掘一否乎？"

本官曰："訟理則當掘，而旣已入葬，只當使之後勿繼葬而已。"仍令捧"後勿繼葬"之侤音。

道民以爲："當掘不掘，而後勿繼葬，寧有是理乎？"

本官曰："汝何不禁之於彼漢入葬之日乎？今必欲掘，則往呈營門可也。"仍促令退去。道民初旣幸蒙明決，而畢竟結梢遽出意外。故不勝冤屈，玆敢略擧仰訴於旬宣之下。

大抵奉山多族黨，多錢穀，官吏皆其腹心，豪悍甲于一鄕。而所謂次奉尤極惡毒，實主偸葬之謀。至於山上圖形之際，叱辱恐喝無所不至，扯裂紙本，唯渠所欲；而及入官庭，傍若無人，瞽不畏法；又於訟後，自矜得意，到處揚言曰："彼兩班必當呈營，而吾之四寸方爲營吏，吾無患矣。"

其頑悖如此，故本官雖以訟理決其當掘，猶且難於直令掘移。而其爲必掘之地則不啻明白矣。後勿繼葬之地，今獨許其繼葬乎？可禁於入葬之日者，獨不可禁於入葬之後乎？若使初無掘移之法則已，不然則此而不掘，法將安施？且以事理言之，旣曰"在法當掘"，則在道民，爲必禁乃已之地；在彼漢，不過爲一時遷葬之勞而已。道民亦安肯見屈於理直之訟，而遂不保先壟咫尺之地乎？伏乞特垂明鑒，背關嚴題，以爲捉囚奉山、次奉，刻期掘移兩塚之地。

題辭曰：當掘則掘之，不當掘則不掘，此是決訟當然底道理。觀此狀辭，本官處決，不無視弱之意。如是而何以懲頑民之習乎？更爲詳查決處事。

通津府使李觀賢報狀後議送

右謹言:

道民以金奉山父兄兩塚當掘事呈議送, 則題辭內云云。故到付本官, 仍呈所志, 則本官不爲題辭, 又不出給議送與所志而叱退, 使不得一言。道民銜寃抱屈而歸。

今始得見本官報草, 則其爽實抑勒, 又不勝至寃極痛。蓋此報狀所以爲說者, 即不過"奪占"與"不卽禁斷"。而"奪占"云者, 以勢力奪人之所不肯而橫占之謂也。以道民孤單殘弱, 墻壁無依之勢, 顧安能奪人之山, 而人亦誰有見奪者乎?

道民家己卯年過葬於此山, 今近四十年所, 而未嘗有爭訟之弊, 是果毫髮近似於奪占乎? 但以道民貧窮特甚, 不能置墓奴於其下, 惟以歲時, 春秋往省, 而見其近處有若干荒頹古塚, 以爲必是無主矣。

今六月間, 聞有兩新塚於逼近之地, 故卽爲訪問, 則"閏四月, 其五里內居金奉山, 葬其父與兄於一時"云。而其時病故苦頉, 荏苒時日之際, 又值新舊官遞易, 始以八月起訟, 計其月數, 不過三四朔之間。而報辭中"三月埋葬, 過六朔始訟"云者, 奉山誣罔之狀, 誠爲切痛。

且道民之不能卽知而卽禁, 在道民自反之道, 誠極緩忽慚愧; 而在訟理, 豈可遽以此爲理曲而置之落科乎? 竊嘗聞"三年不起訟者, 或不許聽理"云, 而未聞"過數朔, 理曲"之法文。若然則在遠或有故, 未能卽地起訟者, 皆可無辭見失乎？此則恐是必不然之理也。

揆以常情，豈有居在咫尺，而初無一言於當禁之地之理乎？亦豈有不當禁之地，而過累朔始訟之理乎？此蓋求其說而不得，必欲吹覓之致也。

且道民占山之後，通津一境上下老少，孰不知之？而其間他人偸葬，訟而禁之者，亦不翅累次。則奉山之居在山下，稱以不知者，其飾詐凌踏之狀，萬萬狡惡。

且其古塚，以四十年所見言之，未嘗一番伐草矣。起訟之後，忽於一夜間，盡爲伐草，故其洞內之人，莫不怪之。至於摘奸之時，歷問某某之塚，則渠輩三四人，一以爲古塚，一以爲其父之塚，或曰"渠之傍祖"，或曰"渠之曾祖"，言言違錯，莫可領略。此必非眞爲奉山族山。

而假使盡如其言，道民占山幾四十年之後，忽葬其父與兄於單穴上四十步之地，則其可任其繼葬而拱手與之乎否乎？此而不得禁，則將漸至於十步五步龍尾階砌，而亦莫敢誰何乎。此雖同是士夫而有勢力者，後入者爲主，則決不敢若是放恣無忌憚。況渠以洞內常漢、人家私奴，自恃其挾錢財，懷惡毒，締結官吏，廣布黨與，而敢爲此凌犯誣罔，坐而得捷之擧乎？

且報辭中以"非腦後"爲說，而至於步數與如手拳無砂角，則亦不能掩。然則其爲單穴無砂角、上臨四十步則明矣。今曰："謂之逼近處者，萬不近似。"又曰："東西判異。"眞所謂當句內矛盾，安有如手拳無限隔四十步，而東西判異，萬不近似乎？

此猶不足，甚至以京鄉之相距，謂之"居在咫尺"；以閏四月埋葬，謂之"三月"。道里之伸縮、日月之進退，何其若是容易乎？信如奉山之言，則是以其父與兄之生時爲已葬矣，其罪已不容誅。

而報辭所謂"十目所覩，決非當禁之地"云者，尤是變黑白而幻朔南。夫山訟之當禁與否，信是十目所覩。故此訟見落後，不但通津與鄰近邑人，舉皆相傳爲笑話；至於邂逅聞之者，亦莫不爲之怪駭而代憤，公論所在，焉可誣也？今雖執塗人而問之，苟非奉山之族屬，則孰不以爲當禁之地乎？

是故其時摘奸座首一見而曰："此不必尺量圖形，雖使三尺童子見之，必當以爲不可不掘矣。"此可見人心人見之所同然。而報辭乃獨如此相反，道民豈不至冤極痛，俯仰天地乎？

至於以道民議送辭語，謂之"無非侵逼訟官"云者，尤不滿一笑。蓋其議送雖見留於本官，而草本尚在，又況已入於營門鑒照中？不過據實言本官決訟之頃刻判異與奉山叔侄悖惡之狀而已，或有一半分挨逼之慮，則必曲諱而謹書之，未嘗有一句一字侵逼者，而若是勒加以罪目乎？且彼次奉則疾視咆喝，至發索大枷之恚說，而甘受不問；道民則雍容平說，而以爲侵逼，此又道民之所不敢知也。

夫訟民之於官長，不敢相抗者，以所重有在也，而若夫當然之事理，則有不可以威勢而變亂。今也則不然，胸中之主客先定，筆頭之操縱惟意，訟理則驅之以"萬不近似"，文狀則喝之以"侵逼訟官"，其於事理太不髣髴。如此而何以服人心乎?

且以"後勿繼葬"捧侤音者, 隱然有德色底意, 而其實則乃有大不然者。 使其今不當禁, 則後亦不當禁矣; 後不可許, 則今亦尤不可許矣, 此理甚明。 而今於分明當掘之時, 則不許其掘; 後來未至之事, 則姑稱禁斷, 有若曲爲道民之地者然, 此何足以瞞得小兒乎?

且本官初則以爲"在法當掘", 曉諭半日, 至有"報使刑推, 自官掘移"之言, 而忽令只掘其兄之塚, 又忽令後勿繼葬, 至於今番報辭, 則又曰"決不當禁"。 山地則依舊, 而形止屢變; 訟理則自如, 而處決相反, 古今天下寧有是耶?

《書》曰: "兩造具備, 師聽五辭。" 又曰: "罔不中聽于兩辭。" 此言訟不可偏聽。 而今此報辭則滿紙全篇, 惟奉山之言, 是遵是據, 是敷是衍, 以訟隻爲證人而更不參互彼此之言。 此自有兩造以來, 所未有之訟體也。

大抵士夫家墳山, 苟是四山局內, 則毋論步數與見不見, 係是當禁, 自來通行之規。 而或勢力相懸, 或顏情所拘, 其於步數濶遠之地、 坐立不見之處, 則容或有可東可西, 彼此扶抑之道。 而萬古天地間, 安有上距四十步, 坐立俱見, 而謂之不當禁乎?

又安有常漢與士夫相訟, 而自以爲繼葬, 反謂士夫以奪占, 幻眞境而騁勒說, 以肆其陵轢之習乎? 又安有爲官長, 而旣知士夫之理直、 常漢之當掘, 決折之後, 忽地翻案, 右袒常漢, 仇疾士夫, 殆有甚於訟隻者乎? 近來訟理雖曰無常, 名分雖曰掃地, 豈有若是顚錯之甚者乎? 此實紀綱所在，風化所關，不可不正。

道民雖懦弱疲殘，如此理直之地，當掘不掘，遂不保先山，則實有決死生之志。故敢此帖連前呈議送草，涕泣祈懇於二天之下。伏乞詳覽而熟察之，恕量事理，矜憫情勢，勿更題下本官，特爲自營門處決，捉致金奉山，嚴治其凌犯誣罔之罪，仍命着枷嚴囚，刻期掘移，俾如道民單寒者得免無所告訴，號冤彷徨之地。

題辭曰：因本邑查報，已爲決處事。

又呈議送于新監司朴祐源，受題辭後書

余遇人奴富豪者偷葬，法當掘移，訟于官。官以理決之，使之移。富者因小吏通銅臭，官忽變其辭，令勿移。余不服，官叱退之，報監司以不可移之意，其言悉反其實。富者又因吏裨，蹊于監司。監司因而決折之。余不勝冤憤，乃歷舉官翻訟爽報之狀，訴于監司徐鼎修。監司判曰："因官報已決矣。"居亡何，監司罷。余又訴于新監司朴祐源，監司判曰："前已決，不可聽。"

噫！守令有一邑之責，監司有一道之責。其所以分九重之憂而理萬民之政者，宜使有冤者必伸，誤決者平反，務歸於至當而後已，俾無一言一事之或乖於理，一夫一婦之或缺於望。而今也則不然，守令則納賄而變辭倒決，監司則厭事

而一聽吏胥，如之何其國爲國也？

朱子曰："監司者，守令之綱。""監司得其人而後，列郡之得失，可得而知。""今日斯民之休戚，陛下雖欲聞之，亦誰與奉承而致諸民哉？"然則監司之所關係之重可知已。

今言官報之抑勒，則曰"因官報已決"；言前官之誤決，則曰"前已決，勿聽"，殆若聵者之問東答西，不自知其不成說話。不復恤其至冤極痛，而專以彌縫退托爲主，眞所謂魯、衛之政也。其爲目前謀，則固自謂得計，而其於國事何哉？其於民怨何哉？一寒士之抱冤，固不足仰煩於畿輔布政司潭潭府中巡相公，而古人所謂獨使至尊憂者，不幸近之，有臣如此，良可寒心。

國家所以授鉞分符，豐其廩俸，肥其妻子者，豈亶使之出則揚揚行呼唱於道路，坐則惟己私是恣，以快其驕倨貪侈之心而已也哉？所可痛者，顧余旣無勢力之交以圖請囑，又乏貨財之儲以通賄遺，乃爲人奴所屈抑，將不保先山咫尺之地，此爲終身之恨也。復何言哉？復何言哉？嗟乎嗟乎！

訟云訟云，山訟自別，聽之者必至公無私，惟理是視，使幽明之間，無復餘憾，然後可以副重任而積陰德。苟或不然，必有其殃，非若田土、奴婢、徵債、鬪爭等相訟之比也。而今曰"已決者，不必更提。其誤決與否、冤屈與否，吾何知哉？省事度日、持祿保位，爲第一妙方"云爾，則吾未知果能世世獲福於天地神明也。

且其所謂官者，非張釋之、于定國也；其所謂決者，非金石之典、聖賢之訓也，則又未知何爲而把作一定不易，萬

世難動之則也。信如兩監司之言，則一誤決之後，雖有抱至
冤者，更無可伸之日矣。古今天下，安有如此之政哉？ 設使
所謂誤決者非誤決，呼冤者無可冤，旣有曰誤決、曰呼冤之
說，則其在覈實之道，惡可以"已決"二字，動作禦人之欛柄
乎？ 此自有聽訟以來所未有之事也。

　　謹按國典，山訟稱冤者，或訟于他官，或訴于京兆，或
有營門處決之擧，又或至於鳴冤上達。此所以爲聖世之政，
而雖屢屈積冤，終有得伸之路也。彼兩人者之言，何其與此
相反也？ 噫嘻痛矣！

新府使金履容查報，新監司鄭昌順題辭後，又書

朴祐源題辭之後，余又更呈，僅得"摘奸查報"之題，而病甚
不能動，乃送兩兒子到付本官。時觀賢已罷去，新官金履容
親摘奸更查，則奉山輩言言悖錯。官痛其狡惡，笞之棍之，
卽欲掘移，而以旣有營題，不可不論報。

　　論報曰："金漢之塚，設如渠言果是眞簡渠之繼葬之地，
渠以私賤固不敢肆然入葬於士夫墳山無遮隔平坂四十許步
相望之地。況以其所供觀之，指東指西，或謂之渠之祖墳，
或謂之古塚，初不明白，則歸之古塚，不是異事。金漢輩俱
是邑中有産業豪橫之類，蔑視殘弱士夫，有此相抗侵葬之
計。論以訟理，尹家之稱冤，理勢固然"云云。其所見之明
正、所言之痛快，視徐、朴，豈不誠士大夫哉？

論報之際，朴又罷遞，新監司鄭昌順題以爲：“金哥則常漢，固無步數之可論；尹哥則奪占，亦非山地之主人。今旣入葬，則亦難掘移，前使旣已處決。彼此俱不得繼葬，實合事理”云云。

噫嘻！此何言也？揆以訟體，旣曰“摘奸查報”，而查報如此，則舍却查報辭意，別出自家杜撰，忽以“奪占”、“非主人”等語，抑勒周遮，又刱出“彼此俱不得繼葬”之言。此觀賢之所不敢言、徐·朴之所不能思者，而乃獨不顧事理，不有名分，大拍頭胡叫喚，顯示彼此左右殆若愛憎之不自掩，如此則安用查報爲哉？蓋其偏裨吏胥，皆金漢之所啗之者。故自徐以來，　此訟之說出，　則必以“奪占”、“非主”、“已決”、“難掘”等語，盡力慫恿。而所謂[10]

10　所謂：저본에 이 이하는 결락됨.

無名子集

文稿 册四

余前有《名字謎》，四言解一字，終不厭于心，乃以八言解一字

志以無心，詖則不言。【坡】

先得乎一，八十於焉。【平】

昔有曰伊，今誰其人？【尹】

樹直夾點，老而日新。【愭】

苟不自專，必輔以文。【敬】

脚踏頭竦，上達于天。【夫】

《數彙》序

天下物事莫不有數，而摠言之，則有不可悉舉也。故必曰“萬物”、“萬事”，蓋極其數之多者，號而讀之也。若夫卽其細而分言之，則自書契以來，目其事而條其物者，形形色色無所不有，雖其多少之不侔，而亦各不能無定數焉。聖人有言曰：“方以類聚，物以群分。”豈欺我哉？

　　然而其所以聚、所以分，各自有因；而所以數之者，亦各不同，有以其類而數之者，有以其相敵而數之者，有以其相反而數之者，有以其次第節目而數之者。少不過二三，而各自成類；多或至數十，而不可闕一，蓋皆有自然之數焉爾。夫貫珠者，隨其用而有長短之殊；樹柵者，因其宜而有廣狹之異。物之不齊，物之情也。

　　既曰“數”焉，則惡能無類聚群分乎？ 既曰“類聚群分”，

則惡能無彼此多少之別乎？是故自兩儀、三才之簡，以至二十八宿、三十六天之繁，各自對待，不可增減，其亦奇且妙矣。

余窮居無書籍，迺以平日所記憶事物之屬於數者，類以聚之，群以分之，雖在不經之書、稗官之記，俱收竝蓄，囊括海涵，要以備暮境之遺忘，名之曰《數彙》。

既而歎曰：「吾則已老矣，此乃後生之利也。苟有可錄而闕焉者，繼而筆之，則吾雖未及見，豈非幸耶？」遂書以為序。

《古今韻語》序

邃古之人，一言一動，罔不從天機中流出來。故其聖人，身為度而聲為律；其下焉者，亦發言成章，不待安排思索而動合聲律。若童子之謠、婦人之詠，何嘗學平上去入而強以韻足合之哉？亦出於自然而已。

後世則不然，其或有審於聲而精於律者，亦不能以語為韻，而率不免以韻為語。否則鹵莽滅裂，牽合穿鑿，乃至以語而強其韻，以韻而失其語，卒自歸於八病三難之域者滔滔也。可勝歎哉？

余閑居讀書，每愛古人之巷諺里語類皆自然成韻，絕無窘束艱難之態，而至於尋常酬酢之談話，亦多妙合於音韻。但後之讀之者不之覺耳。

嗟乎！古今人之得乎天機者豈有異哉？其所以全而養之，不錮於氣稟、牿於物欲者，今有所不及於古也。是故雖在後世，其能不失古意者，或在於婦孺之謠諺，其故可知已。然則欲學韻語者，可不知所先而急所務乎？

迺取古今歌謠、俗諺及言語、文字之合於韻者，袞成一編，名曰《古今韻語》。蓋以明古人之發言成章與後世之偶然合律者，要之由於不汩其天機焉耳矣。苟鑿其天機而出於勉彊排置，則雖使語極工而韻皆叶，亦苟而已。世之君子尚亦勉戒矣哉。是爲序。

與李持平【基慶】書

數日間起居增吉？瓜投玖報，可感可愧。

至若酬唱之錄示，尤荷不外。諷詠之餘，不勝激感于中，乃成步韻。既成之後，又不敢匿之，而此則尤不可示人矣。

且"疆"、"彊"字本不同。而兩詩分押，莫適所從之際，兒子之詩適到，而以餘窩韻押之。故弟則以兄韻押之耳。

敲推之教，何敢質言？而第以管見言之，"衰猶起"、"老更長"之句，似不必改之矣。

末端之示，顧此平生與人交，每有不寢"近而愈疏"之歎，良由語言無味、面目可憎、不能爲俯仰詭隨之態故耳。今於彼亦何能與生面有異也？不宣。

答辛太素書

歲新而春又將盡，音信邃阻，忞忞之懷，何時少弛？即者仲
哀來叩。驚喜之餘，繼奉手畢，如得更對。況審孝履支持，
慰不可言。第"腫患尚爾"云，旋不勝仰慮。祥期迫近，如新
之痛，想惟難抑。祭祀之需、関服之節，何以拮据？只有空
念而已。

　弟去月以宣諡官抵湖南地盡頭，往返數千里。數昨纔
歸稅，而㦮極成病，涔涔昏倒，自憐精力之不如人也。

　別紙所教，讀來不覺欽歎。禮節本多疑晦，俗習又循訛
謬，此所以有聚訟之譏。而能若是考證酌參，務以合於天理
人情，今世有幾人哉？然無財，不可以爲禮，故有可行而不
得行者焉；循俗從衆，聖人之事，故有可違而不能違者焉。
知此則可與言禮也已矣。

　呻楚之中，又促持被，略此撥忙奉謝，而條列在別紙，
統惟默諒。不宣。

　　1.《家禮·小祥》曰："祝版同前，但云'日月不居，奄及
小祥，夙興夜處，小心畏忌，不惰其身，哀慕不寧'。"
《大祥》曰："惟祝版改'小祥'曰'大祥'，'常事'曰'祥事'。"
《禫》曰："改祝版'大祥'爲'禫祭'，'祥事'爲'禫事'。"據此
則大祥及禫，何嘗有刪去"小心"以下八字之文耶？
　　《備要》曰："小祥則'夜處'下，有'小心畏忌，不惰其
身'八字。"以"則"字文理看之，其意蓋以爲"惟小祥，用

此八字"矣。 此必《備要》之誤處， 而今人於大祥及禫，
不用此八字云。未知洛下知禮之家亦如是否？欲從《備
要》，則恐違於朱子本文；欲從《家禮》，則恐駭於衆人
所聽，將何所適從？ 指一而敎，幸甚。

祝文式，星湖蓋嘗爲此說而改爲之。 今以文理讀之，"夙興
夜處，哀慕不寧"足矣，何必贅加"小心畏忌，不惰其身"於其
間乎？且"不惰其身，哀慕不寧"，無乃意疊而字重乎？未知
《家禮》之不釐改何故，《備要》之必錄於小祥又何意。 而要
之此八字終未見其所關之重，且今俗擧皆依《備要》而行之。
鄙意則從俗未必有害於禮矣。

2.《家禮》婦人禫服，以鵝黃、靑碧。《備要》亦引之，
而又曰：“《五禮儀》， 婦人純用素衣履。” 蓋婦人之鵝
黃、靑碧， 卽男子用黲時也。
今則男子用白衣笠、白巾帶， 至於網巾， 亦以白
飾。婦人之服恐無異同，欲用白衣裙、白唐紒，而今人
多用黲唐紒、白衣、玉色裙云。此則亦何以爲之耶？

婦人禫服，雖有《家禮》之文，旣有《五禮儀》“純用素衣履”之
文，則從之可也。而婦人之服容，亦有從俗之規；且男子變
服，而婦人仍用白，則無變節。今若參以《家禮》之文，用黲
色、玉色，亦無不可。如此等事，從便量處好矣。

3. 禫服之雙緂網巾, 兒時猶及見之, 近來皆着單緂, 甚
　侈。吾不欲從衆。而網巾非古制也, 當從本朝先儒之說。
　寒岡用黲布網巾, 禀於退溪而爲之; 尤菴從寒岡而用淡
　　卓布; 龜峯用白布; 南溪曰“依笠衣, 用白細布可也”;
　獨沙溪曰“白布則駭俗”, 以白黑驪緂, 雜造用之。

　　　以余觀之, 白黑緂之駭俗, 似有甚於白布矣。今欲
　從退溪、寒岡之布而用龜峯、南溪之白, 　爲其白宜於
　時制故也。如何?

禫服之單緂網巾, 旣知其不可, 則用雙緂可也。網巾旣俗所
共用, 便是不易之典, 則何可以非古制而廢之乎? 黲布、淡
卓布亦無不可, 而至於白布, 則今人葬後皆着之, 何所別
乎?

　“雙緂驪暗”之示, 似未免俗見。貧少錢者, 雖非禫服,
或不免用雙緂, 則吉月後仍着, 亦有何不可哉? 愚意則從俗
用雙緂可矣, 而如不欲用, 則用黲布最適中。未知如何?

4. 退溪曰: “祥畢, 主入于廟, 則素行朔望者, 合行於
　廟; 　素不行者, 　則請出當奠之主於正寢而行之可也。”
　寒岡曰: “旣奉祔廟, 則朔望似難請出別行, 依《家禮》
　幷行於廟中不妨。”愼齋曰: “祔廟後, 朔望不宜別設。”
　尤菴曰: “奉出新主於正寢, 哭而行參, 非正禮。”南溪
　曰: “退溪所謂朔望請出新主之義, 《家禮》及《儀節》皆
　無見處, 恐不可用也。”

按，退溪之說，指其素行與素不行者而昭然分析，
欲其曲當於人子之情；寒岡以下數家之說，初不爲素
不行者地而混淪言之而已。大抵數家之說似乎經，退
溪之說似乎權，吾誰適從？退溪，吾師，則吾從退溪亦
無不可乎。苟有大害於禮意，退溪豈如是言之？然而
別設，終有所未安。祠堂朔望，自祥後始行，至禫後旋
止，則何如？其爲未安，似亦與別設惟均。幸乞指誨。

祥後朔望，前書既有問答。而退溪"請出"之言，其未安誠如
南溪之言。既明知其未安，則安可以退翁所言，而必從之
乎？至於祠堂朔望之因此而始行旋止，亦大未安。愚意非素
行者，則廢之之外，恐無穩便底道，量而處之如何？

　　5. 禫祭時，以墨笠、墨帶將事耶？以白笠、白帶將事，
而其日即爲墨之耶？

禫祭時服色，先以白笠、帶始事；而將事之際，則以墨笠、
帶行之，此是通行之禮也。

　　6. 大祥後哭泣，亦爲"哀苦"聲耶？抑爲"哀哀"聲耶？此
等節目初無可據之文，只宜從俗，而亦不知其世俗之如
何行之之故也。

哭泣之聲，大祥前"哀哀"，有何不可？但從俗爲宜，故有"哀

苦"之聲, 而旣過大祥, 則何必長爲之耶?

7. 貧而無財, 生事葬祭, 俱不得以禮, 此是終天之恨。凡於不費財而可爲者, 則一欲遵古人之節文, 而謏聞淺見, 素蔑禮學, 深峽窮村, 又無師友, 譬如黑夜獨行, 欲無顚蹶, 不亦難乎? 但禮書數帙, 尋常考閱, 凡兩條之說, 此亦可, 彼亦可, 則從厚而不從薄; 服色, 從麤而不從精。然而非敢爲詭異之行, 以駭俗人。故俗禮之有可據者, 悉從之; 至於傳訛襲謬與古矛盾者, 不得不改之, 而亦必十分詳審, 然後乃敢爲之矣。

上所謂布網, 似涉駭俗。而先人嘗曰:"單鬃甚駭, 因着布網, 有何不可?"今考諸家之說, 果有布網。此是先人之意暗合於禮家者也, 尤不勝感愴之至。今欲用布者, 實遵先人之遺意, 而又不違群儒之舊制, 如何? 非不知雙鬃之合用, 而到吉月, 又麤暗不堪着; 貧於財者旣着, 又難遽棄。先人之言, 亦嘗以是而發也。

末端之敎, 尤不勝感仰。以是心而行之, 何患不合於禮意哉? 但旣知貧不得如禮, 又知禮不可駭俗, 而猶不免於彊貧而違俗, 何哉? 至於雙鬃一節, 前條已備論。而如欲遵遺意而用布, 則量而行之可也, 又何必俯詢於人, 而人亦何敢容喙於其間耶?

第病中臨行, 未免信筆草草, 想荷曲諒, 而負負不已。

昔在端宗朝，巡撫使宋侃奉命出使。及還，端宗已遜位，宋公復命於寧越，仍痛哭而出。及端廟升遐，服衰三年，逃之興陽地。興，湖南大海邊地盡處也。其家人尋得之，仍家焉。放浪於山巔水厓，或慟哭終日而歸，人目爲"狂老"。自號西齋，至今號其遺址爲西齋洞。其將死，遺命曰："葬我於樂安薇原。"至當宁朝，表忠獎節，靡有餘憾，乃贈職贈謚。余奉命宣忠剛謚于西齋洞遺基之祠。其翌，鄉儒將行禮成祭，請祝文於余

與六臣儔，樹萬古綱。
恩謚誕宣，士林增光。

朱子影堂上梁文【藍浦新安面新建。】

伏以承千聖後，傳千聖心，仰未照於秉燭；奮百世上，興百世下，起曠感於建祠。異哉，地名之相符！展也，廟貌之有儼！

惟我晦庵朱夫子，濂洛正派，洙泗嫡傳。鉤賾乎蠶絲牛毛之深微，古今義理、經傳奧妙之無餘蘊；喫緊於鳶天魚淵之活潑，大小本末、表裏精粗之靡不該。喻至道於《九曲櫂歌》，語氣象，則天高海濶；秉大義於一部《魯史》，闢詖淫，則日照魅逃。蓋亦集大成焉，所謂師萬代也。

顧我東處僻遠之域，而後學切尊慕之誠。禮樂文物稱"小華"，縱自幸啓冊對越；山川封疆隔中國，恨未得攘袂攝

齊。仰草木光被之休，謾想藏修之白鹿；詠“杖屨春在”之句，幾羨叫罷之金鷄？

幸茲藍田一山，適符紫陽舊地。坊曰新安，洞曰雲谷，旣厭號之甚奇；山則武夷，水則朱川，何相合之至此？假使有一於是，猶足興懷；矧今得四者兼，誠亦非偶。

遂乃相觀形局，于以營建影堂。如拱如趨，林巒動飛舞之勢；爰謀爰度，規模運意匠之中。士流喜得其依歸，瞻聆咸聳；人情爭樂於趨赴，奴隷亦知。

茲値遺像之摹來，又見斯役之告厥。生綃之七分儼若，猗歟泰山喬嶽、景星、慶雲；　勝地之數間翼然，　怳似周濂、程門、孔墻、顔巷。風俗政屬丕變，村閭改容；景物頓覺一新，湖山動色。

始也木石之鳩聚，雖不免斧彼鋸彼之勞；曁乎甍桷之翬飛，永可作安焉享焉之所。奚但多士瞻依之是賴？抑爲一邑矜式之有方。

除循汩瀮，舍繞蔥瓏，復見靑衿黃卷；花垂魼魷，煙鎖巖壑，宛對仙掌、虹橋。問其名則鑿鑿皆符，何論世之相後、地之相去？卽斯堂而嘐嘐曰古，佇期學可以興、化可以成。於戲豈不異乎？實是若有待者。

潮呑川而雷萬戶，想像先生之胸襟；水滿潭而月空山，省識箇中之奇絶。得此聲於湖右僻邑，却疑桑田碧海之幻來；占勝境於人間別天，遠邁同安、南康之蔑苴。敢颺善頌，助擧修梁。

兒郎偉抛梁東，峯高窓日晚來紅。
乾坤造化誰能識？萬藥千葩昨夜風。

兒郎偉抛梁西，海門光景望中迷。
蒙衝巨艦輕如許，始信當年丈席題。

兒郎偉抛梁南，烽似明星海似藍。
峯號玉眉如玉女，挿花臨水帶晴嵐。

兒郎偉抛梁北，遙望瓊樓玉宇側。
霞綬月璫懷不忘，樂吾憂子未終極。

兒郎偉抛梁上，仰瞻天宇極昭曠。
煌煌太一常居尊，寂感人心儘莫狀。

兒郎偉抛梁下，枕泉作雨人間灑。
賓興告聖有遺儀，章甫峨峨來薦斝。

伏願上梁之後，風景增佳，仙靈長護，涵聖化於崇儒重
道之地，猿鳥不驚；抱遺經於執豆奉籩之餘，駿髦斯拔。

以任哥養子事，報禮曹狀

禮曹關文據，任思行及任錫道妻金氏處詳查，則思行來納決立案一丈及所志二丈。

一一考閱後，問以："汝雖爲邦傑之養子，旣非兒時率養，又非門長之使之入繼。而立案文狀中'受諾於金氏而出禮斜'云者，毋乃汝自立爲養子乎？邦傑旣有子有孫，傳至于養曾孫。而汝今追爲其養子，自稱宗孫，以邦傑之子定爲凡弟，以邦傑之子孫爲凡弟之孫，世豈有如此之事乎？"

思行無辭可答，但曰："法文本不知之，只恃屢度官決而已。哲福初爲錫道之養子，則不當罷養；旣有哲福，則彼本在萬頃之華辰，自當逐送。而我則旣爲邦傑之子，乃是宗孫，田宅器物，當自主張。"

金氏原情則以爲："三代寡婦，依賴無地；累代宗祀，付託無人，初以遠族任周鐸之子哲福爲養子。未及禮斜，先服父喪，而服喪之後，猶不呼母矣。未久，徑脫喪服，肆發悖說，直歸其生家不遠之地，三年絶跡，百端諭還，終不回心。故不得已以罷養之意，議于宗中，仍爲呈官，受立旨。更取萬頃居任聖桓之子華辰，出禮斜率養，而娶婦之後，又爲傍題，則家道庶幾底定矣。

不意，哲福之父更生怏怏之心，誣訴本官。則伊時本官捉致女身之父，毒施刑訊，勒捧'哲福還養'侤音於女身。女身急於救父之命，果爲納侤。而女身之父，受刑之後因病致死。

女身媤五寸任思行適乘其時, 暗出禮斜, 自爲女身媤祖姑養子, 奪取祭位田畓。故女身不勝寃憤, 以思行奪宗、哲福罷養之意, 呈于禮曹。則本官又捉致女身同生媤, 嚴刑勒捧'還養'侤音。而思行則以奪宗之罪, 至於定配, 旋又納贖而免焉; 哲福則門長及諸族齊會, 而其父自筆手記'永爲罷養'矣。

思行又潛呈禮曹, 得出關文。則伊時本官果成給立案, 如干祭位田畓, 盡屬之思行, 華辰則卽刻逐送。而彼哲福則情義已絶, 不可復爲母子。世豈有養父母不欲, 爲之養子乎? 今若不以華辰爲子, 則哀此三寡無所依歸, 而任氏累世宗祀, 皆將爲餒而之鬼。故不勝寃痛, 今又往呈禮曹, 幸得嚴關"云云。

以縣監淺見言之, 今此關文, 義理明白, 辭意痛快, 無容更贅。而大抵撑天地, 亘萬古, 不可一毫有所變亂者, 倫紀也。此而或得以私意任自撓改, 則人可得而爲人乎?

任錫道之妻金氏以其宗婦, 初定哲福爲子。而及其徑脫父服, 自歸本家, 則所謂哲福, 罪關倫紀; 而至於呈本官, 出立旨之後, 哲福之不爲金氏養子, 不待辨明, 已無可論。金氏之更求宗中, 以繼其祀, 理勢固然。況其門長以哲福罷養、華辰繼後之意, 呈官受題, 兩家諸族證成手記, 則華辰之爲金氏子, 是豈可以移易變通者乎?

所謂任思行, 不有官決, 乃反自爲金氏祖姑之養子, 又以哲福更作金氏之子, 至於罷逐華辰之境, 此則前古所未聞之變怪也。且思行旣爲金氏祖姑之子, 則金氏之夫與舅兩代, 自在廢黜之科。古今天下, 焉有廢黜人家數三代而闖入中間, 自立爲養子者乎? 人倫大義, 把作自己之私物, 進退惟意, 左右隨手, 此名教之罪人, 王化之亂民也。

雖得售其奸計, 冒出禮斜, 作爲憑藉之端, 而本家所不知、所不欲之養子禮斜, 渠何敢勒定乎? 況哲福罷還時, 其父手記已在於呈訴粘連之中, 則雖有禮斜, 不可以此準信矣。事實旣爽於官庭之脅供, 寃憤莫伸於無告之寡女, 至於更呈禮曹之擧, 則其情狀誠爲可矜。

而細觀思行前後文狀, 則其指意專在於家舍田土、錢穀什物之任自主張, 更不顧倫紀之爲莫重莫大。則思行奪宗之計不啻明白, 綻露無餘矣。聽其言語, 考其文迹, 而原其心術, 揆以義理, 則思行之罪, 嚴刑定配, 斷不可已; 而已絶之哲福, 不可更續; 旣定之華辰, 不可旋逐。今若取思行、哲福之禮斜立案, 一幷爻周而明正其罪, 則倫常之旣晦者, 可以復明; 任家之將亡者, 可以復存矣。

答李判書【秉鼎】別紙

小紙所教四面碑事, 豈敢忘却? 聞李校之言, 則"已爲俯托於營門"云, 故只以表石分付矣。今始知營門所托別爲一件, 敢不盡心力而爲之? 第今當三農方劇之時, 又有他碑已始之役, 故每與李校相議速圖, 而兩件所入爲二百金耳。

吏房事, 吏逋之弊誠如教意, 敢不如戒? 但今吏中無逋者，惟今吏房而已，前官之仍任者亦以此。而縣監來後，渠亦無罪過，故姑置之。今教如此，竊想未及詳察，敢此仰告。

而金吏則逋欠之最多極甚者，此邑難支之弊，專由於此人；李吏則人器既不合，所逋亦夥然。此輩決不可置之首任，任其濁亂，大監亦何以細燭此箇情狀耶？

至於後來小紙所教，讀來不勝悚栗。平生拙直之性，其於如此之言，雖在他人，亦不欲聞之，豈意今反撞着耶？所謂冊客，不過迷豚與一時過客也。縣監單騎下來，未及縣數十里，始見邑人之出迎，仍卽到任，雖欲問於途中，何暇向誰問之哉？南來人，未知何許人，而其興訛造謗如此，人心世路良可怕也。

且念吏鄉今若改易，則適足實南來之言而已，雖自以為至公無私，又何以自解於人乎？縣監雖甚愚迷，亦嘗讀書，粗知有所不為之義，汚豈至於此耶？毋論前程之亨屯與大監之苦心庇護，斷斷此心，天實臨之。豈敢使冊客用事乎？惟俯諒而默會，是望是祈而已。

以逋吏金彦一事，報監營狀

本邑吏奴逋之弊，在前亦多現發。而縣監到任在於五月望後，則莫重三稅，未捧過半。故日事鞭扑，刻期督捧。

而其中下吏金彦一以累年倉色及吏房，所逋三稅為一百二十餘石之多，結錢為一百四十餘兩之多。而彦一稱以

“渠之所逋皆有徵出之處”, 指東指西, 諉之於某甲某乙。故依其所訴, 一倂捉致, 則無非勒定名目, 嫁禍他人, 都不成說。

及其推諉無地, 延拖沒策, 則敢於官庭自請“爲吏房、都書員等任以爲了當之道”云。如此濫猾無嚴之吏習, 前所未聞, 極爲痛駭。

而況民訴四至, 皆以爲“彥一曾以吏房, 濫徵不當徵之錢穀”。蓋一邑之事, 無一事非彥一所幻弄, 無一物非彥一所染指, 亦無一民不被彥一之害者矣。

大抵本邑之吏民俱困, 百弊蝟集, 富戶散之四鄰, 殘民不得支保者, 苟究其本, 則數十年來, 猾校姦吏盤據傳授, 莫重國穀, 看作己物, 任意偸食。而手熟跡秘, 巧爲粧撰; 間或發露者, 族徵鄰徵, 害及良民, 無歲無之; 善爲掩匿者, 流來積逋, 眩亂文案, 通以計之, 厥數夥然。

而就中最善偸弄, 每年族徵再徵者, 彥一爲魁, 論其罪惡, 不可一時容貸。而急於三稅之收殺, 爲先搜探其家藏什物及田畓家舍文券, 出給願買人處, 一一折價督捧。

而彥一終始頑拒, 間多隱匿。故嚴蕆推覓, 今旣盡賣, 則所賣物合爲百餘金; 而其餘數, 或徵出於其同生至親處, 今皆收殺。而如此之際, 民間騷擾之弊, 不言可想。

身爲官長, 不善督捧之責在所難免; 而所謂彥一者, 原其罪狀, 殺之無惜。今若不大加懲創, 則無以謝一邑之民, 又無以懲他逋吏。故爲先枷囚, 具由論報。特賜處分, 亟施嚴刑竄配之律。

以金應天做出歌謠事，報監營狀

本縣之新安面，有雲谷之里，而山號武夷，水名朱川。故一邑儒士興感，僉議營建朱夫子影堂，今幾訖役，舉有鼓動興起之思矣。

即接本院儒生聯名呈單，則以爲"近日忽有傳播之歌謠，舉一邑之儒生，譏嘲侵辱無復餘地，而風傳以爲'西面居品官金洛龜所做出'。故問諸洛龜，則洛龜以爲'此乃同面居品官金應天與其子漢東所作'"云，而必欲究覈重繩。

故即發差，捉致洛龜、漢東等諸人，而應天則以老病之故，不得施杖；兩人則嚴杖盤詰。漢東以爲"果是吾父子所作，而其贊助傳播者，乃是李基肅"云。故又捉致基肅嚴問，則亦以爲"漢東父子之做作，已有洛龜之參證與渠之自服，無容更言。而吾則不過聞而傳之而已"云。

漢東父子之造出謠言，煽惑人心，罪固難赦；而基肅之傳播參涉，亦不可輕釋，故竝着枷嚴囚。

謹按《周禮》鄉八刑，有造言之刑；朱子《增損呂氏鄉約》，有犯義之過，而其目有所謂"造言誣毀"、"匿名嘲咏"者；國朝亦有造作謠言之律，此乃鄉黨之所不容而王法之所必施者也。

縣監雖曰莅任無幾，而其不能丕變風俗之責，在所難免。然彼金應天父子與李基肅，雖不無首從之別，而其唱和播傳，嘲辱一鄉之多士，罔念關係之重大，致有此院儒聯名齊訴之舉者，決不可尋常處之，茲敢牒報以俟處分。

以歌謠事，因營題更報

今此歌謠皆是得於傳聞者。故使院儒謄出，則以爲“無全篇錄出之路，只以若干所播傳者謄納”云，故兹依其所納謄上。而至於罪人之自服緣由，則其時院儒以爲“初則‘出於金洛龜’云，故欲以洛龜呈狀。洛龜以自己掉脫之計，發死心。窮覈其根柢，轉相援引，至於金應天父子而爲終條理，果不能自明而無辭自服，所以據此呈單”云。

故縣監捉致洛龜及金應天父子與援引中最緊者李基肅，次第究問，則皆以應天父子所爲，明白證參。而應天則“年過八十，又得痢病，奄奄垂盡”云，故不得已只令拘留；而應天兩子漢東、漢宗，一併杖問。則漢東果以渠父子所爲自服，而其弟漢宗以爲“今番院役時，院所所收合財物，院生二十五名，每名二十五兩，爲六百二十五兩；儒錢近五百兩；儒米近百石，而渠之一家中所出亦爲十九斗。如此之際，不無中間消融之弊，傳說狼藉，故歌謠中皆以此意爲譏嘲之資”云。

縣監又爲詳細廉探，則“所謂金應天以品官，納粟堂上，老職嘉善，而自謂‘鄉中之宰相’，平日所爲多有駭悖。而當初院儒之分定儒米錢，成出通文之際，書其名於四十餘人之下。則應天見之而恚，曰：‘吾以年位當在最上，何爲書之於此？’又曰：‘宰相豈出儒米錢乎？’一併不送。故院中諸議紛紜，責其吝且濫矣。至此而乃有此做出歌謠，侵辱多士之擧”云。

蓋其爲人小有才而不安分，又以年老資高，驕侮一鄉，人皆疾之，故常懷恨怒之心，而及其書名出米之時，又發駭妄之說。且渠之親族多出米錢，而鄉中浮囂之俗，至有中間消融之說。故乃以怨憾不平之意，造出幾句輕薄之語，以名以字侮辱備至，遂至傳播遠近，眞箇成謠，而其中語侵影堂及直斥官長之罪，有不可尋常處之矣。院儒之子弟，怒其父兄之見侵，至於呈單之境，而渠旣自服於金洛龜，則豈敢不服於官前乎？ 本事始終不過如斯而已， 非有別般不逞不滿、根柢枝葉之可論者矣。

縣監初非不欲備論於報辭中， 而或恐語言之間觸犯於莫重之盛擧，且於院儒亦似非光鮮底事。故只因其自服而仰請嚴勘造言之罪， 草率之責在所難免。 玆敢依關辭具由牒報，亟賜處分，大加懲創以謝一邑之多士，毋至極熱之滯囚。

又以歌謠事，因營題更報

金漢東處捧口招，則以爲："渠本來目不識丁，豈有做出歌謠之理？而第玆院役旣始之後，許多名色，收聚鄉中，院生則各捧二十五兩或過二十五兩者， 至於二十五名； 儒錢則'近五百兩'云，而此則不能的知其數；儒米則近百石。收捧之際，怨咨頗多，故常有慷慨之心矣。聞歌謠傳播之言，而院儒中有字'裕之'者亦得謗，故率口而發'裕之食之'之語，蓋謂其憑公而食之也。此外無他可達之言"云。

今此漢東口招，與前日其弟漢宗招辭略同，而漢宗之招則已悉於前報中。漢東口招則茲敢依題辭牒報，參商行下。

又以歌謠事，因營題更報【新伯到任後】

今此所謂歌謠做出之人，縣監已於閏六月初五日，因院儒呈單，即爲推捉金漢東兄弟及李基肅，嚴杖究覈，仍即着枷牢囚，今至月餘。而其時歌謠一通，已爲謄上。漢東父造作之狀，亦已取招於漢東兄弟，則其父概以不滿院儒之意，不勝技癢，遂至擧一鄉之士而譏辱之。故一一臚列論報於前使時，今別無更爲嚴查取招之端。

而但此獄有難處之事。其所謂篤老者金應天，專主做謠之事；其子兄弟，不過一二句贊助；至於李基肅，則又不過聞之於應天而有傳播之罪。今若直以事理罪其罪，則應天稱以老病；欲舍應天而徒罪其子兄弟及李基肅，則輕重倒置，又似無首從之別。茲敢具由牒報，特加參商，亟賜處分。

以邪學事，因營題報狀

縣監自聞有所謂邪學之後，每語到此事，未嘗不髮竪目張，恒有不與同中國之心；而又聞“湖西一路偏被其染，爲禍愈烈", 故尤痛疾之矣。

及莅是邑, 首先問之, 則皆言"無有"。而縣監亦不聽信, 意"或有潛形匿蹤於窮海之濱、深山之中", 累月鉤探, 多般探試, 而尚未有影響之及於耳目者。故月朔"無乎"之報, 乃是據陳實狀, 非敢循用例套也。

近來此妖輩畏國之法, 雖不敢於彰著, 心悅其學, 終未忘於宿處, 外假狐幻之面目, 中堅墨守之肺肝, 殆同魑魅之類藏匿於白日而鼓舞於黑夜。若不痛加懲一勵百之政, 則必有潛滋暗長之患。縣監於此等事, 雖非營題, 嫉惡剛腸, 自謂不後於人, 而明愧照魔之鏡, 功蔑斬妖之劍, 未免同歸於近例, 不勝慙悚。嗣後益加廉探, 若有現發者, 則卽當馳報。

農形報狀後, 因營題更報【營題有曰: "今年到底豐登, 而本縣所報每有顧後之意。此後則從實報來"云云。】

本縣地勢非瀕海則窮峽, 絶無平原廣野之膏沃、大村富戶之櫛比, 而畲少深廣, 田多墝确, 故一有水旱, 被災偏酷。向者數十日之暵乾, 重以善燥物之東風, 瘠高之畲、沙礫之田, 實多被傷之處矣。幸遇兩番之雨, 舉有蘇醒之意, 而地本甚薄, 節又差晚, 譬如衰境之人一經大病, 雖獲痊可, 不能復健, 而亦不見處處皆然。故只據實狀, 區別各面, 修上初十日之報。

大凡農形, 地有肥墝, 風雨有不齊, 雖一山之內外、一川之南北, 未必皆同。故雖豐年, 有獨凶之處; 雖歉歲, 有稍實之區, 此自然之理而物之情也。又豈可以大體之豐, 而并與其不能豐者混歸之於豐乎?

縣監本以至庸極愚之姿, 素昧瞻前顧後之態, 惟知遇事直陳, 不能隨時委曲, 反歸於不從實之科。夫不從實, 則是虛也, 誠不勝萬萬惶悚。

而目今農形, 統以論之則雖不害爲豐登, 而細分言之則亦不無不均之歎, 由前由後皆是從實之言也。緣由并以牒報。

以白彝齋祠院事, 報監營狀

縣監五月到任, 聞"前縣監創議, 建朱夫子影堂於新安面武夷山下", 蓋以其地名之相符也。自春始役, 至夏而成, 以今十六日, 已爲奉安影幀。

而又有士論, 亦因前縣監倡議, 營建彝齋白頤正之祠於其傍。考諸邑誌, 則頤正, 官至僉議評理, 封上黨君。時程、朱之學未及東方, 頤正在元得而學之, 李齊賢、朴忠佐首先師受。程朱之學蓋自此而始行, 則俎豆之擧宜無所不可。

而謹按《大典通編》, 有"外方祠院, 冒禁創設"之律, 近來亦有申禁揭泮之事, 則此實有不稟朝家之嫌。至若朱夫

子影堂，則不可無守護之院生，而院生亦宜有一定之額。故
茲敢具由牒報，特加參商，亟賜處分。

以影堂、祠院事，因營題更報【營題曰："無論影堂、祠院，果已受朝家
成命舉行乎？更爲牒報"云云。】

縣監五月十六日到任之後，聞有新安面院所之役。故問諸
其有司儒生，則以爲："春間，前縣監以其新安、雲谷、武
夷山、朱子川等地名之箇箇相符，謂不可無朱子祠院，遂乃
創議營建。而又以不可無物力，收聚錢米於鄉中，而前縣監
自爲都有司以躬率之，故院役今方垂訖"云。

又聞"院儒生上京摹來朱子遺像"矣，未幾奉來，以六月
二十五日，權安于校中；以今月十六日，奉安于影堂。前後
事實不過如斯而已，未聞有受成命舉行之事矣。

此雖是前縣監所創設，縣監旣知其不稟朝家，則何敢不
據國典禁斷？而竊以爲他邑亦有未賜額祠院；且旣曰朱子
影堂，則事體與他自別；又影幀奉來時，自營門知委列邑，
擧皆如儀迎送；前使時亦有"此地此堂，人孰間然"之題辭，
故不敢一辭。

而至於白彝齋祠院之營建，則實有犯禁之嫌；影堂院
生，亦不可不定額，故有所論報矣。今此題辭，誠不勝萬萬
惶悚。茲敢具由更報，恭俟重勘。

又以影堂、祠院事，因營題更報

卽爲招致院儒及首院生，詳查委折，則以爲：“今正月前縣
監到任後，聞新安面、武夷山等地名而大奇之，語于儒生等
曰：‘地名若是奇異，而尙無朱子祠營建之事，何其無慕賢之
誠乎？’儒生等曰：‘此論自前有之，而莫得官家之宣力，尙
爲未遑之典矣。’

前官卽下帖于校中，盛言其不可不建，而又言：‘白彝齋
始傳程朱之學於東方，事當配食。卽宜發通於列邑，以爲助
成之地’云云矣。二月初二日，前官親往院所，設齋會，以
爲：‘如此盛擧，不可無物力，我當躬先導之。’卽自筆爲都有
司，出錢五十兩。仍使收聚錢米於鄉中，米凡六十二石七
斗，錢凡二百二十二兩，別求請又爲六十二兩，院生則各捧
二十五兩爲二十五名，而鳩材始役。

至於奉遺像、定院長之後，白彝齋後孫輩，又以其爲先
之心，謂以‘上京問議，則皆以爲可’。於是收合物力，營建彝
齋之祠於影堂之傍矣。今以本官之痛禁、營題之至嚴，停
役縮伏。此外無可達之辭”云。

縣監淺見竊以爲：“此事，無論前縣監與院儒，孰敢有
不有朝令，任自建設之意？而只知地名之爲甚奇、朱子之
爲所重，不覺反陷於擅便之科。至於彝齋之祠，則又因影堂
之訖役，爲白氏輩所動。”

而若其委折則此外別無可以詳查之端，誠極悚悶。兹
敢據所查牒報，參商行下。

又因營題更報

縣監分付於儒生處, 移奉及毀撤等節, 使之卽爲舉行。則儒生等以爲: "中丁迫近, 故已爲送請祭文於懷德性潭儒賢, 兼以影堂事, 有所禀議。俟見回報, 後當舉行。"故緣由牒報, 參商行下。

罷邑內場市曉諭文

向者三班官屬以"邑內立場市"事等呈, 而有難直禁, 故題辭以"三班官屬爛熳商確, 果若有益而無弊, 則設行無妨"云矣。

近聞"場市中若有商賈不來者, 則徵其洞長各一兩"云。如此則是爲穽於邑中而爲官屬侵漁之窟也, 民怨當如何? 而尙無一人來訴者, 豈其怯於官屬而然耶? 抑以爲官意而然耶?

如此等侵漁疾苦之事, 民若不言, 則官何以知之耶? 此後則若有一毫侵漁之端, 必一一來訴, 俾爲聞知之道; 而如有阻搪壅蔽者, 則亦必某條聞於官家。邑內場市則自今永爲罷去。

以此知委, 俾無一民不知此意之弊。

曉諭各面民人文

1. 惟正之供, 直納于官倉, 自是正道, 且無後弊。而近來或有不然, 吏輩則專以偸弄爲事, 以利誘民, 使之以錢防納, 而私自受食。畢竟爲敗家亡身之本, 前轍旣覆, 後車又繼, 而自來伎倆, 瞽不知戒。小民則貪於小利, 或冀無事而與之, 再徵之患, 終不得免, 始乃呼寃, 其何及乎? 其愚迷不知利害, 誠可悶矣。

　　惟此養戶、防結之事, 朝禁至嚴, 營關且申。故豫先知委, 俾無一民不知不聞之弊。今後若有如此之事, 則不但再徵, 與者、受者, 皆當限死嚴棍, 報使重繩。各自惕念, 毋致後悔。

2. 牛禁一節, 朝令至嚴, 故前此已有曉諭申飭。而近來民習巧詐, 不畏國法, 每當節日及有用時, 則輒敢無難犯屠, 僥倖苟免。或有兩班奴屬, 依藉勢力而爲之者; 或有兩班自犯者; 甚至有倍價分給, 過限徵利之事云。

　　官家已悉廉探知之, 而姑不指的誰某, 毋曰暗中可欺也。卽今節日不遠, 若有復踵前習者, 則當嚴囚窮覈, 報使依律。雖欲陰自屠分, 陽欲掩諱, 官家必無見瞞之理, 各自謹愼, 毋致後悔。

3. 松禁一節, 朝令至嚴, 蓋雖私養之山, 若是海門三十里內, 則與宜松山同在禁科。故水營摘奸逐日不絶, 監營申飭亦極嚴明。肆官家既置山直, 又差監官, 使之更迭巡行, 嚴加詷察。

　　爲民之道, 惟當恪守毋犯。而近日來訴之牒率皆意在於犯斫, 或憑藉鐵店, 或稱托構舍, 將欲自小而多, 由細而大, 賂囑私行於吏屬, 斧斤恣入於山林, 豈有如此民習乎? 官家必各別廉探, 報使重繩。如或現露, 此是自取, 毋我怨怒。

答李判書【秉鼎】別紙

大監所以誨諭之、戒責之者, 實出於無間之盛意, 敢不拜受僕僕? 而大監既不棄侍生之愚迷, 曾不藏怒於心, 悉以詔之。則侍生亦豈無感激之忱, 不一暴其實狀乎? 請得隨敎而條對, 惟大監平氣以垂察焉。

　　大監所敎四人者之事皆有之, 而皆訐訴以祈大監之怒者也。其中若以十五度爲二十度, 以一旬爲一望者, 眞所謂五十步百步之間也, 顧何足多辨? 而其全沒事實者, 可謂譖人之罔極也。

　　白先達, 既知其爲大監宅門下人, 則厚待顧護何損於侍生而不爲哉? 渠以土民, 不通刺而直入, 又以徵債事面囑, 此則皆以不足責, 置之。而乃於土主之前, 請召吏房, 以語言發明事, 面質是非, 攘臂爭辨。揆以紀綱事體, 土主與土民與吏房鼎坐對質, 是果何等貌樣乎? 竊意"此則決不可置之", 故囚其奴子, 略治而送之。

崔重貴事, 侍生初不知重貴之爲何人、車右良之爲何人。而一日, 車右良者呈訴言"渠以驛主人, 每當別星行次時, 擔當供饋, 而收聚租斗於驛漢輩, 謂之煙稅。他人皆給之, 而獨驛漢卜馬夫崔重貴恃惡不給"云, 此非非理橫侵者。故初使狀者捉來而不來, 再送該面主人而又不來, 多有凌踏官家之言云。故怪其何許漢, 如此惡毒, 又送差使, 則重貴以爲"語汝倅。汝倅雖親來, 吾不往; 雖擧一邑之人, 結陣以來, 吾亦不往"云。故更送差使, 捉致治罪。

侍生則只聞"驛漢"而已, 不知爲大監宅墓下人; 其所志只曰"車右良"而已, 不知爲吏房之叔。而所以治罪者, 妄意以爲"如此悖亂之漢, 若置而不問, 則何以臨民乎", 治之而已, 亦未嘗以不給煙稅爲罪也。 而今以"不給吏房叔"爲言, 有若渠以此得罪, 而侍生私於吏房者然, 其爲計亦巧, 而可謂善於讒者也。

金彥益事, 渠以逋欠最多者, 營門因吏逋報狀, 使之刑配, 初何嘗以干囑圖札等事爲罪哉? 所謂浮言, 出於彥益云。故報逋之前, 問: "汝緣何而以無根孟浪之言傳播乎? 以土民謀陷土主, 猶且有罪, 況以下吏而構誣官長乎?"如此爲言而已, 其後以逋而配。今乃變幻虛實之間, 巧飾眩亂之說, 以售其怨恨之心, 吁可痛也。

侍生雖無似, 亦粗知體面, 豈有以"干囑某宅"之說, 發諸口之理乎? 蓋於下札下來之時, 渠先宣說誇張, 自以爲"必得", 且李漢圭兄弟豫泄事機, 以爲"吾爲吏房, 彥益不過爲都書員", 此說喧傳邑底, 無人不聞。彦益則敢於官庭, 至請"爲吏房、都書員, 了當所遣", 則此言之宣泄, 果是侍生之罪乎? 侍生則見其札而藏之而已, 彦益則以其罪罪之而已, 今此"宣言一邑, 無事中生事"之敎, 實爲寃悶。

　　至於李翊鼎事, 近來牛松之禁至嚴, 營關極其峻切, 且水營裨將逐日來往摘奸之際, 忽聞"有斫近千株大松, 泊三大船, 以數百牛載出發賣者, 而其斫松處, 正當道伯巡行之路"云, 故執之而已矣。旣執之, 又不可私自處置, 故報之而已矣。旣知翊鼎之爲大監宅族人, 則其所以顧護之者, 尤別於墓下人、門下人。而又妄意以爲"顧護自顧護, 法禁自法禁。此而置之, 則國之大禁將無以立, 而必致生事。一身抵罪雖不足恤, 而有非守土之臣之職", 故不敢不問矣。

　　今敎之曰:"以意外事, 至於報營。"又曰:"此胡大罪, 而不相恕, 一至於此?"侍生讀之, 自不覺瞠然。以此爲"意外", 以此爲"非大罪", 誠不知其何說。而以彼言之, 則眞所謂自作之孽, 實非意外之事, 亦非咎人以"不相恕"之事也。昔朱子論姓高人事曰:"此而可恕, 則亦無以官吏爲矣。"此可爲今日準備語也。[11]

　　且此四人者, 皆以不可不治之罪治之, 罪在渠耳, 未見有挨逼於大監。而大監反替當以爲困境, 滿紙未安之敎, 非惟不敢承聞, 亦無非爽實而出於情外, 侍生之寃當如何哉?

　　蓋四人者或爲大監親族, 或居在大監宅墓下, 或出入大

11　昔朱……語也 : 저본에는 교정부호와 함께 行間에 小字로 기록됨.

監門下, 其驕傲之心、獷悍之習, 倚恃泰山, 眼無官家, 恣行無理, 自謂得意者, 厥惟久矣。

及夫侍生見擬於大監而獲莅茲邑, 則以受托於大監之故, 存問款接, 隨事拔例。渠輩之意以爲"雖冒犯法禁, 無如我何; 雖慢辱官長, 亦無如我何", 體面道理, 擔閣一邊, 出言行事, 無少顧忌。曾不料侍生之愚昧拙直, 只修職分, 可以顧護處顧護, 可以懲治時懲治, 與向日曲意媚悅, 莫敢誰何者, 大不相侔, 則謹然以爲"此胡大罪"、"此是意外"、"此乃變怪", 遂乃極意構捏, 往愬于大監。

大監所宜嚴加訶責, 以爲"汝實有罪, 官家之罪之也固當。此後更無敢如許"云爾, 而乃反偏聽曲信, 盛氣峻辭, 以詰侍生。侍生雖甚庸迷, 亦異於病風喪性者, 則揆以常情, 感恩則有之, 何爲而反不饒於大監邊人哉？直以爲寧得罪於大監, 不忍負百里之責故耳。大監試以此思之, 則必有以飜然悔悟而不至於深罪侍生也。

碑石事, 旣承面托, 又有書敎, 故與李校相議, 盡心極力矣。今以未安於侍生, 至有"止之"之敎, 不勝主臣, 何敢更達一辭？而百爾思之, 侍生之待大監, 自謂庶無所失矣。大監之見過至此, 侍生實慚愧悸恐, 無拜謁之顏矣。

顧念侍生受聖朝分憂之任, 感大監見知之深, 自以爲"守職奉公, 苟容一毫私意於其間, 則是上負國恩, 下負大監。洞屬夙夜, 不敢失墜", 苟其才不逮, 見不到則已, 未嘗敢爲欺心之事。斷斷此言若有一分假飾, 天必殛之, 大監何其不諒而責之以非情也？

夫自以爲"勵風化, 奉法禁, 而惟事理之是視, 不敢以私掩公", 竊計大監若聞之, 必喜其能不負所擧矣。今敎如此, 侍生失望寃鬱, 悚恧縮伏而已。今聞自營門狀罷侍生云, 亦足以快四人者之心矣。前此四人者所遭, 特不過一時之厄, 亦復奈何?【彥益卽上所云彥一也。】

供辭【後因史役見《日省錄》, 則具載此事, 而又有一段: "丁巳八月二十九日次對時, 大司成趙鎭寬曰: '月前忠淸監司狀啓以藍浦縣朱子畫像書院事, 該守令有所論罪矣。今伏聞此書院欲爲毁撤云。旣成之院, 旋又毁之, 事甚不好, 不如任其成毁之爲愈矣。以此分付何如?' 上曰: '此非朝家所知之事, 卿與該道臣往復, 從長處之可也。'"】

矣身愚迷庸鈍, 奉職無狀, 致有此淑問之擧, 惶懍震越, 罔知攸措。 矣身去五月十六日到任後, 聞本縣新安面有院所之役, 問于儒生等, 則以爲: "前縣監臣權襈, 去正月到任, 聞新安面有武夷山、朱子川等地名而大奇之, 以爲'此地不可無朱子祠院。 且本土人白頤正號彝齋, 在麗朝始傳程、朱之學於東方, 事當主享朱子而以彝齋配食', 卽以此意下帖于校中, 使之發通於各邑。又於二月初二日, 往新安, 會儒生, 以爲'營建院祠, 則不可無物力, 吾當躬先率之', 乃自爲都有司, 先出錢財, 仍令收聚鄕中, 謂之儒米、儒錢。又募入院生, 以三月十一日開基, 四月十六日上梁。而儒生又以擧出朱子遺像事上京"云矣。

其後果爲摹本以來，而自營門發關各邑，使之備儀迎送。及到本縣，以影堂塗壁之未乾，權奉影幀於校中，其後又爲奉安於影堂。

而鄉中有做播歌謠，譏嘲此事者。故自營門將欲窮覈而至曰：＂此地此堂，人孰間然？＂矣身非不知祠院刱設之爲冒禁，而前縣監旣始之，道臣又非不知，且旣曰朱子影堂，則事體與他自別，故不敢別有所論報矣。

今道臣韓用和到界後，鄉中白姓人等，又憑前縣監之言，始營彛齋祠於影堂之傍，而禁之不聽。故卽爲據實論報，則營題使之毀撤白祠，還奉朱子影幀於校中。故矣身依關擧行，則儒生等稱以＂中丁迫近，姑待一二日擧行＂云，而終不聽從。故矣身又慮其因仍遲滯，卽以此意論報。

前旣不敢任他，據法報營；後又不敢漫漶，隨卽論報，而道啓旣如是論列，此莫非矣身之罪也云云。【道啓云：＂不卽論報，任其造成；終又不遵營飭，徒事漫漶者，亦甚駭然。爲先罷黜，令攸司稟處。＂而其所論列，無非爽實，故供辭中據實而言。】

識藍浦時事

余爲吏曹佐郎周年，除藍浦縣監，命當日辭朝，丁巳五月初十日也。時已三更，宣傳官持標信留金虎門。卽入謝恩於延英門外，仍辭陛，又入政院，誦守令七事，聽別諭而出，晨鍾尙遠。乃入吏曹直房，待城門開，出藥峴寓所。其翌，歷

辭時原任大臣及吏曹三堂上；又其翌，率翼兒與南生以寬，
貫馬發行凡四日。未及縣數十里，始見邑人之出迎，卽到任
所。

　　時前官權襈受由在京者，已累朔矣；縣以吏奴逋欠，爲
弊邑者亦久矣，邑務積滯，百事愁亂。忽聞有院所之役，問
諸邑人，則曰："縣治之南有新安面，面有武夷山、朱子川
等地名。且麗朝時有白彝齋頤正始傳程朱之學於東方，載
於邑志，其後孫多居在邑中者。

　　前官以爲'此地不可無朱子祠院，又不可不以白氏配食'，
乃自出錢財以躬率之。於是鄉中儒生輩，雀躍收聚錢米於一
鄉，謂之儒米、儒錢。又募入院生，謀避軍役者，率皆願納
而投托。以故軍丁大縮。

　　所謂儒米、錢，則皆厭避而勒捧，不足則又有別求請
等名目，所斂財蓋不貲，而外藉影堂之土木，實多中間之消
融。又方劇農而興役，董督恣肆。民怨頗騰，鄉人至作歌謠
以譏嘲之。"

　　余以爲鄉中有此等事，則其流之弊乃必至之勢，良可
慨歎。而影堂之成適當吾來莅之時，心甚奇幸，苟院儒之控
請而力可以及，則捐助之靡不用極，又作上梁文以寓慕仰欣
悅之誠。

　　影堂旣成，儒生之爲摹朱子遺像上京者亦來，遺像乃摹
出洛中私家所藏者云。奉來時，監司徐美修關飭列邑，使之
備儀迎送。故余亦出迎於境上，仍陪行。而儒生等謂以"影
堂塗壁尙未乾"，權奉影幀於校宮，後五十日，移安于影堂，

竝卽報營。移安時則監司韓用和新到後也。

其後又聞"儒生輩營建白彝齋之祠於影堂之傍，而惟恐官家之聞知，晝夜董役"云。故嚴加禁飭，使之停罷，則不惟不聽，且多慢語，始知不可以本官之威禁之。乃據法報營，則監司忽幷與影堂而詰其受成命與否，使之詳查矣。

八月初七日，監司巡到本邑，乃使毀撤彝齋祠，還安朱子影幀於校宮。故以此意飭諸生，俾卽擧行，則諸生以爲："中丁迫近，已送請祭文於懷德，兼以祠院事有所書議，未可擧行"云。

故卽以此言更報，則監司題之曰："該縣監，今方論罪計料，而乃敢又以此事煩報，極爲駭然。毀撤及還奉事，依前題星火擧行。而其不卽擧行之儒生，乃是蔑法之類，不可尋常處之，卽時定刑吏上使"云。

故卽馳至院所，先行瞻拜之禮，飭會儒生毀撤方建之祠，而儒生在遠者不卽齊到。故其翌復往，則皆來會矣。乃具公服，與諸生拜堂下，使諸生影幀斂諸初奉之函，安于彩輿，導以樂，與諸生陪從，奉于始奉之處。押送儒生三人于營門，營門囚之云。

而旋聞"監司狀聞以爲：'前縣監權襸之不有朝禁，擅自營建者，已極可駭；時縣監不卽論報，任其造成，終又不遵營飭，徒事漫漶者，亦甚駭然，爲先罷黜，前縣監冒禁刱設之罪，幷令攸司稟處。當初建祠發論之儒生等，自臣營照法嚴處'云"。

故卽封印符，送于鴻山官，賃馬發行，第三日至振威，逢金吾卒，第四日入京就囚，頗愁寂。數日後監試照訖講試官近三十人同囚，故賴以消遣凡十二日。

禁府堂上以白祠毀撤，不卽舉行，一任儒生之推托，照律以杖八十、奪告身三等，而以國典功減一等。權襆則以其原情有嚴辭痛斥之語，特命以公罪勘放。

其後聞"監司四日三關，令新官李潢毀影堂。而有保寧進士李宜俊者發通文，謂'余直入影堂，手撤影幀，移奉於鄉校齋室土壁之間。伊時下吏走卒，莫不失聲痛哭'云云。監司關于保寧，使之枷鎖上使，宜俊逃走上京，又通文于太學"，其後又聞"有權中倫者以此事通文于太學，太學答通"，又聞"將有疏舉"云，未知末梢到得如何境界也。

噫！凡有血氣之倫，孰不知尊慕朱子，而尊慕朱子之誠，豈獨權襆、李宜俊、權中倫輩及藍浦建院儒生爲然也哉？蓋創設祠院，朝禁至嚴；執守國法，營關極峻；且況移安校宮，未見有害義不可爲者，則爲守令者其敢不有朝禁，不行營關乎？

若使此舉果出於貶薄先賢，而有足以得罪儒門，則雖以死爭之可也，豈可黽勉舉行乎？且旣曰法禁，則焉有法禁而徒肆威令，不尊聖賢者乎？又焉有守令而只畏營關，不顧先賢者乎？蓋尊慕先賢，固不在於刱設祠院；而其設法痛禁，乃不害於尊慕先賢故也。

彼所謂儒生者，夢未嘗慕聖賢之學，尊聖賢之訓，而徒欲藉重於聖賢，輒以影堂、祠院等名號，聚斂貨財，虐使民庶，不有國家，不畏法禁。小不如意，則脅勒鉗制，咆喝詬辱，或曰"斯文亂賊"，或曰"不顧先賢"，或曰"心有不滿"，殆有甚於挾天子以令諸侯。吾不知必如此，然後方可謂尊慕先賢乎。

且所謂尊慕先賢者，在於冒禁建院乎？不顧先賢者，在於移安校宮乎？尊慕先賢者，在於斂民怨而至於做出歌謠之境乎？不顧先賢者，在於奉朝禁而遵營飭乎？尊慕先賢者，在於迭發通文，脅勒詬辱乎？有人於此，侮聖賢而詆學問，棄謨訓而背義理，則謂之斯文亂賊可也；以朝禁而移奉影幀於校宮者，亦謂之斯文亂賊，古今天下寧有是乎？

夫校宮者，所以尊奉聖賢、興學敷教之地也。今以按法之臣，據朝禁而使之還安影幀於前所奉安之校宮，則有何不可舉行之義，而舉行者，至指爲斯文亂賊？然則必大興土木，處處建院，不有朝家之禁令，抗拒營門與官長，暴戾恣睢，無所顧忌，然後可免亂賊之名矣，不亦難乎？

蓋此輩此舉初不過陽托慕賢之名，陰售濟私之計。一朝失其所憑藉，忿恚隕突，惟意構捏，又不欲指斥監司與新官，而只肆蹂踏於如余孤寒之人。究其本情，可笑亦可哀也。

且監司事，不亦異乎？旣曰朱子影堂，則事體固已自別，而前官旣刱論而造成之，前監司又夾助而贊歎之，後監司亦熟聞而稔知之，則顧以後來之官，何敢別有所論報乎？若白祠，旣不可自我禁止，則不可不報營。而爲監司者只可就其所報者，使其禁之毀之而已，何必幷與影堂而有若新事創聞者然，詭辭佯詰，一查再查，動必雙舉而互說，竟使或毀而或移也哉？

營關旣以朝禁爲言, 則一縣監所以擧行者, 豈敢暫時遲緩? 而名以士林, 藉重儒賢, 無意奉行, 則其將縛而令之乎? 抑亦囚而行之乎? 營飭雖急, 事面自在, 苟論此時之處義, 則據實更報之外, 有何別般道理哉?

惟此一事, 雖至今思之, 未見其不遵, 未見其漫漶. 而其題辭忽盛氣叱罵曰"乃敢", 曰"駭然", 已是語不擇發. 而旣又卽卽擧行, 毀撤之, 移奉之, 押送之, 惟令是從, 無纖毫未盡, 則其所謂"不遵營飭, 徒事漫漶"者, 果何謂也?

若其所謂"不卽論報, 任其造成"云者, 指影堂而言耶? 指白祠而言耶? 指影堂而言, 則旣已造成於其前, 何論吾之任與不任乎? 旣已熟繹於營報, 何論今之卽與不卽乎? 以此而責前官則可也, 移於吾則不可也. 指白祠而言, 則聞其營建, 禁之不能, 則乃卽論報, 未可謂不卽論報也; 營建方始, 而旋卽撤去, 未可謂任其造成也. 其所論斷之罪目, 不過前八字, 後八字, 而反復思惟, 未見其一字之近似, 此亦可以服人之心乎?

謂之白地構陷, 則監司於吾, 前無纖芥之怨, 後無幾微之色, 寧有誣之之理乎? 謂之因事逐去, 則以監司斥守令, 何患羅織之無辭, 而乃爲此不誠無實之語, 上達九重之聰聽乎? 且守令與監司, 雖有上下官之分, 苟有所見之參差, 則據而爭之可也, 至再至三亦可也, 因而呈辭狀, 亦無所不可, 而未嘗以此輒施罷黜之典. 況此不過報其遲滯之由, 則又惡可遽以爲漫漶不遵, 至於狀罷請罪也哉? 且當其牒報之時, 苟欲因此而斥去, 卽地馳啓, 有何顧惜? 而遲待其擧行皆畢之後，始乃追提而爲說，有若目前拒逆之樣者，眞所謂進退無所據矣。

且監司之罷黜守令，苟非大罪眞贓，則未可以容易爲之也。今以萬不近之說，直售柔則茹之習，其虛無可笑，反不如莫須有之猶不敢質言。不意聖明之世乃有此無理之事也。顧余遞去是邑，如衣脫濕，如鳥出籠，其快活浩然之狀，殆不可名言，監司之餉我厚矣。然自監司而言之，殊甚無謂，是可歎也。

至若李宜俊之通文，乃是受人嗾而爲之者，而其所謂"直入"、"手撤"、"下吏痛哭"等說，無非虛謊捏造，人可欺，天不畏乎？恨不得執藍儒與吏而訊之也。然亦何足多辨？

但監司之構成，與宜俊輩之聲討正相反，泛言之則似必居一於此，而跡其實則於尊先賢之義、奉國法之道、待上官之禮、接儒生之節，自謂俱無所大失。然且前跋後疐，東顚西沛，一何駭也？

念余性拙言訥，又不能爲交遊還往，似無可以增兹多口。而今兹爲邑數朔之間，以守法奉職，不聽私囑，見怒於權宰；以一番更報，不卽舉行，見罷於監司，被罪於朝廷；以舉行營關，見討於儒生；此外又多橫遭拶逼之端。眞所謂"進退惟谷，笑啼不敢"，而無往非罪也。術家所謂口舌數，終有不可逃者耶？

回視世之作宰者，雖犯大何，遭拿蔽，而率多卒無事者。余獨何人，若是嶔崎？只當使在我者無所愧怍，而隨遇安之而已，吾如命何哉？

記在囚時事二

1. 余罷藍浦就囚, 聞"前縣監權襈納供後, 命放送; 待議處, 時還囚"云。 故從府吏借見其供, 則以爲"渠前雖刱設祠院, 後乃嚴辭痛禁"云, 而滿紙張皇, 極口噴薄者, 都是構捏余罪, 反復論列, 殆若言官之彈駁。

噫! 此何事體? 夫旣主論擔當, 自以爲事業, 則豈有還自禁斷之理? 而禁斷之說, 曾所未聞, 則此不過出於欺罔掉脫之計。 而以事理及文勢觀之, 旣曰"助成"而又曰"痛禁"者, 亦甚矛盾; 又以爲"上梁造成不在渠在官時", 隱然歸之於余者, 節節誕謾。

且原情云者, 只循問目而原渠之實情而已, 未嘗敢泛及雜談。 而今其所謂原情, 非渠之原情, 乃余之罪狀, 其放恣無嚴一至此哉?

及其照律議處也, 襈也入就余所, 攘臂瞋目, 狂叫亂嚷, 雜以嘻笑, 其擧措之駭悖, 誠不忍正視。 時上下間同囚者三十餘人, 聞其聲, 皆爭聚而觀之。

余但曰: "君與我皆以罪在囚, 各呈爰辭, 只當俯首俟勘而已, 何必乃爾?" 彼又百端侵詈, 余仍不答一言。 觀者相語曰: "尹白直, 權粧撰; 尹沈重, 權悖妄。" 或曰: "權雖寡婦之子, 何無識至此?"

其後襈竟以"嚴辭痛禁"四字蒙放, 余則抵罪。 此雖小事, 亦各有數存焉。 然寧爲此而獲罪, 不爲彼而倖免。

2. 余在囚時, 菊製令出。同囚者甚多, 皆曰:"父兄被囚, 子弟應擧, 雖似如何, 士子科擧, 亦係大事, 不必坐停。"乃各勅其家, 使之具科具入場。余與翼兒書曰:"可以觀, 可以不觀, 不觀爲可。"遂不赴。

蓋以事理言之, 父兄方以罪囚繫獄, 而子弟乃以衣冠揚揚入場較藝, 自同無故之人, 終有所未安。而擧世安之, 科擧之累人, 迺如是耶?

答辛太素書

向來相見如不見, 又不如不見, 悵仰而已。卽於奴來, 承書披慰; 仍審寒令侍餘, 棣履安勝, 何等欣豁?

今年稽事大都未免凶歉云, 想兔園之憂又不弛矣。明春之役, 以高明高才, 雖不係於課業與否, 要之無論大小科, 吾輩之得決一竅, 只在積功感天。諺所謂功塔不壞者, 儘非虛語, 外此而豈有別般妙方耶?

弟對木十二日, 奪告身二等乃出。一身無一事, 每於層城落木、空庭皎月之時, 徘徊眺眄, 優閑自在, 緬想拜迎、鞭撻、催科、理簿之役, 不翅若釋重負而超塵坑, 玆蓋莫非君恩。然數十口生活沒策, 比前又百倍。此則命也, 奈何?

昏事, 因彼家未及治來, 不得已退定於來月十三日。兩衾則粗具, 而其外凡節, 率多不可不爲, 而無可奈何者。且世豈有手無一錢一粒而可以過大事者乎? 當其時, 未知如何撞過，而我之迂濶眞是難醫之疾矣。

風日稍和之時，毋論遠近，隨意往來，此是至願，而策一驢難於登九梯，可歎也已。適患阿睹，艱草不宣。

警兒輩，又以自省【此錄專以保身避害爲主意。】

相彼鳥矣，色舉翔集。
矧伊人矣，不思自及？
明哲保身，經有訓垂。
危行言孫，聖豈我欺？

我觀夫人，莫不貪權，
不知深穽，乃在乎權；
我觀夫人，莫不趨勢，
不知香餌，乃在乎勢。
方其貪也，胡不懼兮？
方其趨也，胡不悟兮？

得意之時，謂巧過人；
覆敗之後，悔無及焉。
惟口招禍，惟動啓釁，
念茲在茲，必戒必愼。

1. 古之人有行道濟時之具，故仕，所以行道。而或道與時違，或貧不能自存，則有時乎爲祿仕。若是者理宜辭尊居卑，辭富居貧，而亦必求稱其職，聖人會計、牛羊之言，可驗也。

今吾輩則初無其具，非所與論於行道，而旣不能服田力穡，又不能執椎鑿，牽車牛，則不得不竊祿於朝。然則其所謂仕者，直是爲霑斗祿而已，內而微官末職、外而殘邑冷郵，豈非盡心效勞之地乎？

且位卑而言高，罪也；知其無益而猶爲之，非智也。守吾之分，盡吾之道，而猶不免於譴罰，不免於飢餓以死，命也。知其如此而必欲求免，不知命者也。聖人復起，不易斯言矣。

2. 自古及今，未有權勢震一世，而能保其終者也；亦未有以此語人，而不以爲然者也。然而處權勢者，不惟不能勇退，苟可以固之，靡不用極；不惟欲其固之，苟可以騰一層而熾一番，亦靡不用極。如上秋千者旣已至危矣，而猶且揚手頓足，務欲益高益遠，使仰觀者損神，而方且自以爲豪捷過他人。然此未足以喩其危也，何也？以秋千未必皆墜人，而權勢則必無幸也，此甚可哀。

而又有尤可哀者，見人之權勢，而趨附之，諂媚之，脅肩強笑以悅其心，曲意承順以合其趣；朝夕而謁見以熟其顏面，晝夜而侍坐以深其情分；有求則無所愛焉，有使則惟恐後焉。得一言一笑，則內而愜於心，外以誇於人，揚揚得得出虛氣而蔑他人，自以爲能事畢矣。而及其敗也，未有不及焉，豈不愚甚矣乎？

苟能知此而眞愛其身，則雖素所親厚者，見其一朝有權勢也，則必逡巡退避，日疏而遠之，況本非所親者乎？余嘗曰："避權如避火，避勢如避矢，避名如避風。"人能常存此心，則禍患之及，非所憂矣。

3. 惟口之戒，自古載籍不翅申複，今不必更事架疊。而大抵人之患害皆從這裏出來，苟不能愼是樞機，則大而亡身覆宗，小而貽羞見憎。一脫於口，而駟莫能追，手莫能掩，海莫能洗，眞可畏也。

然人亦孰不知言之當愼，孰不欲口之必緘？而卒不能然者何也？以此心之不能存故也。苟能念念不忘，臨言而三思，欲發而還收，則可以當言而言，不當言而不言，馴致於時然後言，无咎无悔矣，豈不美哉？

余嘗謂："人之於言猶水火。人非水火不生，而罹其禍則甚酷，愼其害則無弊。"是宜戒之謹之，雖直言正論，亦不可高談峻辨，徑情快意。彼內懷私邪，暗結羞愧者，雖見屈於一時，而終必憎惡之；憎惡之不已，則必構陷之。此必然之勢，而古今之通患也。至若該博則疾之者以爲銜才也，辨析則苦之者以爲好勝也，種種意外之後患，不但在於言人之不善而已，豈不可懼之甚乎？試觀聖人與小人言，何嘗直斥痛說以中其忌諱，深其怨疾耶？

雖然，欲懲其如此，而見人之言，則無論是非，靡不附麗而和應之，發己之言，則不分彼此，摠皆兩是而俱存之，自以爲涉世之善，　而惟以諧謔稗俚之辭說、博奕玩好之評品爲處身之妙方，此又鄙陋之甚而非君子之所知也。

　蓋言雖不可不愼，而至於義理所係、倫常所關，則又不可徒守守口之戒而囁嚅含默也。以其所好之有甚於愛身，所惡之有甚於不愼言也。嗟乎！此人之最難審處者乎。

4. 朋友，五倫之一，而所係爲甚重。故其取也欲必端，其會也欲輔仁，固非苟焉拍肩執袂，追逐遊戲之謂也。今之友者，呼爾汝，快談笑，事博奕以爲親切，甚至於嘲侮醜辱其父母妻子，互相酬酢無所不至。余亦每見人之如此，未嘗不面騂而胸嘔。然此特無識俗子之爲耳，亦何足責？

　世又有大而交結凶險奸邪之類，　延及拖引而橫被酷禍者；小而往來鄙瑣私曲之際，混淪陷入而馴致汚纏者，不可勝數，豈非可以深戒而早辨者乎？

　如欲免此等之患，則有一焉。人處斯世，不能不與人接，又豈能人人別白於其始而取舍之乎？只當於所識之間，聽其言議，察其心志，若其直諒、多聞、仁厚、拙訥者則友之，一或有譎詭、巧詐、陰險、譸騙、緝翩、呫囁、覓蹊、尋逕之態，　則雖不可顯排頓絶以取怨怒，而亦豈無退托斂默，漸次疏遠之道乎？彼亦知氣色之相左、臭味之不合，自然渠自渠，我自我，不期絶而絶矣，夫何患禍辱之至哉？

　然善柔便佞之態，易悅；切偲責善之風，難親。苟非吾心之權度精切堅確，則難乎免於駸駸然陷入於其中，不聞鮑肆之臭，終有胥溺之患矣，戒之哉審之哉！

5. 酒色財三者，陷人之坑坎也。故古稱楊秉之三不惑，可見人之所難也。嘗觀自古傳記及稗說俗談，世之亡身敗家者，不一其端，而究其由，則未有不在於財與色。

　　若酒之弊則其跡易見，此特破落戶自棄其身者之爲，而又或有不能飲者與夫自好不欲被人指目者，則未必人人皆然。而惟財與色則外若淡然，而內實營苟；陽爲廉潔，而陰自貪戀，畢竟招殃釀禍於不知不覺之中，亦可哀也。

　　苟能動心忍性於此等處，而炯見除根之幾，奮發填塹之勇，則庶乎其不至於落陷了千仞塹穽矣。

　　　　　　　　　　　　　　　右，持心之要。

6. 孟子曰：“知命者，不立於巖墻之下。”“桎梏死者，非正命也。”苟皆謂之命而無與於人事，則巖墻、桎梏皆命也。而孟子之言若是者，豈非命亦有以自致者耶？是故君子必修身以俟命，不但諉之於命也。

　　夫駕風船、涉薄氷、犯昏夜、冒雨雪、凌絕壑、馳悍馬與夫不顧祁寒盛暑、畏途危地者，皆巖墻之類也。豈可謂之知命乎？人亦孰不知畏死避害？而或難於逗留，或取其便快，泥小節而趨大患，眞所謂行險以徼幸也，不亦愚之甚乎？君子宜戒之，若當如此之時、如此之處，則必猛省勇斷，以爲終身之守。不然則禍在頃刻，不可悔矣。

7. 人無食必死，故人之大欲存焉。然古人有言曰"病從口入"，謂因食而致病也。大凡人之百病，莫不從積滯而發。苟能慎節飲食，使之不飢不飽，則氣候通利，節骸和平，病安從而生？

　　彼飲食之人，素無操執者，忘廉捐恥，奔走饕貪，專以醉飽為主，不但鄙賤陋劣，不齒於人，亦且噦噫嘔泄，以成痼疾。此固不足道，而或有骨鯁之胃喉、餅餤之塡胸、果菌之中毒、生冷之觸忌、種種意外之患，不可勝紀，而每每犯之，由不能制其欲故也。

　　是故君子必戒之，臨食而思害，當嗜而知節，毋求飽毋過醉，毋急進毋苟貪，毋取邪味，毋嘗未達，毋食失飪不時，庶不以飲食之故而有自賊其生之羞矣。

8. 嘗聞"古有賢婦人，當其夫遠行，贈以詩曰：'當橋須下馬，有路莫乘船。日暮先投店，雞鳴更看天。'"此誠可為登程者佩服之符。

　　蓋觀世人，憚於或下或乘之小勞，而當橋不下；取其一息千里之便捷，而有路乘船；貪於趲程，不虞意外，而或犯夜不休，聞雞徑發，此通患也。又或有被人牽導，恥他嘲笑，內雖不肯，而姑為一時之僥倖，甚非愛身之道也。必也勇決堅守，然後身安而害遠矣。

9. 人之行於道路者，雖白晝大都之中，或有游目散步，不慎瞻顧，往往為牛馬車轎所搶突、鋒刃竹木所撞觸，或落陷於坑渠，或橫中於矢石，種種患害不一而足，又或有橫侵於醉漢、誤犯於貴人，難以豫度，必戒之。

目雖視地，而又必存心於前後左右，不少放弛，不暫忽忘。然後可免意外之患，且不失行步威儀，豈不美哉？

10. 世或有小兒之浴戲於江邊及洿池而遂溺者，又或有焦手於爐火、窒氣於炭煙者。此父母之過也，切宜愼之。

11. 神怪，聖人所不語。而世或有慢鬼神，誇氣魄者，反被意外之患，此亦可戒也。夫陰陽本自相反，人神不可雜糅。彼古廟叢祠、荒屋凶宅，元非民人居生之所，則其幽鬱之象、陰沴之氣有足祟人，非如愚夫愚婦信鬼驚恻之說也。豈可强作大談，輕試故犯，以爲人笑乎？借使幸而無他，已非君子愼重之道，不過少輩輕薄之習，又豈可效之？若夫蔑戲神祠、毀辱佛像亦不可，觀於<u>程子</u>未嘗背佛而坐，可知矣。

12. 傷生之道非一，而好色者必亡，嗜酒者必病。此固不易之論，而又有甚於此者，乃俗所謂投牋也。彼沈溺於此者，其易惑而難悟也特甚，罔晝夜頷頷，忘寢與食，不顧父母妻子，不至於罄財産而爲盜賊，不止也。雖號爲一手者，一朝而獲百萬，畢竟未有不爲窮鬼者。此已寒心，而究其歸，則又不但敗家，亦必亡身而後已。蓋其弊精竭神，喪性失魂，其勢不得不促其死也。語曰：“以投牋爲業之人，無壽者。”余嘗驗之於人，果然。

噫！死生之於人亦大矣，孰不曰"取義則可以舍生，成仁則可以殺身"？而眞能勇決於取舍之間者蓋尟矣。何物投牋，乃使人忘生而趨死，方且樂之利之而不以爲苦？父母泣而諭之，而不惟不從，反欺之；師友責而止之，而不惟不信，反疾之，抑獨何心？悲夫！如非一刀割斷，誓心立脚，則難乎免矣，戒之哉遠之哉！

右，持身之要。

蓮谷書塾上梁文【蓮谷在龍仁。】

飽而逸則人近禽，其理固自如此。古之教者家有塾，於今何獨不然？得其所哉，勉爾學也。

書塾主人，跡潛蓬蓽，化沐菁莪，慕董子之下帷，夙耽聖賢遺訓；效衢老之擊壤，幸逢堯、舜盛時。竊惟修學業之方，必有會文友之所，觀夫出汗牛而處充棟，惟在勤與不勤；譬如賈藏市而農廬田，蓋欲止其所止。

肆昔李子之鹿洞，克致數十百生徒；亦粵龔氏之鵝湖，終聚千餘卷書籍。若其規模之大小、名稱之顯晦，雖有古今之殊；至於朋友之講習、風敎之闡揚，固無彼此之別。

顧茲蓮谷考槃之地，允合英才樂育之規。衡門可以棲遲，奚但遯世者所樂？閑居頗覺静僻，堪爲媚學子攸歸。地是龍駒之城，自古稱漢南勝境；士被鳶魚之化，至今多才子文人。

第緣歲月之因循，每恨絃誦之関寂。徒羨朱郡守度基創宇，無人心上起經綸；常歎杜工部失學從兒，何時眼前見突兀？今乃變秀才爲學究，率皆有志而未成；雖欲講義理談文章，其奈肄業之無處？

遂乃相觀地勢，于以營建書齋。細木爲桷，大木爲梁，斧彼鋸彼；蓮種於池，花種於塢，鑿斯築斯。將欲施教於家，名焉曰塾；要爲課讀之所，貯之以書。巷首爲門，門側爲堂，雖未盡如古制；山下有林，林中有屋，斯亦可謂仙庄。

奚特事事幽於村居？抑亦種種奇於景物。水循除而山當戶，汩瀩蔥瓏；花繞錦而草織煙，鮮紅嫩綠。平郊細雨，閑聽牛背笛聲；遠天斜陽，杳挹鴈邊秋色。晴林黃鳥，携斗酒於詩人；雪壑蒼松，比勁節於志士。

於焉靜坐着意，可使文學成風。不亦樂乎？遠朋所貴麗澤之資盒。何莫學夫？小子佇期出泉之養蒙。願學山林藏修，亦足會青衿黃卷；但使閭閻揖讓，夫何羨紫陌紅塵？惟家塾私淑之工，可占升庠序之本；若人材蔚興之效，實自啓堂壇之辰。茲將贈一言之儀，庸相唱六偉之頌。

兒郎偉抛梁東，千秋俎豆鄭文忠。
丹心一片尋何處？試看金輪出海紅。

兒郎偉抛梁西，深谷林泉望欲迷。
安得先生臨丈席，春風寒雪好提撕？

兒郎偉抛梁南，十里縣衙帶碧嵐。
夫子宮墻深幾許？峩峩章甫抱經談。

兒郎偉抛梁北，終南迢遞望京國。
太和元氣囿陶甄，壽考作人歌爾極。

兒郎偉抛梁上，天府圖書光四放。
照我室中貫彩虹，閑人倚杖通宵望。

兒郎偉抛梁下，分付群童勤掃灑。
好友盍簪氣味同，山中鷄黍眞而野。

伏願上梁之後，地增名勝，士多俊髦。豈使遊談其中？
沈潛於學問思辨之際。不出聖道之外，廓闢乎詖淫邪遁者
流。

坡平尹氏世乘後識

嗚呼！此我始祖以後世乘也。我始祖積德垂裕，名臣碩輔嵬
赫相望於史傳，爲世甲族。在我朝，又代出任、姒，誕生聖
人，緜億萬世基業，盛矣哉！然夷考近日，靖平公派率皆殘
微單寒，不能自存，無乃盛衰之理自不得不然而然耶？其可
唏也已。

不肖嘗敬閱舊傳所錄，實有文不足徵之歎。蓋其閥閱揚歷、遺迹餘澤之可得而考驗者，如彼其盛且大焉。則其嘉言懿行、高風異聞，宜必有以耀簡策，垂無窮，而所謂存十一於千百者，亦略無揄揚之可據；至于近代，則尤草草，甚至有生卒年月、官職資歷之不可詳者。其爲子孫之傷痛，當如何哉？

不肖用是惕然，乃哀粹其信傳，謹爲序次如右，以備愈久愈失之患。其湮滅無可考者，既已亡可奈何矣，而苟能因此而想像玩繹，則遠之若<u>文蕭公</u>、<u>文康公</u>之文武全才，豐功偉烈，<u>留守公</u>之治理清謹，<u>文顯公</u>之銓選公明，<u>良簡公</u>之盡忠翊輔，<u>版圖公</u>之不仕我朝；近之若<u>襄平公</u>、恭襄公之律己廉直，剛正平允，<u>靖平公</u>之幼年執喪，<u>參判公</u>之恬簡明哲，<u>豐德公</u>之清風卓節，<u>扶餘公</u>之至孝，<u>承旨公</u>、<u>弼善公</u>之棘棘不阿，若浼權勢，吾先君子之固窮守道，不忮不求，皆人之所仰望不及，而子孫之所繼述遵守，罔敢失墜者也。而苟究其本，則皆從始祖"修德行義"四字中出來耳。

然則其視他家譜乘之記日月、敍時世詳細而無遺者，未必遜也。於是敢敬識于後，俾爲後承者毋徒以衰微不振爲隊落，而以感慕興起爲無忝云爾。

上之二十三年己未仲秋，始祖後二十九世孫、通訓大夫、前行司憲府掌令<u>愭</u>拜手敬書。

題圖石

陽落小成，光獻大闈。
心無一塵，室有萬卷。

代人作祭其妻娚文

嗚呼！
人孰無交？交異淺深。
古有忘年，其交也心。
公長於我，不翅差池，
惟其心交，形骸可遺。

子之云亡，我猶人猗，
緬焉懷想，曷不悽其？
昔公之妹，歸余之門，
痛癢相關，契誼益敦。

槪公爲人，性豪業嗜，
胸澆磊隗，眼空贔屭。
停盃問月，携斗聽鸎，
游戱時兼，談論風生。

怐愗湮鬱，一以酒宣，
伊誰云憯？其天則全。
相視莫逆，斯世惟吾，
無言不契，有會必俱。

今焉已矣，獨立天地，
相吊形影，徒勞夢寐。
典刑寖遠，何處老兵？
梁空月落，木丁鳥嚶。

達觀人世，公獨何恨？
年壽非促，精力亦健；
庭列寶樹，孫枝苗茂，
介爾淸福，不嗇而富。

自公之逝，倐焉周星。
我酒誰共，我語誰聽？
公迹已陳，我思彌長。
儻有不昧，庶歆一觴。

與成友【鎭泰】書

阻隔已數十年矣，路夐便絶，末由嗣音，徒勞夢想。年前弟在藍田時，擬待暑退，往海美，仍叩仙庄，意外徑歸，竟未遂焉。其爲悵惘，何可勝言？

伏惟辰下，靜履起居，連享安重，仰慰且溯。弟年來荐經喪慽，身病又種種作苦，頭童視茫，流離顛沛之狀，一筆難旣。命也，如之何？

日前得聞令胤袖傳華翰於貞洞族兄云，而未得相奉，可悵可歎。況見書中辭意，尤不勝戚戚于中。此事乃弟家事也，豈敢若是泛過？而只緣弟到骨之貧，無所容措，且賴兄寬仁之德有以曲恕，一年二年，自甘爲蔑禮無識之歸。夙宵愧悚，實無對人之面也。

至若筆迹一款，曾聞此言於堂叔母，而謂其不知爲誰某云，故未敢輕發矣。今聞眞的之報，而姑未知自家之意向，是可鬱悶。令胤入洛時，何不使之暫訪鄙所，以爲敍阻爛商之地耶？

適聞"權戚家舍音在於貴洞者，來京將歸"云，故撥忙暫修，亦未知能免洪喬之歎也。病倩不備。

與再從弟書

向科時，暫出失奉，悵歎何極？卽惟至寒，棣履安勝？昏事，其果順成治望耶？遠外殊菀。

從病慣如昨，而女婚尙未定，可悶。

唐津成生科時來貞洞，傳致其大人書，而不來見我，可恨。此事曾有聞知者，而今乃發之；又但爲往復於貞洞，殊甚未穩。

而又聞"尊於大津渡頭衆會之中，未免作駭擧"云。此則有關聽聞，何其不詳審至此也？凡事自有道理，須十分熟量而處之。豈必專係於文迹之奪與不奪耶？

明春移洛之計果完決？而何時有入城之便否？茲仍桃洞便，略鋪不宣。

書《太學恩杯詩集》

上之二十二年戊午十二月，試日次儒生，拔其尤，親臨春塘臺更試，宣饌賜銀杯。杯心篆"我有嘉賓"四字，蓋輟所常御者而寵異之也。

太學舊有偏提，謂之鍾，太宗朝賜之匜。後鍾破，成宗朝改賜之磁；至孝宗朝，復賜銀杯一雙。【大提學洪良浩《恩杯詩集序》曰："昔我太宗大王賜靑花盞於太學，俾用於旅飮；亦粵我成宗大王宣以法醞，仍賜畫樽、畫鍾，逸於兵；逮我孝宗大王，降御札，續舊典，特賜銀杯一雙，寶藏之至今百有四十年"云云。】今上又追述故事而錫之，命藏于太學，國子長銘其背，用之旅酬賓酢之禮，儒生等奉箋稱謝。

上命內閣諸臣、抄啓文臣及應製諸生各賦歌詩而印之，名曰《太學恩杯詩集》。大提學洪良浩序之；大司成李晚秀跋之；諸生之作，亦序齒而編之，各以其御考入格年條、等第錄于下；又特下《御製恩杯詩并序解》凡一千八百有十言，揭于卷首。爲歌詩者諸臣三十三人、諸生二百四十九人，各頒一帙；又宣付史館以壽其傳，誠曠代盛事也。

當其編印之時，晚秀啓言："今將因此編輯之會，歷敍初元以後作成本意、課試年條、批考事實、褒賞次第及巍選優等之蔚有佳句特被寵評者、入格諸人之決科筮仕畢竟成就者，撮錄竝載於原編之首，以著我聖上陶鑄樂育之苦心至誠，庸示來許，永傳悠久。

而第考校之際，太學《榜目》、春曹《謄錄》，每患疏略，不足援據。　請就內府所藏《御製綸綍》、《日省錄》、《臨軒功令》、《臨軒題叢》、《育英姓彙》、《御考恩賜節目》、《太學應製御考案》諸書，參伍裒輯，以尊事體，以正義例。繼此而凡有英選賓興之編，續成類附，推廣是書，以作昭代之一副晟典。"上可之。

謹按是書之特命編印者，寔出於我聖上鼓舞興勸、鋪張賁飾之至意，而期所以傳信迹於無窮者。　則任是役者宜有以謹其考校，審其次第，使無一人一事之或有差錯於其間。此晚秀所以或慮疏略，務欲詳悉，特請內府所藏諸書，以尊事體、傳悠久之道，縷縷質言於君父者也。

夫旣特蒙允許，盡抽群編，以參伍而準覈之，則不過數十餘年已然之迹，一一具存，班班可按。天日在上，萬世在後，雖欲以一己之私意，添一人而不可得，拔一人而亦不可得矣。

今歷考其所編輯，乃有大謬不然者。於其所欲阿者，則大書屢書，繁而不殺，雖非居魁，而僅一被選，則皆拈出而特表之；其所謂膾炙之句，往往無甚異焉，而刺刺不置。於其所不識者，則略之拔之，雖屢居魁，而亦皆漏焉。至於決科筮仕自謂竝載，而又有偏取獨刪之異，烏在其啓請之言也？聖上所以舉是任而畀之者，豈亶使然哉？

自丙申至戊午凡二十三年之間，蓋皆不勝其偏枯。而他人之雪嶺墨池，姑舍是，只以辛亥一年應製言之，三月二十四日上梁文魁成海應、賦魁呂善容，各賞紙一束；二十七日七言古詩，六人余及金箕應、李光輔、李光顯、李日煒、蔡弘臣同等，而二十八日比較，賦魁李光輔，賞紙二束、米一石；四月十六日教，二人余及安光宇同等，而十七日更試，表魁余及賦魁李光顯，各賞四書中一件；五月初二日表魁余，賞《八子百選》；八月十六日表魁金處巖，初試；十月十七日表魁林漢浩，賜第；十一月初三日殿策，十人，初四日比較，賦魁姜彙明，賞紙二束；十二月十九日箋魁安光宇，賞《大學》；二十日賦、表、古詩排律，賦三十人，表、詩各二十人，二十二日比較，表魁申龜朝、賦魁蔡弘遠、古詩魁申光河，竝賜第。是歲應製居魁者如此，焉可誣也？

今乃於本年只書十二月三及第之事實，而於其末斷之曰：“是歲應製者凡九，居魁者，生員金箕應、幼學呂善容、進士李光顯·安光宇·成海應、生員李光輔·林漢浩·金處巖，而漢浩後卽登第。”是何軒輊之太甚也？

余於是歲，二次同等比較，而名則書於第一。其一次則更試而居魁，入侍熙政堂，蒙天褒宣醞，受《鄒書》；又一次，居魁而受《百選》。至其八月登第入侍也，命誦御批表句，而至許以文章，感泣恩榮，至今如昨日事。何故而公然拔之於兩次居魁，拔之於是年登第也？

若金箕應則同等被抄，而首揭於居魁之列；姜彙明則比較居魁，而反沒沒焉，俱非記實。而林漢浩則其時賜第，而曰"後卽登第"，下語固已不審。余則當年登第，而初不及之，何其與啓請之語、編書之例相反也？辛亥一年如此，則其餘可推而知，今不欲歷舉而窮詰之也。

外若博考詳載，而內實隨意添拔，是甚道理？編書固難得宜，而若是書則不過逐年考訂居魁褒賞、決科筮仕之實而謹書之而已，亦何難之有？而若是顚倒乖盭者，其意誠未可測也。所可惜者，聖上命編之本意，竟無對揚之實，而世之覽是書者，外面泛看，則似若爲太平文治之盛事；而細察瘡疣，則未足爲傳信之資也。豈徒慨於寒微無勢者之見拔而已乎？

紙箕銘

以帚以袂，拘而投之。
毋曰疏節，俛焉習之。

曉諭黃山本、各驛所屬

古有置郵, 所以傳命也。後世因之, 而末流之弊有不可勝言。蓋其設已久而其政不舉, 事有沿革而俗隨以訛, 利在幻弄而吏緣爲奸, 遂至於馬無騰槽之美, 民抱切骨之冤。郵之設豈壹使然哉?

官新到之初, 已有所親見而默驗, 其爲弊也, 千萬其端。姑就其最大易知者而略言之, 無論彼此大小, 率皆有名無實。以言乎其馬, 則點考之時, 隨竄遞充, 玄黃者太半而空群者又多。甚至於各驛之初不待令, 而托以某官何事之出他; 馬簿[12]之臨時借入, 而問其驪黃老少則相左。符同欺蔽, 作爲規式; 徒操空券, 殆同兒戲, 事之不誠無甚於此。以言乎其土, 則視若己物, 旁通利逕, 私相買賣轉成謬例, 或有久遠而猝難追究之患, 或有巧僞而換指他田之習。

以至所納者羸駑, 而其價則駿馬也; 所事者飜弄, 而其術則駔儈也。使役則千謀百計, 以圖免爲能事; 號令則佯應詭托, 以延拖爲妙方。既投屬而復依違, 巧占蝙蝠之役; 無定住而幻名目, 强尋雀鼠之訟, 呈訴沓至, 文移紛紜。種種奸竇, 指不勝僂, 人心之狡惡、蝟瘼之深痼, 寧不駭痛?

若非嚴行懲勵, 痛加釐革, 則邊上殘驛將必至於莫可收

---

12 簿: 저본에는 "扶". 문맥을 살펴 수정. 독음이 같아 전사 과정에 잘못된 것으로 판단됨.

拾之境。故先此布告，各宜惕厲，毋或視以例飭，更莫售其
濫僞，俾有一半分實效。而如有不悛舊習，陷于罪戾，乃爾
自干，其無我怨。

《黃山學堂節目》序

古者家有塾，塾有師，所以牖群蒙而養以正也。後世因之，
而率不得其方，或絀於財而有志未就，或狃於故而不能奮
發，雖有英姿慧性，無以充其所受而卒不免乎貿貿。非古今
之降才爾殊，所以教育之者不若也，豈不可惜乎哉？

　　嶠南，固鄒魯之鄉也，其人才之興起成就，宜有以異於
他方。而顧茲黃山以郵置之所，尙欠絃誦之風，村中有子弟
者恒呫呫，而素無塾師，又乏資財，因循荏苒者雅矣。

　　庚申之冬，群父老請於官，以所謂移驛屯者，盡歸之教
學之資。於是財頗裕足，迺謀營置學堂，迎師設訓，以盡其
牖養之術，繼自今庶可期樂育之盛、彬郁之美矣。聖人所
謂旣富而教者，豈欺我哉？

　　議旣定，不可無斟酌區畫以立其規模，故定爲節目如
左；又不可不記其事，以明其所由而垂示來許，期圖永久。
兹敍其略以弁之。

以驛吏金有大事，移文金海

去月，以金有大稱以其妻被打於弊道使令之故，自貴府枷囚使令，而有大則捉付馬徒以送。馬徒輩欲爲捉來，則有大之妻又佯作將死之狀，有大亦肆惡。故馬徒輩懲羹生怯，不能捉來，事甚痛駭。

更爲定刑吏以送，則有大家屬初欲結縛刑吏，末乃累日拘執，使之治療厥女之病。故所謂刑吏反爲哀乞逃命而還，如此變怪，前所未聞。設使厥女眞箇致命，旣有枷囚，則渠不當盡執黃山之人。而乃欲以此作爲欄柄，使黃山吏卒莫敢近前，究厥所爲，誠極切痛。

渠以驛吏，當初頑拒已是化外。而至於官令捉送之後，終始拒逆，一番送人，輒增一層氣勢，以爲無如我何，世豈有如許凶獰之漢乎？此而不能捉來，則非但有大一人而已，驛屬輩擧皆爭相慕效，將無一介應役者，而官威無所施矣，又何以支保殘驛乎？

此不可不一番治罪以爲懲後之道，而以弊道殘卒，雖送十輩，萬無捉致之路。故茲更移文，幸望諒此事狀，特發將差，押付以送，使極惡者無所逃其罪焉。

又以金有大事，報監營

察訪到任，屬耳各驛弊瘼，未及遍察。而本驛以倭邊初路，應役叢蝟,倍蓰他驛,目今難保之狀,殆同弩末。其所爲弊,姑不能一一盡達,而第最難支之端,專由於散居吏奴輩謀避驛役之致。

月前,得接道掌屬肝谷驛任掌文狀,則以爲:"該驛吏金有大,時居金海府大山里,多産子枝,家亦饒居,而人物獰愿,以肆惡爲能事,全不服役者,已有年所。捉來懲治,以補殘驛云云。"

故使之推捉,則有大毆打差使,裂破衣服,言辭悖戾。更爲發差,則有大隱避不現,其妻以破沙器,自畫其面,流血肆惡,又不得捉來。究厥所爲,誠極切痛。更使捉來,則厥女又佯作將死之狀,有大使其家屬結縛差使,累日拘執,所謂官差反爲哀乞,僅以逃命;而有大之子每見官差,則或投大石,或揮白刃,使之莫敢近前。此實自有驛吏以來,所未有之變怪也。卽以此意移文該府,則有大諉以出他,而捉送其子福男。故懲治次拘留矣,福男又爲乘夜逃走。

近來遐土民習雖甚頑惡,渠以驛吏,當初頑拒已是化外;而名曰官差,則毆打結縛,恣其所爲;投石揮刃,略無顧忌;自畫而佯死;拘留而逃走,節節凶獰,去去愈甚。

若此不已,則官威無所施,法令無以行,而他餘驛屬擧將慕效而跳梁,無一服役之人矣,又豈可以支保殘站乎?今雖欲懲治此漢,而以此殘驛懦卒,萬無捉致之路。故緣由牒報,參商後發關分付於金海府,使之捉致本府,嚴刑定配,以爲懲一礪百,保存殘郵之地焉。

以築堰事, 報監營

察訪去年九月到任之後, 首訪民隱, 則皆以爲: "本驛之地卑下低陷, 如九州之兗; 且右挾洛東江都水口, 左據通度六十里大川, 爲衆流之所匯。故雖有東西堰舊築, 而每當雨集水至之時, 輒有汎濫潰決之患。

自壬戌大水以後, 居民失農, 蕩析流離, 殆至絶站之境矣; 去丁酉年, 時察訪請得役丁三千名於營門, 三日修築, 得免水患; 而丁未之水, 東堰又潰, 故本驛吏金應杓等裹足上言, 幸蒙七千名役丁割下, 二日補築; 己酉年, 時察訪上疏陳達, 又蒙五千名二日赴役, 便成完築, 故驛民輩歌詠聖恩, 至以"築恩堤"三字刻石而竪之東堰之頭矣。

去年夏, 又値暴雨之連旬, 洛東之水、通度之川, 左右合勢, 逆走橫擊, 而包駕東堰, 盡被潰裂。其或幸而得免於圻破之處, 亦皆剝蝕缺齾, 無一完全。蓋水勢得風而益激, 土性遇打而輒潰。內波外浪交相觸齧, 其衝射奔突之所及, 彼區區者破弊舊堰, 安能枝撑乎? 是故堰內田土, 十九水沈, 秋而無收。他處則皆有豐登之樂, 而黃山一村, 偏被獨凶之災, 目下民情實無朝夕支保之望。而舊官臨歸論報, 題辭曰:'容待來春農隙, 當爲狀請設施。'民方以此恃而無恐"云。

故察訪卽爲躬行摘奸, 則水落土出之痕, 果如民言, 景色愁慘。故察訪亦以待歲後論報修築之意, 慰諭居民, 使之安堵, 此不可失信於民。

且本驛屬密陽水安驛馬位田畓，亦在於大川之邊，次次反川，餘存無幾。故伊時察訪論報營門，移文地方官，請得該府役丁以成石築矣。去年之水，悉被潰破，初無形體。若不改築，莫重馹路，將無守站之勢，以此民訴沓至。故亦爲摘奸，則果是的實，而此亦舊官論報中幷及者也。

本驛東堰及水安石築，若不趁今春改完，則哀彼民生將無奠居之望，言念及此，若恫在己。而本驛東堰，長則五里，高餘二丈；水安石築亦爲數百把。則雖欲完築，以此殘小驛民，實有事鉅力綿之歎。故敢此牒報，參商後，隣近邑役丁，限六七千名，特下許題發關，以爲趁春初了得防堰之役，使本、外驛民得以作農守站焉。

以機張事，報監營

本驛東堰始役後，隣近邑役丁分排關文據，機張役丁二百名，二日赴役次，今月初六日知委來會東堰，故察訪看役次出往矣。午飯時欲爲點考，而該縣色吏不持成冊待令，故只令數其二百名與否。則非但不滿四名，其中四人具衣冠，廣袖長帶，偃蹇高步。

故怪其以如許模樣，隨參役軍點考，招入問之，則謂"是兩班，以上任領率而來"。故語之以"若是上任領來，則豈可混於役軍中，以爲充數之計乎"，則役軍中若干人，突入坐前。本驛下輩見其無禮於官長，欲爲曳出之際，互相牽執紛紜。故卽令叱退下輩，招致該縣監色，使之禁斷矣。

役軍輩乘醉突入，跳梁叱罵，爭投破笠弊巾於前，索其代給；又執本驛下屬，結縛亂打；又以泥醉者宋思殷爲名漢，粧作佯死之狀。其凶獰之貌、咆哮之聲，難以盡記。

到此地頭，虧簣之歎，有不暇顧，故卽爲罷役而還。則厥漢輩前拒後挽，幾乎墜下，僅僅還入矣。其中有所謂金應泰者從後追來，至欲突入官門，門者拒之，則以石打門，大鬧而去。故卽以半日後罷役之意，移文該縣矣。追後聞之，則該縣監色輩私相謀議，暗自聚集，稱以已塞二日之責云。

大抵此事旣以營門區劃，該縣監色領率而來，本驛官員躬往看役，則設有警怠之鞭扑，渠輩不當若是無嚴於隣邑之官長。而況初欲以所謂上任者，掩其不足之數，一言相詰，公然起鬧？而渠亦無辭可執，故忽作醉者之佯死，手犯官長，石打官門，如此變怪，曾所未聞。

且罷役之後，更無一人之往看，而强稱二日之役，其不有官令，惟意所欲之狀，寧不痛駭乎？堰役之不成頭緒，姑舍勿論，其蔑法陵上、作黨生梗之習，終不可以仍置。兹敢据實論報，參商後，宋、金兩漢之罪及該縣監色輩不善擧行之罪，各別依律重勘，以爲扶風化、懲悍俗之地焉。

以加徵事，移文東萊

加徵一款，萬萬驚駭，卽爲查實，則元無一合一篇加徵之事。此必是休山驛屬稱以"替納"從中濫捧之致，宜乎民情之稱冤。大抵替納旣非正道，加捧又是不法，不可置之。故該驛吏嚴治另飭，俾無如前替納之弊，從此驛屬庶不得售其中間侵漁之習，而民亦可無稱冤之端矣。實爲幸甚。

以鄭億伊事，移文梁山

回移謹悉。蓋此鄭億伊之爲朴必奉之保者，乃渠自願，非弊道强勒定之者。則渠若不願，何惜乎頉給？而但理有所未明，辭有所未達，則不得不冒犯煩複之嫌。此乃欲悉其事情之致，雖十百煩複，顧何害於相敬之義乎？

大抵驛保與水軍，苦歇懸殊。則鄭漢之必欲願爲軍役圖免驛保，爲軍役則安堵，爲驛保則逃亡，揆以常理常情，似必不然。而世或有異於常性者，故前者貴郡回移來到後，推問鄭漢，則其言不啻相左。故弊道則以爲"此必鄭漢於貴郡，則願爲軍役，而欲免驛役；於弊道，則願爲驛役，而欲免軍役。乃是蝙蝠之計，其習可痛"，故卽以書仰告矣。

俯答中乃以爲"鄭漢以保主而隱匿，待捉眞鄭漢，可以查實云云"，則似未及俯悉其實狀。而鄭漢又來訴，乞爲移文，俾免疊役，故更爲文移。實非爲一鄭漢作此紛紜之擧，而貴移中以屢煩爲未盡於相敬之道，殊極慙悚，而怪訝則甚。

卽令推捉鄭漢更問之，則一如前日之言，而又謂"初無仰告於本郡之事，但別監有所稟告，捉囚其弟及洞任，不得已已爲納錢云云”。故直以彼此異言之罪，嚴治鄭漢矣。貴移中以爲“朴必奉之誣告”，而有若弊道强奪軍丁，使之至於難支而離去之境者然。

弊道愚迷之見，竊以爲朴必奉無罪，而弊道於此亦不能無冤也。其不能見孚於平日，誠自反之不暇，而“以一驛保之故，拂民願而不恤其逃亡流離云”者，不勝驚歎。

到此地頭，彼此眞僞曲直，有不暇較計，亦不欲到底窮覈。故鄭漢驛保，卽爲頉給，仰副盛意，從此庶不失於相敬矣。

傳令十五驛

卽接新明驛首吏都長文狀，則以爲“冬至點考時，各處所費錢，殆近十兩云”。故纔已推給。而點考時悉會各驛所任，使之言弊，則皆言“無有”。今乃有此文狀，其時不言之狀，誠極痛駭。

而新明則猶有此文狀，他驛則尙無一言半辭，此何故也？豈有新明獨然而他驛不然之理乎？各驛首吏都長，查問嚴處次，悉爲捉待，俾無罪上添罪之地。

代梁山倅，祭其友文

有才無命，昔人所恫。
孰有如公，抱冤以終？
尚記少時，決拾與同，
情均骨肉，義托麻蓬。

光陰石火，俱成禿翁，
我莅梁州，路千里窮。
山高水闊，別懷恩恩，
公爲省掃，自昌而東。

遠涉辛勤，館我衙中，
迹雖蹉跎，氣猶豪雄。
惆悵撫劍，慷慨彈弓，
衰顏垂白，斗酒借紅。

青眸相對，簿書之叢，
差慰孤獨，共寫誠衷。
倦遊萊雲，匹馬尺僮，
何意無妄，奄至告凶？

變出倉卒，藥未奏功。
終斬下壽，咦彼化工！

客地孤魂，雲愁月朦。
失聲長慟，有淚無從。

念公食報，不于其躬，
鸞鵠雙峙，季又登龍。
餘慶未艾，孫枝重重，
在公何憾？我心則忡。

哀彼戴星，丁此嚴冬。
行路猶涕，況我迎逢？
扶櫬以北，京洛道通，
素車飄雪，丹旐悲風。

失我良朋，承睫橫縱。
物薄情厚，庶歆菲供。

代梁山倅，作監·統·兵·水營、慶州府五處正朝禮狀

1. 伏以八域含悲，奄三陽之回屆；一元敷化，仰二天之旬宣，茲馳蕪詞，庸伸公禮。伏惟巡察使相國閤下，公輔重望，文武全才，詩播甘棠，存遺愛於湖臬；民瞻按節，膺重寄於嶺藩。屬當改歲之辰，喜睹布政之美。伏念才疏邑弊，政拙心勞，愧治績於牧芻，猥主畫諾；仰仁風於按察，庶效奉揚。

右，監營。

2. 伏以時序迭遷，奄回三陽之節；禮制遵倣，庸伸元朝之儀，茲將寸忱，遙馳尺牘。伏惟統制使相公閤下，韜鈐雄略，帷幄良籌，李臨淮之入軍，旌旗變彩；張金吾之出陣，草木知名。肆當改歲之初，用行獻祝之禮。伏念分憂百里，莅民一年，塞垣煙消，值銅儀之改律；海路波息，睹玉帳之生春。

右，統營。

3. 伏以時序迭嬗，回三陽之令節；禮制是考，修元朝之舊儀，尺牘遙馳，寸忱增激。伏惟兵馬節度使相公閤下，兵家指掌，王室爪牙，身作長城，爭仰青油之略；波靜大海，永絶黑齒之憂。茲當改歲之初，庸伸行禮之悃。伏念才疏視篆，政拙求芻，律新銅儀，政仰淬厲之美；春生玉帳，第切祈祝之情。

右，兵營。

4. 伏以時序變遷，載回三陽之節；禮例考倣，庸行元朝之儀，遙馳燕詞，克修舊制。伏惟水軍節度使相公閤下，胸藏萬甲，掌運六韜，周公瑾之威名，先振江漢；王龍驤之戰艦，永息風濤。肆當改歲之辰，用行伸禮之舉。伏念才疏劇劇，任重分憂，軍政聿修，政值獻發之際；福履畢至，第切祈祝之忱。

右，水營。

5. 伏以時序迭遭, 奄三陽之屆節; 禮制遵倣, 載元朝之伸儀, 化行古都, 喜溢旁縣。伏惟府尹令公閤下, 清朝宿望, 雄府賢侯, 百里宣風, 方流惠鮮之澤; 一行作吏, 舉頌愛恤之仁。茲當改歲之初, 庸效修禮之悃。伏念半載嶺嶠, 一味曠瘝, 望月城而翹心, 政値銅儀之改律; 送星使而騰祝, 獲睹鈴閣之生春。

右, 慶州府。

與從弟㤇[13]別紙

記昔南大門外同居時, 叔母主每以爲"從祖父自爲文書, 以贈我叔父, 但未知諸子中爲誰耳。仍仰質於從祖父, 則不爲詳敎", 故從亦知有此事矣。

再昨年自唐津迻示其文迹于貞洞之後, 則一家及親舊無不知之; 至於大津事傳播之後, 則多有謗言之及君。或又至於責從以"何爲若是㤇泄於叔父繼後之事"也, 從亦不敢辭其責。

而昨春見君兄弟辭氣, 似難以口舌服之, 自念"在我道理, 惟有告君一節"。而無以辦出所入, 躁悶之際, 奄遭天崩之慟, 但等待上言之期矣。月前有大臣筵達之擧, 許令草記

---

13 㤇 : 저본에는 지워져 있음. 희미하게 남은 흔적을 통해 본래의 글자가 '㤇'임을 알 수 있음.

稟處。故不得已先出禮斜，後致此書，未知以爲何如。

而蓋此事乃人之大倫也，授受明白，大倫一定，則無所逃於天地之間。而君兄弟曾不能覺悟此箇事理，此舉出後，亦必怒我之如是。而在我之道則豈可置之於未決之科，而不思所以明正之乎？

且人誰樂爲人後哉？惟其先王制禮，不敢不遵；聖人制義，不敢不從，到得無可奈何之地，則惟當遵而從之耳。若專以厭避爲事，有若不可爲之事，則世誰有爲人後之人乎？亦豈有繼絶存亡之義乎？此理甚明，人所易曉。今以吾言，執塗人而問之，其誰曰"不然"？

君若念及於此，則不待吾言之畢，而將從之不暇矣。苟或終不順受，更無顧恤，則吾亦如之何哉？吾所以如此者，盡在吾之道而已。

中考後記與客問答

辛酉冬殿最時，余以黃山察訪居中考，其目曰"頗有瑣謗"。客有過者曰："吾始入境，聞塗人之誦曰'黃山眞好官'。又歷黃所管列郵，則咸曰'留我公十年，驛庶幾無弊，民庶幾其蘇；且削木爲碑，言'永世不忘'之意，在在相望。吾以爲'子能不負所職'，及見考績，乃相反，玆曷故哉？

夫郵官之任，不過勤馬政、恤郵卒而已，無民社之責。苟非大過，則宜不敢筆之於書，獻之於朝。且嶺南十一驛中，惟黃出自侍從。而乃獨拈出，不少顧藉，是必有所由然。

而其所謂謗者，必非細瑣風聞之說也，其或以貪饕不法耶？抑以請囑賂遺耶？將民怨厲虐耶？寧罷軟不勝一郵之任耶？有一於此，則向也吾所親聞且見者，又曷爲然？吾甚惑之。子其自反，爲我無隱。」

余笑而謝曰：「按藩之臣，任考績之責，操黜陟之權，必有權衡於方寸之上。顧子所聞見，殆失之矣。」

客曰：「吾知子疾惡太過，得無爲人所陷歟？」

余曰：「是則誠有之。吾始至，見此俗遇事，非請囑不爲；吏輩專以侵漁外驛爲耕作。乃痛抑之，有請囑者，必反之；有橫侵民間者，必重笞，徵還之，且黜之。是其日夕怏怏，必欲甘心者亦多矣。安知無夤緣左右，以售其浸潤耶？」

客曰：「聽言之道，貴在不偏。而況方伯考績，何等重大，而不察民情，不採公論，徒憑偏裨左右之言耶？」

余曰：「吾素非相識，又古所謂‘孤根弱植，墻壁無依’者也。苟欲筆之，不於我而於何哉？」

客乃哂之，曰：「然則其所謂權衡，非人與政之謂也，乃親疏炎涼之別也。權衡乎權衡乎，善哉善哉！」

余曰：「止。古人有言曰‘止謗莫如自修’，又曰‘有則改之，無則加勉’。吾雖自以爲‘內省不疚’，亦安知非自修加勉之有所未盡？而今此所遭，又安知非自修加勉之資耶？」

客曰：「然則將一反前所爲，以圖免謗之術乎？」

余曰：「豈謂是也？子不聞薑桂之性到老愈辣乎？如以吾爲懲於一監司之筆而遂變其素操，則亦淺之爲知我矣。」

客笑而去，乃記其酬酢。

余素癡拙，老病而聾，旣無所聞，亦無所言，雖有其心，莫得而宣。是謂之瘂，眞天下之棄物也。因爲銘以自寫

旣癡且聾，又從而瘂。
豈余樂爲？殆天所赭。
然有不昧，曰惟心也。
莫由以宣，伊誰知者？

弸而欲裂，鬱而不瀉，
所以和<u>公</u>，哭荊之野。
獨也聽直，赫蒼臨下，
彼何人斯，捷幡侈哆？

照鏡自贊

色溫而目瞭，其外柔而內剛者與。
口若不出而耳白鬓疏，其言訥而行方者與。
剛而方者，必有所不爲，其獧者之流也與。
然未得裁之於聖人，吾其不免於鄉人之憂也與。

庭誡

1. 權傾一世、有挾驕人、不安其分、專言人過，有一於此，未或不亡。

2. 聖人有言曰：“以德報德，以直報怨。”恩怨之間，必念於斯，毋或違也。

3. 我有貸於人，必報之無失其期；人有貸於我，雖失期，毋相迫也。

4. 世人皆自有肺腸，不知人皆有肺腸，亦愚之甚也已矣。

5. 世間多少事端，大率皆因會集而起。故凡會集，無論大小，皆不宜赴。康節曰：“會有四不赴，時有四不出。”吾謂不但四而已也。

6. 外柔內剛、孫言危行，是吾平生所守也，蓋氣質近之。

7. 人皆欲獨利於己，苟有小利，不勝自賀。而利害乃相隨之物，知有目前之利，而不知有無窮之害傷己。

8. 人之病在好求於人。夫有無相資，莫如買賣，何必求而後得之？苟不可買而不可已者，則求於人斯可矣，亦必審其人而求之則善矣。

9. 人之最可戒者，在於說貧。說貧則無益於救貧，而人之聞之者，外雖曰“憐憫”，內實賤侮之而已，則亦何益之有？又有在官而對人，輒說俸祿之薄、債貸之多者，滔滔皆是，吾不忍爲也。

10. 外飾廉潔而內濟貪慾，陽却請謁而陰行私邪者，與穿窬何以異哉？

11. 吾嘗以爲“人雖窮賤，有不可行者三：往親知之官所也，隨妻鄉而卜居也，作師於人而依賴之也”。

12. 所識者爲外任，不可往見。若交分不可不致賀，則使人可也。

13. 人多不知與人言。與正人言，如與不正人言；與直人言，如與不直人言；與廉人言，如與不廉人言；與公人言，如與不公人言，則何益矣？若其怒虛舟而嚇鴟雛者，又未足與議於與人言也。

14. 出言遇事，必揆之以義理，而又律之以聖賢，則庶或無陷於大過矣。

15. 父子兄弟夫婦，皆一家之內至親熟者也。平日言行、心志好惡，宜無所不知，知之宜無所不盡，而猶或有不相知不相孚之患。況於君臣朋友之間乎？若昭王之於樂毅、鮑叔之於管仲，千載一而已矣。

16. 古之言也易，今之言也難。古之人任情直截，而人以爲然，不以爲異，然猶有金人之三緘、《白圭》之三復。今之人委曲商量，而動輒以言獲戾，故每多不愼樞機之歎。如使古之人當今之時，其戰兢尤何如哉？

無名子集

文稿　册五

勸學文【爲秀兒作。】

《書》曰：“不學墻面。”故夫子有言曰：“人而不爲《周南》、《召南》，其猶正墻面而立也與。”朱子釋之以“卽其至近之地，而一物無所見，一步不可行”。從古勸學戒不學之言多矣，而未有若是之取譬能近也。

然爲汝言之，欲使汝或能惕然立志，則又不若就吾身上設譬而痛言之。故爲文以告汝，汝其明聽而猛省之哉。

今汝年過志學，文理尚未通貫。此雖由於才分之不及於人，而亦其中心之不能眞自哀而勇自奮，以致因循悠泛，荏苒歲月。昨日之所未悟者，今日不能悟焉；今年之所未通者，明年不能通焉。光陰電邁，遂成枯落之後，始自悲歎，夫何及哉？汝試思之，豈不可惜乎？豈不可痛乎？

今吾試以問汝，汝不見瞽者乎？兩目墨墨，不見天地之大、日月之明、萬物之繁華，觸刀鎗而不知避，臨糞穢而不知擇。此無他，以其失明也。

瞽於文者，非不察於秋毫之末，而點畫則眩如也；非不審於子都之姣，而字句則瞠若也。徒知爲楮爲墨，不辨是魚是魯，萬卷在前，而莫識其爲何事何言；尺牘入手，而未覺其爲某辭某故。是非瞽而瞽也。

汝不見聾者乎？兩耳陸陸，呼而不應，問而不答，叱辱而不知怒。此無他，以其塞聰也。

聾於文者，非不明於俚俗之語，而誦《詩》、《書》於前，則袞如充耳；非不聰於猥雜之言，而論古今於傍，則聽若不聞。入翰墨之場，而鶏鶋之鍾鼓也；聆韻致之談，而婦孺之宮徵也。是非聾而聾也。

汝不見啞者乎？欲言而不得出，有心而無以宣，人皆問答，而獨默默然；衆方談話，而惟悶悶焉。此無他，以其舌不如人也。

啞於文者，雖沾沾搖舌，而操觚則不能吐一字；雖靡靡鼓吻，而臨卷則不能出一聲。欲發蘊蓄之語，而無以形諸筆舌；欲通遠外之信，而無以布於紙面。是非啞而啞也。

汝不見跛者乎？人皆規步矩趨，而獨蹣跚爲可駭之容；衆能徐行疾走，而獨蹇躄爲不類之樣。甚或至於坐不能起，而無以動身於咫尺；木以代脚，而不得比肩於凡人，兒童皆笑，傭丐亦侮。此無他，以其足不如人也。

跛於文者，非無足容之便利，而無以周旋於講學；非乏行步之閑雅，而不能踴躍於文筆。遇詞場之討義，則瑟縮而足不能進；聞騷壇之較藝，則却步而身不能行。低首癡坐，忽如躄蹙之人；靦面塊居，竟似蹩孿之狀。是非跛而跛也。

其餘百千萬病，推此可見，不能悉煩。而彼瞽者瞽而止耳，聾者聾而止耳，啞與跛者亦啞與跛而止耳，未必兼有他病。而至於無文者，則一身之中，衆疾畢具，不但一物無所見，一步不可行而已，抑且一聲無所聞，一言不能出。而籩陳戚施，莫掩其醜；肥馬輕裘，徒增其鄙。蓋無一毫可以比於人者，直一食蟲而已。

汝欲爲如彼之人乎？抑欲爲完具之人乎？如欲爲如彼之人，則吾亦無奈之何，將任汝所爲。如有一分恥如彼之心，則旣往雖不可追，自今日痛自刻骨，眞箇立心，憂懼惕厲，憤悱奮發。以死自誓，則豈患無才而終不能成耶？

其爲之之方，亦不在於徒讀而已。開卷則虛心高眼，究覈其義，必求古人運意之妙、下字之工與夫幹旋上下曲暢旁通之法，神領默會，欣然契合，不忘於宿食之頃。下筆則束心秋毫，聚精會神，必求古人造語之奇、用事之體與夫起斷照襯伸縮鼓舞之巧，透悟自得，爾雅鏗鏘，不違於尺寸之度。然後微辭奧旨，無所不通；長篇短章，無所不宜，方可謂之百體備具之人矣。

今汝幸而爲人，幸而爲男子，幸而免於襁褓，幸而生於衣冠文翰之家，又幸而百體備具，無一不如人，則洪均賦予不爲貧矣。奈之何公然欲作衆疾畢具，無一可比於人之一食蟲乎？此眞所謂莫之禦而不爲者也。吾爲汝怪之且羞之，汝寧漠然無是心乎？

嗚呼！徒知今日之有明日，而不知衰老之易至；徒知遊嬉之爲可樂，而不知患害之無窮；徒取飽煖之便於口體，而不能藏至寶於軀殼之中；徒誇外貌之同於衆人，而不覺陷自己於癃殘之科；徒欲處其身於尊榮，而不知得令名之在於好學；徒欲顯其名於富貴，而不知致青雲之由於勤業，可不謂之愚乎？可不爲之惜乎？可不爲之哀乎？言不在多，汝宜深思，擇而處之。

疑題三【下又有疑題。】

1. 子曰："攻乎異端，斯害也已。"集註云："攻，專治也。專治而欲精之，爲害甚矣。"

　　旣曰"異端"，則闢之惟恐不嚴，何必專治而欲精之，然後始乃爲害歟？然則雖駸駸然入於其中，苟不至於專治而欲精之，則不爲害歟？朱子曰："不惟說不可專治，便略去理會他，也不得。"此與集註不同何歟？且夫子所指異端，果爲誰歟？

2. 孟子之時，告子、許行之徒肆行其說，而孟子只因其說而闢之而已，而其所以闢楊、墨則不遺餘力，豈告、許之害不足爲憂歟？且莊、周之屬與之同時，而曾無一言及之者何歟？

3. 子曰："我未見好仁者、惡不仁者。"其下又兩行說去。蓋好仁則必惡不仁，惡不仁則必好仁。而朱子曰："却有此二等，亦無大優劣。"此以好仁、惡不仁，分爲二等人說也。然則好仁者止於好仁，而不可謂惡不仁；惡不仁者止於惡不仁，而不可謂好仁歟？

萬景齋記

壬戌，余自嶺外歸，家于京城西門相望之西岸。所居小齋之東戶，正與西譙相對，而占地高，俯瞰城外萬家。疊榭層樓，掩映花柳；澤車怒馬，呵擁康莊。一帶粉堞，南自木覓，北跨仁王，橫亘眼前。而衆樹木從城上露出，不根而立，隨意而列，形形色色無所不有。

或蒼鬱如雲屯，或偃蹇如人立；或童童如幢蓋，或矗矗如矛戟；或杈枒如雕刻，或蕭疏如毛髮。鵲巢以點綴之，鳥戲以玩弄之；綠重碧而爭媚，紅閣黝而呈妍。紫於暮煙，皚於寒雪；醉夢於霧，梳洗於晴。長短曲竦，各自爲奇；疏密騈特，摠極其妙。宛然一大畫屏廣張於空外，每拓戶而臨之，悠然送目，不知日之夕也。

客有過者，輒以此語而詫之。客笑，曰：“子徒知近者之爲可悅，而不知遠者之有無限景致乎！子試隨我所指而望焉。彼半落天外，戍削而崒兀者，三角山也；彼突起于三角之前，蒼然如覆甕而端直尊嚴，爲國都之主峯者，白嶽山也；彼對宮闕而雄峙于南，合沓逶迤，萬松鬱茂而層城隱見者，木覓山也；彼崚嶒聳西，竦處尊而趨若揖，絶壁嶄然，城遇之而爲之曲者，仁王山也；彼白嶽左麓，邐迤飛舞而陡起于東，狀若駝峯，平遠娟妙者，駱駝山也；彼仁王之下，依城東向，鬱然見松林，蔥蔥有佳氣者，慶熙宮後苑也；彼靑門之外，土山遙橫，又其外，左出五峯，高而秀，如人擧五指而杈開，右露五巒，低而均，如衆人竝坐而其髻累累然

者，<u>道峯山</u>也；彼<u>仁王</u>之西，圓峙如露積，而遊人日雲集於
其頂者，<u>圓嶠</u>也；彼<u>圓嶠</u>之北，有峯偉然秀出，如人戴兜鍪，
從人左肩而窺，每夕輒擧平安火，以爲<u>南山</u>烽之兆者，<u>鞍峴</u>
也。彼如抱如携，如拜如走；如端章甫，如美女粧；如負兒
如帶劍，如箕踞如跳躍；如屋兩角之軒擧，如人雙肘之屈
曲；尖於缺疊於幽，駛於落勇於奮；近而如削鐵，遠而如抹
黛者，蓋不可盡知其爲某峯，而亦不能一一悉數之也。"

余遂名小齋曰"<u>萬景</u>"，而記其說以代丹靑。

年前爲《勸學文》以示兒，復爲文以示之

吾旣爲文以貽汝，欲使汝動羞惡之心，發憤悱之機，而三年
于玆[14]，汝猶夫前日。至此而吾亦無如之何，只誦古人"天運
苟如此"之句而已。雖然，欲更問汝一言。

人有恒言曰"士農工賈"，蓋古今天下，頂天而立地者皆
民也，而民之目，只有此四者，外是則非人也。汝旣不欲爲
士，則將爲農乎？爲工乎？爲賈乎？

吾知汝性情氣稟才幹熟矣。欲爲農則使汝執耒耟荷鋤
鎌，霑體塗足，汗滴田土，必不能一日任其苦矣；欲爲工則
毋論攻木、攻金、攻皮、設色、搏埴等諸名目，卽構一鷄
窠、補一砌石，亦決不敢萌意而動手矣；欲爲賈則牽車牛

---

14 三年于玆：저본에는 교정 부호와 함께 行間에 小字로 기록됨.

而執鞭，負重任而致遠，居售貴賤，貿遷有無，又非汝幹局與筋力之所可强也。然則汝乃四民之外之民也，汝尚何歸？

吾觀四民之外，又有蠹民焉。是人也，既不關於四者之常業，則其習於懶惰而不用心者。平生所爲，不過飽食終日，無所猷爲，結友朋而爲尋訪出入，對賓客而打閑漫說話。身之所行，無補於御家治產之方；口之所出，惟在乎鄙俚嬉笑之事。所恥者，惡衣惡食也；所厭者，正人端士也。赴遊觀之場則欣然爭先，遇浮雜之流則惟恐或失；博奕雜戲而卒至敗家亡身，飲醉酗亂而竟似狂夫奇鬼。

其薄有才辯而不安分者，又不過非理好訟，妄希攫金之利；穿逕干囑，圖作鉤略之資。鍾而出，鍾而入，迹每遍於城市；營於東，營於西，事不擇於燥濕，自許智能，從他笑罵。

此兩者其事雖殊，其爲蠹則一也。而摠言其所由然，則皆是不通古今不識義理，無定志無常業之致也。其末梢，究竟果如何？

悖則入於穿窬淫邪，而甘自陷於刑憲；劣則望門指口，哀乞一文錢、一掬米而已。此必然之勢，必不免之事也。吾爲汝憂之，汝則欲乎？欲則爲之。

雜說三

1. 蛛張網于空以伺群飛，小而蚊蠅，大而蟬燕，無不取以充腹。

有蜂胃焉，蛛急縛之，忽墮地，脹以死，蓋爲其所螫也。童見蜂之未脫也，欲手解則又螫之，童怒而蹴靡之。

嗟乎！蛛徒恃其巧之可以網盡翾飛，而不知蜂之能螫；蜂徒以螫爲能，而不擇害己者與救己者而逢必螫之，以致救己者之反害己；童徒幸蛛之見敗而不思蜂之可惡，欲其脫於困而不虞毒螫之性亦能害人。天下之事奚但如斯而已也？

2. 人有愛猫者，畜數三猫。其一猫晝常眠，夜輒周行以扼鼠。人未之見，以爲無能也。他猫則夜眠於人側，晝或得鼠，必銜致人前，舞弄之以供覩笑。家人皆奇之，雖有竊饌噬鷄之習，而不之罪也。

鼠以一猫夜獵之故，不死則皆遠避，患遂絕。人以爲他猫之功，遂笞其一猫而放之。鼠乃相率而來，不可復禁。使知者擇之，寧畜其一猫耶？將畜其餘猫耶？

3. 人有得狗兒於人，將畜之，爲其小且新來，頻與之食，每憐撫之。家有老狗，陰恨而陽愛，見輒舐抱，且爲之齧蚤蠅。人不疑之。

居數日，狗乃夜乘人睡熟，直牙其吭殺之，銜以出諸門外。及明人起，狗牽人衣，至狗兒處，哀鳴指示。

夫內懷欲殺之心而外示憐愛，使人不疑，既售其毒，又若其死之不由於己，狡哉！狗且然，況人乎？

客有好事者，爲余談古，蓋寓言也。因記之

虎與蛇、蚊、蠅、蚤之屬，遇諸樹下，相與語害人之事。

蚤曰："吾身最微，而甚勇且智，晝則入人衣袴，使人不能安坐；夜輒直入臥所，使人不得安寢。人欲執之，則跳躍閃忽，若出旋入。雖有眼明手快者，將瞠若而失措，其奈我何？"

蠅曰："汝雖三百躍，不如我之飛也。吾捷而有才，點污人几案，侵亂人鬢眉；有飲食則吾先嘗之，遇黑白則吾變幻之。無處不到，驅去復還，雖有怒拔劍者，亦無所施矣。"

蚊曰："吾依草而生，乘昏而動；聚則成雷，散而隨風；縱無負山之力，最有嗜膚之能。蚤雖善齧，不如吾觜之利；蠅雖善飛，不如吾身之輕。是故以齊王之威，而亦許開幬；以貞女之烈，而不免露筋，吾豈畏彼區區者火攻哉？"

蛇曰："而等毋徒誇善害人而鄙我也。吾名與龍相齊，毒與蠍並稱；或傳銜珠之報，或美刲股之忠。君子存身，取則於蟄；女子乃生，發祥於夢。八陣禦敵，非吾曷象？五丁通蜀，非吾何由？然而吾自知不爲人所喜，亦恐爲永州客所捕，深居結蟠，時出遊戲。吾未嘗有意於害人，而人或來逼，則亦安得俛首低尾耶？若而等之閃閃營營，吾不爲也。"

虎哂之曰："而等皆卑微，不足道也。吾號曰'山君'，變如大人。嘯而風洌，吼而崖裂，負嵎磨牙，擇肉而食。豈若而等徒以噬齧爲能，而或麗之爪掌，或斃之挺索，雖或倖免，終必敗滅也哉？而等毋以一時之得意爲可以長久也。"

蛇屬皆忿然曰："是則然矣，君亦獨無所畏乎？君之爲害於人也大。故人之所以欲害君者，亦靡所不用其極，爲穽而陷之，包山而驅之，勁弓毒矢、火藥鐵丸，貫心而中吭，抽骨而寢皮，斯亦酷矣。"

樹上有蟬，口不能言，請對以臆，曰："若等皆以害人爲事，故人亦害之，斯乃理之常而勢所然也。若吾者吸風飲露，居高流響，無求於世，無害於人，但使人聽吾之聲益清而懷高風焉。夫孰有害之者哉？"

虎以下皆默然曰："毋多談。顧死則死耳，方其得意也，安能易其性之所樂哉？"

遂各散去。

疑題【當在上《疑題三》之下。】

子張問崇德、辨惑，樊遲問崇德、修慝、辨惑，夫子皆因其問而答之，而獨於辨惑一款，竝不及於"辨"之一字何歟？二人之問同在於辨之，則聖人只言其所以惑者，而皆不教之以辨之之方，必有所以然。願聞其說。

讀書隨筆

了翁曰："彼臣弑其君、子弑其父，常始於見其有不是處耳。"

朱子釋"苟患失之，無所不至"之訓曰："小則吮癰舐痔，大則弒父與君。"

泛看之則見其有不是處者，非純孝而已；患得患失者，爲鄙夫而已，未必至於弒逆之變，而聖賢之若是論斷何也？蓋爲人子爲人臣，而一念之積漸，苟或有些兒私意，則推是心而極之，悖逆犯上之事，將無所不爲矣。此亦理勢之必然，非過慮也。

嘗見人有侮厭父祖，以爲無聞知者，凡父祖所爲，皆不滿於其心，以爲"是何足遵據也"云爾，則畢竟不免於悖亂恣橫，得罪名教。觀其所爲，雖至於弒逆大故，未必不從。是皆由於初頭侮厭之心，有以馴致之也。然後知聖賢戒人慮後之意，如執左契，秋毫不差也。

是故夫子於《坤》之文言曰："臣弒其君，子弒其父，非一朝一夕之故，其所由來者漸矣。"又答季子然之問仲由、冉求曰："弒父與君，亦不從也。"聖人垂訓若是其深切著明，而後世猶有弒逆悖亂之變，悲夫！

自警

于嗟儂，默反躬，
性本憃，習以慵，
中空空，奄成翁。

髮旣童，眼且矇；
鼻又齆，耳亦聰，
失惺憶，入昏霿。

口尙通，舌則從；
飧而饔，語不窮，
發自胸，出多衝。

縱着工，罔慎戎，
後乃懵，若無容。
曷以壅，暨厥終？

記異人

異人者，異常之人也。常人大抵爲氣稟所拘，物欲所蔽；上
則騖於功名，下則殉於貨利，曾不知目前之趨舍，烏能豫燭
日後而有前知之明哉？

惟異人則心地靈明，氣宇超脫，不爲功名貨利所使，而
又能遺外世間一切例套，故往往有驚世駭俗之擧。知之者
聞風歆慕，欲從之而不可得；不知者笑之以爲狂，末乃驚歎
而不可及。是雖有高下淺深之不同，而要之皆異人也。

余嘗從客聞"有人不食而不飢，不衣而不寒，獨處於深
山虎豹之窟，人迹不到之境，行止無常，語言不倫，或有混

於乞丐者，或有雜於下賤者”，心常異之，而終未得一遇焉。未知當面失之而不知爲異人耶？ 抑未嘗遊歷而無緣逢如此之人耶？ 良可歎惜。

五六年前，某人爲慶尙監司，方設酒食，邀客宴樂。有一人以弊衣冠入見，自言：“居在忠淸道，而偶來遊此。”監司與客視之以乞客，與之酒食。其人曰：“旣來此席，以數句拙構，奉呈可乎？”監司曰：“可。”

其人索紙筆，書之曰：“風流慶尙監司落，豪氣忠淸道伯來。五年南國身千里，萬事西風酒一杯。”旣書，忽抹“落”字而改以“樂”字，又抹“伯”字而改以“客”字，呈于座，乃辭去。坐中皆笑其鄙拙。未幾，監司以事竄南荒，忠淸監司移拜而來，後五年而竄者得釋。

蓋初書者是正義，而嫌其太露，乃改兩字以示之，有若只言監司之樂，而自家以忠淸道客而來。且“落”與“樂”、“伯”與“客”，音相似而有若誤寫者然。其意甚明而其事甚晦，豈不奇妙乎哉？但未知末句之意，只歎其將作千里之行，而謾詠一時凄涼之景耶？將有深意於其間，待後日符驗，而使人知之耶？

嗟乎！此眞異人也哉。遊戲塵世之間，而傲睨乎富貴功名者流，乃或留示桂陽樓板之爪。想其擲筆而拂衣也，必哂其肉食之鄙，而憐其醉生夢死之魂矣。

今則遊於何方，而又作何等光怪，以侮弄愚俗也？世之人尙毋爲此人之笑。【監司竄而釋者未久病歿，末句之意得無指此而言耶？蓋可見五年之後，因遂凄涼寂寥之氣象矣。】

答人論文書

僕才魯性懶，其於學問文章，蓋有志而未能。故不敢爲强所不能誇衒求知之計，人亦不以此待之。間嘗見人有以此等說相爭難者，辨說自若而不顧，僕亦羞枳俛首，其無所有，可知已。

今足下辱與之書，乃及於文章，豈足下實不知僕之本不足備數於論說，而以高明之見，欲採愚者之一得耶？抑知之而姑爲是，以誘出其狂妄，聊博一粲耶？由前，則僕，所謂千慮而無一得者也；由後，則足下何爲而故發人之醜拙，以作嗤笑之資也？雖然，足下既有言，而僕不答，則非禮也。請先言欲愧之由，後復來書之意可乎？

僕幼傳家庭之訓，竊有意於聖人之學，而家貧親老，生計蕩然。顧質弱善病，既不能躬耕以食力；短於才幹，又無以通功而易事。乃爲祿仕之計，而非科目，則無由得之。於是屈首爲功令業，以決得失於一夫之目，而荏苒歲月，仍成枯落。老竊一第，精消意索，雖霑寸祿，乍得旋失，已抱風樹之痛，遂迫崦嵫之景。第一等工夫，已矣無論，至於文章小技，亦未免日暮道遠，每一思惟，只有歎息流涕而已。

以故雖或尋溫舊業，時以詩文自遣，亦不過自警而示子孫耳，未嘗輒以示人。人之見之者，蓋絕無而僅有，不知何許好事者，乃有雌黃於其間哉？

來教以爲："人以僕之文爲科文，非古文法。"僕是半生業科文者也，烏得免科文乎？今以科文，律之以古文，則是

猶責僬僥以不能如防風氏也；欲使棄科文而強效古文，則
是猶壽陵子之學步於邯鄲也，豈不誤乎？

然文則一也，夫豈有科文、古文之別乎？但科文則稍
加粉飾，務爲新巧，要以悅於俗眼，故不能無大小憨焉耳矣。
若其照襯起伏之法、鼓舞波瀾之變，則在乎作者工拙之如
何云爾，未見其塗轍之迥殊也。今歷考古作者文章，何嘗外
此而別有所謂古文法耶？

嘗見今世之爲古文者，類多點綴希世之字句，鋪張虛喝
之氣勢，或於一句之內，意義未暢；或於全篇之中，脈絡不
貫。未知古文之法直如此而已乎？

聞諸吾夫子，曰："辭達而已矣。"夫"而已矣"者，盡於斯
而無他之辭也。以此言之，一"達"字足以盡爲文之妙矣。不
然則夫子之詔之也，必如禮之三百、三千，樂之翕、純、
皦、繹，兼稱而備教，豈若是蔽之以一言，斷之以無他乎？
是故夫子之文皆平易明白，絶無艱險幽晦之意，朱子之文亦
然，而自然有曲暢旁通之妙。愚則以爲欲爲古文，當學此而
不當學彼也。

今之論者輒曰："此，左也。""此，莊也。""此，班、馬
也。""彼達而已者非文章也，文章自有文章家體格。"轉相慕
效，高自標榜，有若見識之特出、手段之自別。及其評人之
文，則初無胸眼之透瀅，只隨名稱之隆庳，於其所畏待者，
則曰"此，古文法也"；於其所不數者，則曰"此不過科文也"。
而夷考其實，則蓋未知何如爲古文，何如爲科文者也，是則
可歎。

昔梁人張率爲詩, 示虞訥, 訥詆之; 率更以所爲詩, 託云"沈約作", 訥乃句句稱嗟。 今之盲於文而耳於名, 皆訥之類也。[15]

今以僕之文爲科文者, 乃着題善形之語, 而曾不的指其字句之疵類、意趣之疏陋, 只泛稱而謾斥者, 抑又何也? 無乃置之於不足數之一邊, 而無容題品瑕病, 指敎冥倀耶? 此不可以服人之心也。

嗚呼! 文以世降, 昔人所論。 今讀《尙書》, 五十篇之內, 《典》、《謨》以下漸不及《典》、《謨》, 至其末終諸篇, 又不知落下幾層。 此自然之理, 必然之勢也。

至於秦、漢, 則猶有古意, 而唐不如漢, 宋不如唐。 宋則理勝而辭暢, 語其體格之高古, 則雖曰不及於前; 語其達, 則不害爲聖人之徒也。

且世稱唐、宋八大家, 而歐、蘇終遜於韓、柳。 以三蘇言之, 大蘇不如老蘇, 小蘇不如大蘇, 而曾、王則又不及矣。 文章之係於世代, 有如是夫。

至於明文, 則本源與氣力無一可恃, 徒以生新奇巧, 不染俗陋爲事, 焦心極力, 務道人所不道, 自以爲高掩前人。 而細觀之, 則其體尖碎, 其音噍輕, 若俊俏, 而實痿弱; 若老鍊, 而實浮虛。 其於古文, 不翅若紫之於朱、鄕原之於德也, 何足取哉?

近世有一文人謂: "文以世高, 至於明而無以加。" 以故

---

15 昔梁……類也: 底本에는 교정부호와 함께 行間에 小字로 기록됨.

其所著述率皆捃拾明人之遺唾，　而其所爲言亦是必欲道人所不道之意也，甚可笑亦可哀也。

我東雖僻在一隅，早被父師之教，其爲俗，尚禮義；其爲文，理暢而意眞，文從而字順。觀於《東文選》，殆不讓於唐、宋之儒。降至近代，始有幽險夐澁之體，使人目眩而口呿，陳商之三四讀，尙不能通曉者，不幸近之。良以自己胸中，無煙波萬里，乃欲以行潦汚渠，作曲池迂瀑，以爲驚人之資耳。文之爲文，豈直使然乎哉？

僕貧無書籍，平生所看讀者，不過經書史記及外書之易求者而已，初無奇文僻書之泛濫涉獵。故其所以用工者，本之於聖經賢傳，博之於歷代史迹及表著之外書，反而約之於經傳。而經傳之中切要喫緊者，又莫如四子，故尤致力於四子；而四子之中終始得力者，又在於《論語》一部。

竊嘗以爲“諸經雖皆聖人之言，而《論語》爲尤切；經書雖皆朱子之註，而《論語集註》爲尤高。辭約而明，意切而包，眞所謂‘增一字不得，減一字不得，換一字不得’者也”。雖童習白紛，卒無所得，而大抵至今受用者皆是也，而以之爲大小科文者亦皆是也。以古文之眼而觀之，誠有不免於科文之譏者。而僕則以爲寧爲科文，不爲今人所爲古文也。

來教又言：“人以爲‘僕之詩，長於模寫而短於色響’。”夫色響尙矣，固不可擬議於如僕者。而至於模寫，苟能依俙彷髴，則亦詩之一道，又何可與論於不能詩者哉？噫！爲此言者，其果眞知色響與模寫之爲甚麽物事乎？

夫詩莫尙於《三百篇》，而有逼眞之模寫、自然之色響，諷誦反復之間，足以感發懲創。則此之謂詩之正道宗脈，而要皆出於性情，因於時世。故又不能無正變之別，夫子曰"詩可以觀"，豈不信哉？

降至漢、魏，雖不敢望三代，而有蒼古有艷雅，往往多比興深遠，望之而不可見，聽之而不可窮者。此則《三百》後稍有古道者也。

至于李唐，色響極盛，反有太露之嫌，而山東、杜曲高步千秋。李則天才飄逸，杜則元氣磅礴，人之以"仙"、"聖"稱之者，儘不溢矣。

中晚以後，尤尚模寫而格調反下；宋則雖理勝，而色響則不可比唐；明則雖大言不怍，嘔出心肝，而終有"盛飾婢子，異乎夫人"之歎，此則世代使然也。

今人氣力精神才局，其不及於古人遠矣，至於詩文，何獨不然？世之人強欲以膚淺之才、鹵莽之學，一朝跨軼前古，非愚則妄也。且今之為詩者，必就杜集中，拾取爐礦零金以聯綴之，而故作老健古樸之態以迷籠之，遂自以為"吾乃杜"也，從而推詡之者亦曰"此杜也"，轉相高尚，互為題評。吾未知今之世一何杜之多也。

僕嘗聞"人有負文名歷文任者，於眾會中，語詩文之高下，談論風生，傍若無人，因指屏風之書杜律者，曰：'此亦可謂詩乎？必是明人所作也。'知者皆齒冷"。世之論者皆此類也。

蓋詩於百文中尤難工焉，苟非天才與篤工，則不可易而及也。嘗觀東人文集，文則概未有不成文理者，而至於詩則類皆不厭人心。若是乎詩之難也。

僕姿旣鈍滯，性又疏略，雖於科詩，亦不能工；至於詞律，則又未嘗劌心鉥目，務得<u>梁</u>、<u>楚</u>之聲。故雖或境與心會，思以事觸，偶爾成篇，而率皆隨意而占，據實而道，自以爲"排遣諷詠之餘，粗有言外不盡底意，見之者未必礙眼，言之者足以無罪"而已。烏可謂模寫，亦安敢望所謂色響哉？人之以是責之者，殆無異於聽樵謳漁歌，而謂不合於黃鍾大呂也。

僕本未嘗求名，亦未嘗以此成癖。若干蕪拙之辭，聊以投諸塵篋，要令後承知乃父乃祖之以文爲業；且庶幾或得而因迹見志，由影想形，則勝似一幅寫眞之依俙於七分；又或憑其規模而思所以體認，善其警飭而思所以遵守，則又遠過乎滿籯之遺；假令有"昔之人無聞知"之歎，苟不至於大狂悖，亦應靑氈儲之而不至於焚棄。其所以爲計者，不過如斯而已。在他人，何足掛齒牙而費月朝哉？是故於足下之所論列訂質者，竝不敢强所不知，一一仰答，而只於刺僕之語，略有所云云，以致惡謝之意。足下其恕諒之。

嗚呼！詩文之亡，莫近日若。雖使能者出，自以爲得之，苟非名位尊而友黨盛者，天下後世，孰以爲有無於其間哉？然文章，公物也。幸而有超世之才、磨杵之工，能如<u>韓子</u>起八代之衰，則雖擧世推之，不加尊；擧世嗤之，不加損。不然則雖適適然自得，未必不爲傍觀者所笑，所謂自有定價者也。

足下又何必切切然悲之，恤恤焉憂之乎？然觀足下之

所以爲言者，則足下其有志於斯者也。足下其勉在我者，毋
患在人者。

書《壬子文武榜目》後【當在癸亥條。】

我朝科制，以子午卯酉爲式年，於其年試取明經三十三人、
武技二十八人；將放榜，又爲殿試以等第其甲乙，而取前所
賜第者，竝直赴而考定；始乃刊行榜目，以壽其傳。而榜中
人力詘未遑，則或遷延而未就，此固勢所然也。

　余於辛亥秋到記科，對臨軒策，擢第一，壬子春直赴殿
試。及其放榜也，文凡五十九人，武凡三百七十四人，而未
有列名入梓之擧，甚以爲恨。至癸亥，榜中人南公公轍按嶺
藩，始印出粧繡，頒諸同年而及於余。

　嗚呼！自辛亥至于今，十有三年，而先大王賓天，已四
閼歲矣。追想辛亥之入侍也，進退以寵遇之，詢問以優異
之，許以文章，軫其貧窮，玉音之溫諄、天眷之委曲，怳如
昨日事。而今於雲鄕已邈之後，乃見榜目之新印，撫卷俯
仰，自不覺感涕之交頤。

　於是略記其事，謹書于下方，使後之見此者知余之偏被
聖恩，未有涓埃之報答，而濫厠於四百三十三人之間云爾。

　歲昭陽大淵獻維夏之旣望，坡平尹惕敬夫謹識。

書《實錄廳題名記》後

國家每朝皆有實錄, 藏之名山, 蓋將以徵信於後世, 使爲史者得有所據也。

歲庚申, 我正宗大王昇遐。越翼年辛酉, 始設實錄廳, 大臣爲摠裁官, 啓下堂上及郎廳, 堂上爲纂修之役, 郎廳任繕寫之勞。而癸亥八月, 余與編修官之選, 竊念："余以疏逖無似之蹤, 受恩先朝與天無極, 而官卑才下, 未嘗效勞於國事, 乃今日得與是役。此先王終事之地也, 余其敢不盡心力? 毋怠。"於是不計往來之頗遠、精力之難强, 朝進暮退, 至卽操筆, 筆停則起, 不暇與同事之人爲閑漫酬酢; 非忌故與甚病, 則雖風雨寒熱之人所不敢出者, 未嘗不進。蓋不但與有榮焉而已也。

至乙丑五月訖役, 計仕進之日, 則爲五百五十; 計謄錄之數, 則爲三十餘卷, 居然在諸人首。惟金校理啓溫爲壬戌選, 故日多於余。旣告成洗草, 論賞有差, 余受半熟馬一匹之帖。噫! 余之竭蹶於斯役, 初非有一毫冀望之心, 而錫馬重典也, 斯又爲榮大矣。惡可謂有名無實乎?

丙寅四月, 遵故例, 錄前後與選之人, 各書某官、某年生、某年登科及表字、姓貫, 又記其所事, 刊爲《題名記》一卷; 摠裁官四、堂上官三十八、堂下官一百, 摠一百四十二人, 人各頒一件。

余受而閱之, 悅與諸君子合席同研於龍虎營中。雖雲泥隔絶, 濔不相接, 而其爲國事同周旋, 則閱塵劫, 如昨日也。又豈不奇且幸乎？是爲識。

柔兆攝提格孟夏之哉生魄，<u>坡平</u> <u>尹愭</u>謹書。

論科學

我朝以科目取人，而所謂科法，只是聚士出題，而取其藻華
之悅眼、筆畫之依樣而已， 非如古之選賢良方正、直言極
諫之士。而又程式以拘之，時刻以限之，藉使十分高眼，十
分公心，考得十分精審，黜陟高下不差錙銖，已非登賢俊致
君民之術。

而世降俗末，私詐百出，緣法而爲巧，憑公而濟欲，至
于近年，則其弊蓋極矣。爲士者初無下帷攻苦之業，而惟以
圖占科甲爲事； 主試者亦無爲國秉公之意， 而惟以善售私
情爲能。其所以行私之術，則爲暗標，或以文，或以筆，或
以紙面，或以早晚，又或爲豫題，凡此作奸有萬其端。而甚
至於私囑下輩，換易秘封，以竊人之科。此則有甚於穿窬椎
埋，而方且得得焉自以爲能，人亦恬不爲怪。

於斯時也，只隨其科之主試何人，而可以豫知其榜；但
見其人之親密何處，而可以坐待其捷。以故科期在近，則凡
爲儒生者晝夜奔走， 或鑽刺蹊逕， 或誘脅文筆。 其有文筆
者，又多爲貴勢所奪，貨利所引。其當爲試官者，左右尋覓，
或約結姻親，或延攬錢帛。

毋論京鄉，苟無此路，百無一得。人心日趨於乖戾，世

道日鶩於壞敗，高者互相慕效，而又互相猜謗；下者各自沮喪，而又各自濫想。自世俗言之，則智力競尚，自謂得計；而自道理觀之，則豈不大可寒心哉？

行私之外，又有取早之弊。蓋主試者厭於始終之細閱，只就暗標早呈者擢之，而晚者則都置之落軸。故爲士者自私習之時，不顧其文之工拙精麤，惟以急構爲主，或於一日之內，作七八首，多者至過十首。而無文筆者，豫備速製速寫之手，於其入場也，忙忙寫出，競欲先人；甚至於以數三人合作一篇，以數三人合寫一張，期於呈得第一軸、第二軸，不然則自以爲不善修人事。其父兄與他人，亦不問其文之如何，惟問其呈之早晚，以占得失。如此而才安得自盡？文安得爲文？

今日登科者，卽他日主試者。則其所見所尚，本自習熟，其取之也，固必有濫竽遺珠之歎。而況又濟之以一片私意，則又安得不失人才乎？前科如此，後科復如此，其參於榜者，非綺紈子弟，則乃孔方主人也；有蘊抱者，終身不得一廁名於其間。設科取人之意，豈豈使然哉？

凡其作奸爲弊，不但大科爲然，小科亦然；不但京試爲然，鄉試及升補、學製、公都會，莫不皆然。

蓋當式年及增廣，則京畿外七道，皆差送試官，設場取士。於是外方有錢財者，先期戾洛，以圖差所欲差之試官於政官，至有"買試官"之語。而試官出後，凡其親戚連姻知舊之請及以錢自通者，日夜塡咽，各有定價。畢竟出榜而歸，醜聲隨彰，而亦皆看作常事。

升補則大司成歲爲十二抄， 學製則四學教授歲抄一百六十人，歲終則大司成以其畫多者十人，爲升補初試；又合試教授所抄者，取十六人，爲學製初試。公都會則故例各道都事試取，近年以來，各道監司爲初、覆試，各取幾人，與升、學初試，竝赴監試會試。其設施之意，蓋欲考盡其精，選極其最，以網羅京鄉之才，其視決得失於一日之內者，可謂詳密。

而以升、學言之，少年輩曾未有勤其讀做者，而所畜銳而豫待者，只是鑽刺於教授及泮長旁蹊曲逕，以通其情，謂之公誦。入場得題，四處迸出，以借述於能者。呈券之後，又送首句於廳上，而媚悅於親昵吏輩，以圖其幫助；伺候於傍近窓屛，以探其黜陟，已非士子之道。

而及其連設幾抄，畫數相埒，則晨夜奔走，不但自己之送言，又覓他人之瑕累，白地做成，公肆構陷；甚至通虛訛於場內，唱訛說於稠中，駭悖之舉、變怪之事，無所不有，以擠人而自爲。當此之際，莫有徐其行步正其眸子，而殆若喪性者然。遇諸塗，不問可知爲升、學儒生也。若是者其可曰士乎？

主試者則於其行私之中，又豫先分排四色於胸中，升補十人則某某當授四五窠，某某當授三四窠，某與某當各授一窠；學製十六人則某某當授七八窠，某某當授六七窠，某與某當各授一窠；公都會亦然。天下安有如許科舉乎？

余嘗曰，科舉固壞人心術，而所謂升、學者，非勸獎聳動之資，乃傷風敗俗之具。人心之陷溺、世道之乖亂，職由於此，不可不急先革罷。而無已則有一焉，悉除其設場考劵之舉，而歲末，大司成以其所當爲初試者，各依其數，啓下爲初試，最爲省弊之術。

蓋雖設十二抄及合製，而畢竟入格者，非以其文也，乃意中分排者也。是故方其試抄之垂畢也，欲黜其人，則畫雖多，必抑而屈之，至有全篇批點而書"三下"、"次上"者；欲升其人，則畫雖少，必超而進之，至有白文而書"二上"、"二中"者。此不必若是用力露醜。且以儒生言之，虐雪饕風，通宵露坐，咢矣富人，哀彼寒餓。是故多年赴升、學者，未有不嬰終身之疾者。

今若不試而只出初試，則儒生無中寒之傷，泮長無屢考之勞，而初試之爲初試，則試與不試一也，豈非省弊最便之道乎？然此乃必不行之言，末世之專事外飾，誠末如之何也已矣。

此特論製述之弊，而不但製述爲然，明經亦然。遐方之儒則或有勤讀成才者，而至於京儒，則雖號曰治經，日以遊戲爲事，鮮有篤其業者，而臨科則奔走於當爲試官者之家，豫約七大文。而爲試官者，已於科前，有所分排磨鍊，至其考講之際，顯加扶抑。於其所扶者，則雖瘡疣百出，而闔眼帖耳，又稱贊引拔；於其所抑者，則雖若決江河，而勒降其桎，又强詰文義。以故失者之呼冤怨詛，終身不已，有足以干和。蓋其刻骨積工，而一朝以非理見屈，人情所不堪。

而不但文科爲然，武科亦然。代射、代講與夫以不射爲射、以不中爲中，諸般弄巧之狀，難以悉舉。且近來每欲廣取，寬其規矩，使不難於入格。故武科之數，多則近萬，少不下千，窮鄉傭牧鮮有不得，而一國之中，遊食者過半。他日占得大將閫帥者，自有其人；而其能通宣傳之薦，廁西班之列，入備宿衛，出典州郡者，亦無多焉，其餘則皆只是受紅牌稱先達而已。軍額之難充，名分之漸淆，職由乎茲。吾未知爲國計者，將焉用此無一益有百弊之舉哉。

蓋毋論文武大小，以科爲名，則其紊亂乖戾，莫近日若，而又莫可捄藥。識者之隱憂永歎，容有極乎？嗚呼！天下萬事既有其弊，則必當痛革而更張之；不然則弊而益弊，終至於難言之境矣。今科舉之弊如此，豈無矯之之道？而因循度過，誠可悶也。

愚嘗因而思之，蓋有上中下三策。

何謂上策？取所謂科舉之名，而盡革去之，此最爲通古宜今，因俗省事之要道。何以言之？夫以科取人，何關於得人才治國家耶？不過教私詐之習，長奔競之風耳。

今設一科，則必爲分館，以印其地處之優劣；又爲弘錄，以靷其貴勢之華膴。其於弘錄也通淸也，又分排色目，若升、學之爲，而隨其圖囑之緊歇，以爲黜陟之地。何嘗論其人之行與才乎？

彼貧賤之士，幼而讀書飭躬，長而幸得科名，曾不得一試其蘊抱，而寒且餓以死。若是者，取之無所用，適足以齎鬱而干和。此則科舉有以賺得，而畢竟爲失業枯落之民，豈不憐且惜乎？

若夫公之子爲公，卿之子爲卿，則雖非科以取之，亦無所不可，何必行私以取於科，而後始可以顯之乎？又況雖有科舉，貴家之人，亦多有不由科而進者，內而臜仕要職，外而監司守令，無不歷歷。今考《搢紳案》，外方民社之責，幾皆是也，而以科得者，絶無而僅有。惟文任玉署，蔭官所不得與，而此亦不拘於科，則可以泯然一色。又何必徒留科名，以爲無所用者濫雜之一端乎？

今若悉罷科舉，歲使內之銓官、外之監司隨意薦拔，則其所用必皆可用者。而單寒無所用者，舉將絶望於僥倖，安分於農畝，於公於私，豈不愈於初爲科業之羈縻，終作窮廬之悲歎乎？且自有科而言之，則士之課業皆爲科也，非科則似不勤苦於蠹編。而自無科而言之，則有志之士，亦必有帶經而鋤，繼晷而膏，窮性理而講道德，懷仁義而蘊經綸，上而明周、孔之訓，下而補聖世之敎，豈比於以科儒爲名，而其實則蔑如者乎？古之無科也，未嘗不讀書而致澤。則愚恐此時讀書之方，爲眞箇讀書，而絶勝於功令無用之文字也。

故今若罷科，則在古而不失於鄕舉里選之法，在今而無缺乎需國治民之道。因其蔭仕之俗，而蔭仕之所不得爲者，可以無所不爲矣；省其場試之弊，而場試之虛名無實者，可以悉歸之於食力矣。此所謂"通古宜今，因俗省事"之要道也。一舉而有衆美之具，無難行之端，惟在一號令間耳，何憚而不爲？良可歎也。

何謂中策？廢科固爲上策，旣不欲廢科，而惟以防奸之未得其道爲憂，則莫如嚴立科條。凡試官之行私者與舉子之奔競者，一有現露，則斷之以一切之法，不以貴勢而饒貸，

不以年久而寬恕, 則天下之人莫不知愛其身, 一以行私而枳
錮沒齒, 則孰肯爲干囑而自甘廢棄乎? 一以奔競而僇辱終
身, 則孰肯爲一科而自陷前程乎? 但視其人, 以爲冷暖, 而
法有行有不行; 隨其時, 以爲低仰, 而人有恕有不恕, 則人
心不平, 衆怨朋興, 反不如仍舊貫之猶爲習熟於見聞也。

我朝之法, 苟非身犯惡逆, 則雖營邑之犯贓、科場之用
情, 一時得罪, 旋復無礙。如此而尚何望其畏戢警謹乎? 且
法每行於窮獨無援者, 而不行於貴勢相通者。故犯科者雖
鄉曲卑微之類, 無不東西轉囑, 以圖平脫之路, 否則稱冤不
已。此實由於法不一施故也。故欲用此策, 惟在乎立法不撓
而已。

何謂下策? 既不能罷科, 又不能痛塞私竇而爲一切之
法, 則且當依前設科, 而亦必爲面試。蓋科場之防奸, 只慮
其無才者之濫廁。近來法禁中, 若借述、借書、隨從、挾
冊之類, 每科紛紜者, 皆欲令有腹笥者自作自書, 而無才者
不得售其奸也。然而何嘗有恪謹從令, 秋毫無犯者乎? 雖懸
法於場外, 列柳於門內, 入門官、禁亂官、搜挾官之屬, 森
羅以譏察之, 小則械其頸, 大則移法司, 亦其一二寒微劣鈍
不幸者耳。彼滔滔皆是者, 固不可一一摘發, 而況有勢力有
顏情者乎? 此所謂"規規矞矞於事爲之末, 而卒歸於散亂無
統"者也。

今若行面試之法, 則不勞諸條設禁, 而自無犯者; 彼無
才者, 雖賞之, 初不入場矣。大科則賜第後, 必親臨面試。
小科則厥數稍多, 若竝行則易於容奸, 分詩、賦、義、疑四

道，各以五十人，限四日面試，著爲成憲。而其不能成篇者，不必用停舉充軍之律，只拔去榜中，雖貴戚之姻族、公卿之子弟，無所曲貸。則其庸懶自廢者，固不足惜，其有慷慨奮發，篤業更赴者，亦所可取。

如此則士子有刻厲進修之美，場屋無狹窄蹂躪之歎，而登科者舉有光色，私詐者自當沮縮，豈不休哉？然此亦在乎成法之一遵無撓，法一撓則反爲文具中文具矣。

或疑面試得無有欠於待士之道乎，此則大不然。夫設竇以出入之，繫繩以東西之；搜挾則無所不探於一身之中，小失則動輒不免於枷鎖之辱；束迫之有若胥靡，訶捕之殆同偸盜，此爲待士之道，而獨面試非待士之道乎？面試之法自古有之，我朝亦屢行之，何嘗以爲不足於待士之禮乎？豈時一行之，則未足爲欠；而定爲恒式，則乃爲失耶？

今之科皆幸也，而偶値面試者，不亦不幸乎？不亦冤乎？惟其時一行之，而又無一切之法，故奸巧百出，卒無其效。若定爲金石之典，使一世之人洞然皆知其無才而幸廁之必無益，則眞所謂一定制而群志定也。何苦而難慎於此哉？又何苦而紛紜於每科哉？

愚故曰：「太上，革罷之；其次，嚴法不撓；又其次，定爲面試。」不然而徒因循於近規，則奸隨法生，弊以日增。而又逐奸而設法，隨弊而布令，是導士子以奔競，許試官以行私。其乖亂駁悖，蕩然無恥，將無所不至，而人才卒不可得，風俗必不可變。任國事者盍念于玆？

或謂余曰："子之上策必不可行，中策必不能行，惟下策無所不可。然則下策乃上策也，而此亦難保其必行，是子無策矣。"

余應之曰："子不見病者之有醫乎？醫雖善，病者不用，則猶無醫也。無醫尚可，衆醫交集，各以其所見，治其一端，則服一藥而添一症，病不可爲矣。

吾之上策乃十全大補湯也，中策乃大承氣湯也，下策乃四君子湯也。外此三者而欲治其末，則眞無策矣。然則吾不能有益於病者，而徒得罪於衆醫，初不如不言之爲愈也。"

論監司之巡歷、褒貶

監司之任重矣，在唐、虞、三代爲嶽、牧、方伯，在漢爲刺史二千石，在唐爲藩鎭，在宋爲監司。朱子所謂"監司爲守令之本者"是已。

其爲職也，受方面之寄，任旬宣之責，黜陟之政、生殺之權，靡不摠攬。生民之命在於守令，而守令之本又在於監司。則上之所以畀付之、下之所以擔當之者，宜若不苟焉而已。而憩棠聽訟，尚矣無論；登車攬轡，寥乎莫聞。顧其職，則如彼其重，而居其位者鮮有副其實者，可勝歎哉？

我國分域中爲八路，各置觀察使。觀察使者，觀風察俗之謂也，而卽所謂監司也。一自色目分裂之後，廟堂及銓官所以薦擬者，率皆有勢與自己所親，而不復論其人之堪不堪。故爲監司者揚揚建節鉞羅將卒，坐宣化堂所事者，只是期會簿書及妓樂遊宴而已。其於政治之瑜瑕、生民之休戚，未或念及，而晝宵所經營，惟在乎侵漁列邑，剝割衆黎，以封己而驕人。吾未知國家所以置監司，將以榮其身而富其家而已乎哉。

今就其大者而言之，有百弊無一益，不可一朝仍舊者，巡歷也。巡歷者，監司以春秋巡行道內列邑，將以觀風謠察民隱，而詳守令之得失，決獄訟之難平者也。

今也則不然，監司將巡，則豫先行關列邑曰"某日晝站於某邑，某日經宿於某邑"云爾。則守令吏隸莫不震慴，不遠千里，貿易京洛。珍膳妙饌，務以適口而勝人；錦帳綺席，悉欲便身而悅眼，殆罄一邑之力，其弊有不可勝言。而其或爲酒色宴樂之流連、山水名勝之賞玩，而不能如期，動致後時，則悉棄熟設，更圖新辦，景色遑遑，勞費萬萬。是皆害歸於民，有不忍見。

而又於治道也，官屬傳令，里任承風，叫呼嘵突，鷄犬不寧。方是時也，農務政殷，民失一日之力，則有終年之飢。此聖人所以曰"使民以時"，曰"不奪農時"以爲王政之第一急務也。

今使民皆舍其耕耘，任其蕪沒，而長在於道路之間，受困於箠楚之下，昐昐然熟視其田疇之荒廢，而不敢出一聲。吾又未知所謂巡歷者有何一毫利益於國事，而雖至於使斯民飢而死，亦不可已也。

民旣竭力而爲之，及其巡行之到也，又必以治道之不善、飲食之不適，鞭棍狼藉，囚繫相望。哀彼殘民，何以聊生？年前有一監司以道中有石，使其邑座首，以齒拔之，其酷有如是矣。于斯時也，營吏驛卒輩，又乘時而肆勢，逢人而播惡，畢竟其毒皆中於民。以故一經巡歷，如逢亂離。

是故有一監司巡歷時，招聚衆民，詢訪弊瘼，則中有一人出班仰首，曰：“無他弊矣，只有一大弊。”監司問：“何事？”曰：“使道巡歷是大弊，吾民之春不得耕，秋不得斂，顚於溝壑，職此之由。此弊除則更無弊矣。”監司怒曰：“是狂漢也，曳出之。”自識者論之，未知其孰爲狂也。

蓋於巡歷之際，守令若多與裨將輩錢物，則或可以無事；不然則未有不蕩其邑，而又不免於見過，或因事而罷黜，或隨時而肆喝。蓋其弊則至於如此，而其益則吾未聞施一惠除一瘼決一訟，而小慰士民之望也。故余嘗以爲革罷巡歷，然後生民之命可保也。

且有尤無謂者，褒貶是也。褒貶者，以每年季夏季冬爲之。其法意，蓋欲監司公察一道守令之政治善否，褒以陟之，貶以黜之，守令之賞罰各當，允叶物議，而民得蒙其澤。此三載考績，黜陟幽明之遺意，而後世因之者也。

今也則不然，有勢力者及監司所親切者及慮有妨於他日顏面者，一切置之上考；而反是者，不問曲直，皆置之中下考。吾又未知雄州巨牧，何其皆龔、黃、召、杜；而殘邑冷官，何其皆庸憒貪虐也。是故嶺南有“十二邑下等次例”之俗語，蓋謂嶺南一道中最殘者十二邑，迭爲下等，遂成次例也。此豈非疾吏悲痛之辭乎？

嘗聞"雄邑腴宰，非有勢者，莫得居焉。故皆手滑於浚民弄法，略無顧忌，而不敢不極口贊揚，置之於上。殘寒之類，無論文蔭武，以到骨之貧，墻壁無依，而幸得一麾，惟恐失之。故其小心謹畏，十倍於人，而乃以一筆句斷，驅而置之逐中。往往有'眾所共知，積不善'之稱及'第一治，必爲下等'之語，又有'一家哭，不足恤；一邑哭，是可忍？'之說"。若是則所謂褒貶，不惟不足憑信，其爲害，焉可勝道哉？

噫！無論巡歷之弊、殿最之害，要之，皆監司之不得其人，而專靠裨將之毀譽。故爲守令者交結裨將，又多賂遺，而其於監司也，善爲言辭，如解事然，曲爲詔媚，如親愛然，則巡歷也太平，殿最也太平；不然則巡歷時萬事皆可罪，殿最時又不患無辭。無辭則直以"謗"之一字書之，蓋謗者無形無端，不可摸捉之物也。故以此歸之，則人之見之者，將不知由何事致何謗，而隱然疑之也。此第一妙方也。

故爲今之計，巡歷則革罷之，褒貶則嚴立科條，廣加廉探，若有一毫容意，倒行黜陟，則置之重辟，斷不饒貸，庶可爲一時矯捄之道矣。然空言無施，何補之有？

書《湖洛心性辨》後

1. 余曾聞世有湖、洛爭辨，而窮蟄絶交遊，未得其書矣。偶於友人家見一冊，卽錄此者也。蓋陶庵門人崔祐，往見南塘講論，而歸告陶菴。陶菴作詩以譏南塘，南塘乃作跋文以詆斥之。崔祏又書於跋文之後，逐條辨破，及與屏溪書，摠謂之《湖學辨大要》。

陶菴詩則有"蓋聞心性間，過占氣分界，偏全作本然，氣質當心體"之語。南塘跋則以爲："觀其所論心性之說，則蓋不知人之性與禽獸不同，聖人之心與衆人不同。凡言人性之異於禽獸，亦皆以氣質而非本然，可謂讀書鹵莽而見理太疏也。然其所失，乃在於人獸之無別，而陷於釋氏之見，則非細事也。"

崔祏則又以爲："南塘不知天命之性人物皆同，而乃以氣質偏全之性，誤認爲'天命之性，人物不同'；而以孟子'犬牛人偏全之性'，誤引爲'天命之性，人物不同'之證。是不知《中庸章句》'人物之性，亦我性'之義也。

不知心之本體聖凡皆同，而乃以氣質有蔽之心，誤認爲'心之本體，聖凡不同'；而以朱子'心有善惡'之說，誤引爲'心之本體有善惡'之證。是不知程子'心本善'之義與朱子'心之本體未嘗不善'及'但有不善，非心本體'之義也。

不主程、朱'性卽理'之訓，而乃以爲'性卽在氣之理，可以補程子之未備'，是爲善惡混之頭腦也。至以爲'誣逼程、朱，驅之於異端邪說'。

南塘作《朱書同異考》，而以《大全》、《語類》中'天命之性，人物皆同'之說，及論《孟子》'犬牛人偏全之性'，爲'氣質之性'者，一竝歸之於初年未定之論。

又爲'心卽氣質，心之本體有善惡'之說，反以'心本善'之說，爲釋氏純善之餘論；以'心者，氣之精爽'之說，爲釋氏靈覺之說。又爲'本然二層'之論，旣以'一源理同'，爲本然之性；又以'異體之理不同'，亦爲本然之性。"

祏又段段辨析，重言複言。各自層激，互相峻斥，聯篇累牘，旁引曲證，而兩邊門人，各自傳受，至于今相鬨。世謂之"湖黨"、"洛黨"，蓋南塘居湖，陶菴居洛故也。

余見之，不覺目眩而口呿，良久而曰："心性之說，兩言而決，何必若是紛紜？此在經傳，顧諸公不察耳。"遂只錄經書中言心性者於下方，讀者當自知之。

2.《大禹謨》曰："人心惟危，道心惟微，惟精惟一，允執厥中。"此始言心者也。

《湯誥》曰："惟皇上帝，降衷于下民。若有恒性。"此始言性者也。

《禹謨》集傳曰："心者，人之知覺，主於中而應於外者也。指其發於形氣者而言，則謂之人心；指其發於義理者而言，則謂之道心。人心易私而難公，故危；道心難明而易昧，故微。惟能精以察之而不雜形氣之私，一以守之而純乎義理之正，道心常爲之主，而人心聽命焉，則危者安，微者著，動靜云爲自無過不及之差，而信能執其中矣。"

朱子曰："喚做人，便有形氣，人心較切近於人。道心雖先得之，然被人心隔了一重，故難見道心，正如清水之在濁水，惟見其濁，不見其清。"

程子曰："人心是血氣做成，故危；道心則是本來稟受得仁義禮智之心。"

《湯誥》集傳曰："天之降命而具仁義禮智信之理，無所偏倚，所謂衷也；人之稟命而得仁義禮智信之理，與心俱生，所謂性也；由其理之自然而有仁義禮智信之行，所謂道也。"

朱子曰："'衷'字是箇無過不及恰好的道理，此與程子所謂'天然自有之中'、劉子所謂'民受天地之中'相似。"

3. 《烝民》詩曰："天生烝民，有物有則。民之秉彝，好是懿德。"

孔子讀而贊之曰："爲此詩者，其知道乎！故有物，必有則，民之秉彝也，故好是懿德。"而孟子引之以證性善之說。

楊龜山曰："於其本文，加四字而已，而詩語自分明。今之說詩者，殊不知此。"

蔡覺軒曰："天命所賦，謂之則；人性所稟，謂之彝；存於心而有所得者，謂之德。其實一而已矣。"

陳定宇曰："自性之確然有定者言之，謂之則；自性之秩然有常者言之，謂之彝；自其行道而得此性理於心者言之，謂之德。好，以情言也。情之所發，好善如此，則性之本善，可知矣。"

眞西山曰："渾然一理具於吾心，不可移奪，若秉執然。仁義忠孝，所謂美德也。"

4. 《乾》之象曰："乾道變化，各正性命。"

程、朱皆曰："物所受爲性，天所賦爲命。"

5.《易·繫》曰："一陰一陽之謂道。繼之者，善也；成之者，性也。"

　　程子曰："繼斯道者，莫非善也，不可謂之惡。"

　　朱子曰："這箇理在天地間時，只是善，無有不善者；生物得來，方始名曰'性'。只是這箇理，在天則曰'命'，在人則曰'性'。"

　　又曰："繼之者，氣之方出而未有所成之謂，善則理之方行而未有所立之名也，陽之屬也；成則物之已成，性則理之已立者也，陰之屬也。"

　　又曰："繼之者善，便是公共底；成之者性，便是自家得底。"

　　又曰："繼之者善，如水之流行；成之者性，如水之止而成潭。"

6.《易·繫》曰："成性存存，道義之門。"

　　朱子曰："成性，本成之性也，猶言'見成底性'。這性元自好了。"

　　又曰："性是自家所以得於天底道義，是衆人公共底。"

7. 子曰："性相近也，習相遠也。"

　　朱子集註曰："此所謂'性'，兼氣質而言者也，氣質之性固有美惡之不同矣。然以其初而言，則皆不甚相遠也。但習於善則善，習於惡則惡，於是始相遠耳。"

程子曰："此言氣質之性，非言性之本也。若言其本，則性卽是理，理無不善，何相近之有哉？"

朱子曰："性是天賦予人，只一同；氣質所稟，却自有厚薄。人有厚於仁而薄於義，餘於禮而不足於智。"

又曰："先有天理了，却有箇氣，氣積於質而性具焉。"

又曰："天命之性，若無氣質，却無安頓處。如一勺之水，非有物盛之，則水無歸著。"

又曰："孔子言'性'，雜乎氣質言之，故不曰'同'而曰'相近'。蓋以爲'不能無善惡之殊，但未至如所習之遠耳'。"

又曰："天命之謂性，則通天下一性耳，何相近之有？'相近'者，指氣質之性而言。孟子所謂'犬牛人性之殊'者，亦指此而言也。"

張南軒曰："原性之理，無有不善，人物所同也；論性之存乎氣質，則人稟天地之精、五行之秀，固與禽獸草木異。然就人之中，不無清濁厚薄之不同，而實亦未嘗不相近也。"

輔慶源曰："理則天地人物，一而已矣。"

饒雙峯曰："此章，程子專以爲'氣質之性'，朱子以爲'兼氣質而言'，'兼'字尤精。蓋謂之'相近'，則是未免有些不同處，不可指爲本然之性。然其所以相近者，正以本然之性寓在氣質之中，雖隨氣質而各爲一性，而其本然者常爲之主，故氣質雖殊，而性終不甚相遠也。此是以本然之性，兼氣質而言之，非專主氣質而言也。"

胡雲峯曰："伊尹曰'習與性成'，是專主氣質而言'習如此，性之成也，遂如此，所以言'性'在'習'之後；夫子曰'性相近，習相遠'，是兼氣質而言'性如此，而習則未必皆如此'，所以言'性'在'習'之先。若論天命之性，則純粹至善，一而已矣，不可以'相近'言。天命之性不離乎氣質之性，其初猶未甚相遠，蓋天命之性猶未漓也。"

陳新安曰："人有此形則有此心，有此心則稟受此理。性者，心中所稟受之理也，纔說'性'字，則已寓於氣質中矣。非氣質則性安所寓乎？

性善，以天地之性言。非天地之性懸空，不著乎氣質，而自爲一物也，就氣質中，指出天地本然賦予之理不雜乎氣質而言之耳。然天地之性雖不雜乎氣質，亦不離乎氣質。

孟子之言'性善'，指其不雜乎氣質者言之也，乃是純言天地之性也；孔子之言'性相近'，以其不離乎氣質者言之也，乃是兼言氣質之性也。'兼'云者，言本然之性，夾帶言氣質之性也。朱子云'孔子雜乎氣質言之'，'雜'卽'兼'也。"

8. 《大學》經一章曰："大學之道，在明明德。"

朱子章句曰："明德者，人之所得乎天，而虛靈不昧，以具衆理而應萬事者也。但爲氣稟所拘，人欲所蔽，則有時而昏。然其本體之明，則有未嘗息者。故學者當因其所發而遂明之，以復其初也。"

朱子曰："天之賦於人物者，謂之命；人與物受之者，謂之性；主於一身者，謂之心；有得於天而光明正大者，謂之明德。"

問: "明德是心? 是性?"

曰: "心與性, 自有分別, 靈底是心, 實底是性; 性便是
那理, 心便是盛貯該載, 敷施發用底。心屬火, 緣他是箇光
明發動底物, 所以具得許多道理。 如向父母則有那孝出來,
向君則有那忠出來, 這便是性; 如知道事親要孝、事君要
忠, 這便是心。 張子曰: '心統性情。' 此說最精密。"

又曰: "虛靈不昧, 便是心; 此理具足於中, 無少欠闕,
便是性; 隨感而動, 便是情。"

陳北溪曰: "人生得天地之理, 又得天地之氣, 理與氣
合, 所以虛靈。"

胡雲峯曰: "章句釋明德, 以心言而包性情在其中。虛
靈不昧是心, 具衆理是性, 應萬事是情; 有時而昏又是說
心, 本體之明又是說性, 所發又說情。"

9. "正心誠意"章章句曰: "心者, 身之所主也; 意者, 心之所
發也。"

朱子曰: "情是發出恁地, 意是主張要恁地; 情如舟車,
意如人使那舟車一般。"

胡雲峯曰: "性發爲情[16], 其初無有不善。心發爲意, 便
有善有不善, 不可不加誠之之功。[17]"

盧玉溪曰: "自天下而約之, 以至於身, 無不統於一心;

16 性發爲情:《대학장구대전》세주에는 "心發而爲意"로 되어 있음.
17 不可不加誠之之功:《대학장구대전》세주에는 "不可不加夫誠之之功"으로 되
어 있음.

自意而推之, 以至於萬事萬物, 無不管於一心。 格、致、誠, 皆正心上工夫; 修、齊、治、平, 皆自正心中流出。"

10.《大學》序曰: "蓋自天降生民, 則既莫不與之以仁義禮智之性矣。 然其氣質之稟或不能齊, 是以不能皆有以知其性之所有而全之也。"

朱子曰: "天之生民, 各與以性。性非有物, 只是一箇道理之在我者耳。"

陳新安曰: "性無智愚賢不肖之殊。惟氣有清濁, 清者能知而濁者不能知, 故不能皆知; 質有粹駁, 粹者能全而駁者不能全, 故不能皆全。知性之所有, 屬知; 全性之所有, 屬行。"

11.《中庸》第一章曰: "天命之謂性。"

朱子章句曰: "命猶令也, 性卽理也。天以陰陽五行, 化生萬物, 氣以成形而理亦賦焉, 猶命令也。於是人物之生, 因各得其所賦之理, 以爲健順五常之德, 所謂性也。"

朱子曰: "有是性, 便有許多道理摠在裏許, 在心喚做'性', 在事喚做'理'。"

又曰: "天命與氣質, 亦相袞同, 纔有天命, 便有氣質, 不能相離。若闕一, 便生物不得。既有天命, 須是有此氣, 方能承當得此理; 若無此氣, 則此理如何頓放? 天命之性, 本未嘗偏, 但氣質所稟, 却有偏處。"

又曰: "天命謂性, 是就人身中, 指出這箇是天命之性不雜氣稟而言。是專言理，若云兼言氣，便說率性之道不去。
如太極不離乎陰陽，而亦不雜乎陰陽也。”

又曰：“天命謂性，此只是從原頭說，萬物皆只同這一
箇原頭。聖人所以盡己之性則能盡人之性，由其同一原故
也。”

又曰：“若論本原，卽有理然後有氣；若論稟賦，則有是
氣而後理隨以具。故有是氣則有是理，無是氣則無是理。”

許東陽曰：“人物之生雖皆出於天理，而氣有通塞之不
同，則有人物之異。氣通者爲人，而得人之理；氣塞者爲物，
亦得物之理。雖曰‘有理然後有氣’，然生物之時，其氣至，而
後理有所寓，氣是載理之具也。”

朱子曰：“性是箇渾淪底物，‘性’字通人物而言。但人物
氣稟有異，不可道‘物無此理’，只爲氣稟遮蔽，故所通有偏
正不同。”

又曰：“人與物之性皆同，循人之性則爲人之道，循牛
馬之性則爲牛馬之道。”

眞西山曰：“朱子於‘告子生之謂性’章，深言人物之異；
而於此章，乃兼人物而言。生之謂性，以氣言者也；天命之
性，以理言者也。”

12. 第二十二章曰：“惟天下至誠，爲能盡其性。”

章句曰：“人物之性，亦我之性，但以所賦形氣不同而
有異耳。”

13.《中庸》序曰："心之虛靈知覺，一而已矣。而以爲'有人心、道心之異'者則以其或生於形氣之私，或原於性命之正。"

程勿齋曰："人生而靜，氣未用事，未有人與道之分，但謂之心而已。感物而動，始有人心、道心之分，精一執中皆是動時工夫。"

胡雲峯曰："'生'是氣已用事時方生。'原'是從大本上說來，就氣之中，指出不雜於氣者言之。"

陳新安曰："有形氣之私，方有人心，故曰生；自賦命受性之初，便有道心，故曰原。"

胡雲峯曰："氣以成形，是之謂人；理亦賦焉，是之謂道。非人，無以載此道，故言道心，必先言人心；非道則其爲人不過血氣之軀爾，故言人心，必言道心。"

14. 孟子第一章集註曰："仁義根於人心之固有，天理之公也。"

15. 孟子曰："人皆有不忍人之心。"

集註曰："天地以生物爲心，而所生之物，因各得夫天地生物之心以爲心，所以人皆有不忍人之心也。"

程子曰："滿腔子是惻隱之心。"

謝氏曰："乍見孺子入井之時，其心怵惕，乃眞心也。非思而得，非勉而中，天理之自然也。"

朱子曰："心，統性情者也。性者，心之理；情者，心之用；心者，性情之主。"

又曰："性是靜，情是動；心兼動靜而言，統如統兵之統。心有以主宰之也，動靜皆主宰。"

陳新安曰："'性'、'情'字皆從心。心涵養此性，心統性也；心節制此情，心統情也。性如在營之軍，情如臨陣之軍，皆將實統之。"

陳潛室曰："性是太極渾然之全體。全體之中，四端粲然有條，則性善可知矣。"

朱子曰："此章所論人之性情、心之體用，本然全具而各有條理如此。學者於此反求默識而擴充之，則天之所以與我者，可以無不盡矣。"

16. 孟子道性善，言必稱堯、舜。

集註曰："性者，人所稟於天以生之理也。渾然至善，未嘗有惡，人與堯、舜，初無少異。"

程子曰："天下之理，原其所自，未有不善，喜怒哀樂未發，何嘗不善？發而中節，卽無往而不善；發不中節，然後爲不善。"

朱子曰："《易》言'繼善'，是指未生之前；孟子言'性善'，是指已生之後。雖曰已生，然其本體初不相離也。"

又曰："未發之前，氣不用事，所以有善而無惡。"

問："孟子道'性善'，蓋謂'性無有不善'也。明道乃以爲'善固性也，然惡亦不可不謂之性'，其義如何？"

陳潛室曰："纔識氣質之性，卽善惡方各有着落。不然則惡從何處生？以孟子說未備，故程門發此義。孟子專說義理之性，則惡無所歸。是論性不論氣，爲未備。專說氣稟，則善爲無別。是論氣不論性，諸子之說，所以不明夫本也。程子兼氣質論性。”

胡雲峯曰：“孔子亦嘗說性善，曰‘繼之者善，成之者性’。但‘善’字，從造化發育處說，不從人生稟受處說。子思曰‘天命之謂性，率性之謂道’，正是從源頭說性之本善，但不露出一‘善’字。

性善之論，自孟子始發之。集註釋‘性者，人稟於天以生之理也’，此一句便闢倒告子所謂‘生之謂性’。蓋生不是性，生之理是性。”

17. 孟子曰：“夫道，一而已矣。”

集註曰：“以明古今聖愚，本同一性。”

18. 孟子曰：“人之所以異於禽獸者幾希，庶民去之，君子存之。”

集註曰：“人物之生，同得天地之理以爲性，同得天地之氣以爲形。其不同者，獨人於其間得形氣之正，而能有以全其性，爲小異耳。雖曰小異，然人物之所以分，實在於此。衆人不知此而去之，則名雖爲人，而實無以異於禽獸；君子知此而存之，是以戰兢惕厲，而卒能有以全其所受之正也。”

朱子曰：“人物之所同者，理也；所不同者，心也。人心虛靈，無所不明；禽獸便昏了，只有一兩路子明。如父子相愛、雌雄有別之類，人之虛靈皆推得去，禽獸便更推不去。

人若以私欲蔽了這箇虛靈，便是禽獸。人與禽獸，只爭這些子，所以謂'幾希'。"

又曰："飢食渴飲之類，是人與禽獸同者；有親有義之倫，此乃與禽獸異者。'存'是存所以異於禽獸之道理，今人自謂'能存'，只是存其與禽獸同者耳。"

19. 孟子曰："天下之言性也，則故而已矣，故者以利爲本。"
集註曰："性者，人物所得以生之理也；故者，其已然之迹；利猶順也，語其自然之勢也。"

朱子曰："性自是箇難言底物事。惟惻隱羞惡之類，却是已發見者，乃可得而言。此卽性之故也，只看這箇，便見得性。"

20. 告子曰："性猶杞柳也。"
朱子曰："告子只是認氣爲性，見得性有不善，須拗他方善。"

21. 告子曰："性猶湍水也。"
集註曰："性本善，故順之而無不善；本無惡，故反之而後爲惡。"

22. 告子曰："生之謂性。"
朱子曰："只是就氣上說得，蓋謂'人也有許多知覺運動，物也有許多知覺運動，人物只一般'。却不知人所以異於物者，以其得正氣，故全得許多道理；如物則氣昏而理亦昏了。"

又曰："生之謂氣，生之理之謂性。"

又曰："性與氣皆出於天，性只是理，氣則已屬於形象；性之善固人所同，氣便有不齊處。"

又曰："物也有這性，只是稟得來偏了，這性便也隨氣轉了。"

又曰："告子所謂性，固不離乎氣質。然未嘗知其為氣質，而亦不知其有清濁賢否之分也。"

又曰："犬牛人之形氣既具而有知覺能運動者，生也。有生雖同，然形氣既異，則其生而有得乎天之理亦異。蓋在人則得其全而無有不善，在物則有所蔽而不得其全，是乃所謂性也。今告子曰'生之謂性'，如白之謂'白'。而凡白無異白焉，則是指形氣之生者以為性，而謂'人物之所得於天者，亦無不同'矣。故孟子以此詰之。"

章下註曰："性者，人之所得於天之理也；生者，人之所得於天之氣也。性，形而上者也；氣，形而下者也。人物之生，莫不有是性，亦莫不有是氣。然以氣言之，則知覺運動，人與物若不異也；以理言之，則仁義禮智之稟，豈物之所得而全哉？此人之性所以無不善，而為萬物之靈也。

告子不知性之為理，而以所謂氣者當之。是以杞柳湍水之喻、食色無善無不善之說，縱橫繆戾，紛紜舛錯，而此章之誤乃其本根。所以然者，蓋徒知知覺運動之蠢然者，人與物同；而不知仁義禮智之粹然者，人與物異也。孟子以是折之, 其義精矣."

朱子曰: "形而上者, 一理渾然, 無有不善; 形而下者, 則紛紜雜糅, 善惡有所分矣."

胡雲峯曰: "《大學》、《中庸》首章或問, 皆以爲'人物之生, 理同而氣異', 而此則以爲'氣同而理異', 何也?

朱子嘗曰: '論萬物之一原, 則理同而氣異; 觀萬物之異體, 則氣猶相近, 而理絶不同. 氣之異者, 粹駁之不齊; 理之異者, 偏全之或異也.'

嘗因是而推之, 蓋自大本、大原上說, 大化流行, 賦予萬物, 何嘗分人與物? 此理之同也. 但人得其氣之正且通者, 物得氣之偏且塞者, 此氣之異也. 人物既得此氣以生, 則人能知覺運動, 物亦能知覺運動, 此又其氣之同也. 然人得其氣之全, 故於理亦全; 物得其氣之偏, 故於理亦偏, 則人與物又不能不異矣. 理同而氣異, 是從人物有生之初說; 氣同而理異, 是從人物有生之後說, 朱子之說精矣."

朱子曰: "氣相近, 如知寒暖識饑飽, 好生惡死, 趨利避害, 人與物都一般. 理不同, 如蜂蟻之君臣, 只是他義上有一點明, 虎狼之父子, 只是他[18]仁上有一點明, 其他更推不去."

又曰: "論人與物性之異, 固由氣稟之不同. 但究其所以然者, 却是因其氣稟之不同, 而所賦之理, 固亦有異. 所以孟子分別犬之性、牛之性、人之性有不同者, 而未嘗言

---

18 他:《맹자집주대전》의 해당 부분에는 없는 글자임.

犬之氣、牛之氣、人之氣不同也。"

又曰："此章乃告子迷繆之本根，孟子開示之要切。蓋知覺運動者，形氣之所爲；仁義禮智者，天命之所賦。學者於此正當審其偏正全闕，而求知所以自貴於物；不可以有生之同，反自陷於禽獸，而不自知己性之大全也。"

黃勉齋曰："性者，萬物之一原，有生之類各得於天，固無少異。但所稟之氣則或値其淸濁美惡之不齊，故理之所賦，不能無開塞偏正之異，此人物之所以分也。然以氣而言，則所稟雖殊，而其所以爲知覺運動者，反無甚異；以理而言，則其本雖同，而人之有是四端，所以爲至靈至貴者，非庶物之可擬矣。"

饒雙峯曰："人說'孟子論性不論氣'，以[19]此章觀之，未嘗不論氣。"

23. 孟子曰："乃若其情，則可以爲善矣，乃所謂善也。"

集註曰："情者，性之動也。人之情，本但可以爲善而不可以爲惡，則性之本善可知矣。"

朱子曰："性不可說，情却可說。所以告子問性，孟子却答他情，蓋謂'情可爲善，則性無有不善'。所謂四端者皆情也。如一箇穀種相似，穀之生是性，發爲萌芽是情也。所謂性，只是那仁義禮智四者而已。"

陳北溪曰："在心裏，未發動底爲性；事物觸著，便發動

---

19 以：《맹자집주대전》에는 이 글자 앞에 '若'자가 더 있음.

出來底是情。這動底只是就性中發出來，不是別物。"

24. 孟子曰："若夫爲不善，非才之罪也。"

集註曰："才猶材質，人之能也。人有是性，則有是才；性旣善，則才亦善。人之爲不善，乃物欲陷溺而然，非其才之罪也。"

問："才是以其能解作用底說，材質是合形體說否？"

朱子曰："是兼形體說，如說材料相似。"

問"才"與"材"字之別。

曰："'才'字是就義理上說，'材'字是就用上說。如'人見其濯濯也，以爲未嘗有材'，用木傍'材'字，便是指適用底說；'非天之降才爾殊'，便是就義理上說。"

又曰："情是這心裏動出，有箇路脈曲折，隨物恁地去。才是能主張運動做事底。這事有人做得，有不會做得，這處可見其才。"

又曰："性如水，情如水之流。情旣發，則有善有不善，在人如何耳。才則可爲善者也，彼其性旣善，則其才亦可以爲善。今乃至於爲不善，是非才如此，乃自家使得才如此，故曰'非才之罪'。"

又曰："情本自善，其發也未有染污，何嘗不善？才只是資質，亦無不善，譬物之未染，只是白也。"

又曰："性之本體，理而已；情則性之動而有爲，才則性之具而能爲者也。性無形象聲臭之可形容也，故以二者言之。誠知二者之本善，則性之善必矣。"

又曰：「惻隱羞惡，心也；能惻隱羞惡發揮之，至於仁義不可勝用者，才也。」

又曰：「才是能去恁地做底。性本好，發於情也，只是好；到得動用去做也，只是好。'不能盡其才'，是發得略好，便自阻隔了，不順他道理做去。天便似天子，命便似將告勅付與人，性便似人所受職事，情便似親臨這職事，才便似去動作行做許多事。」

又曰：「其未發也，性雖寂然不動，而其中自有條理，自有間架，不是儱侗都無一物。所以外邊纔感，中間便應。蓋由其中間衆理渾具，各各分明，故外邊所遇，隨感而應。所以四端之發，各有面貌之不同。是以孟子析而爲四，以示學者，使知渾然全體之中而粲然有條若此。」

又曰：「理如寶珠，氣如水，有是理而後有是氣，有是氣則必有是理。但氣裏之清者爲聖賢，如珠落在清水中；稟氣之濁者爲愚暗，如珠落在濁水中。」

程子曰：「論性不論氣，不備；論氣不論性，不明，二之則不是。」

張子曰：「形而後，有氣質之性，善反之，則天地之性存焉。故氣質之性，君子有弗性者焉。」

朱子曰：「論天地之性，則專指理而言；論氣質之性，則以理與氣雜而言之。天地之性則太極本然之妙，萬殊之一本也；氣質之性則二氣交運而生，一本而萬殊也。氣質之性卽此理墮在氣質之中耳，非別有一性也。」

又曰：「性只是理，然無那氣質，則此理沒安頓處。但得

氣之清明，則不蔽固此理，順發出來；蔽固少者，發出來天
理勝；蔽固多者則私欲勝。便見得本原之性無有不善，只被
氣質有昏濁，則隔了；學以反之，則天地之性存矣。"

又曰："孟子雖不言氣質之性，然於告子'生之謂性'之
辨，亦旣微發其端矣。但告子辭窮，無復問辨，故亦不得而
盡其辭焉。至周子出，始復推明太極陰陽五行之說，以明
人物之生，其性則同，而氣質之所從來，其變化錯糅，有如
此之不齊者。至程子，始明性之爲理，而與張子皆有氣質
之說。"

又曰："氣質之性便只是這箇天地之性，却從那裏過好
底。性如水，氣質之性如殺些醬與鹽，便是一般滋味。"

又曰："天地之所以生物者，理也；其生物者，氣與質
也。人物得是氣質以成形，而其理之在是者則謂之性。"

程子曰："才稟於氣，氣有清濁。"

朱子曰："程子此說'才'字，與孟子本文小異。蓋孟子專
指其發於性者言之，故以爲'才無不善'；程子兼指其稟於氣
者言之，則人之才固有昏明強弱之不同矣，張子所謂'氣質
之性'是也。二說雖殊，各有所當，然以事理考之，程子爲密。
蓋氣質所稟，雖有不善，而不害性之本善；性雖本善，而不
可以無省察矯揉之功，學者所當深玩。"

25. 《孟子》"牛山"章集註曰："良心者，本然之善心，卽所謂
仁義之心也。人心之所同然也。"

程子曰："夜氣之所存者，良知良能也。"

朱子曰：“此心本不是外面取來，乃是與生俱生。”

又曰：“心體固本靜，然亦不能不動；其用固本善，然亦能流而入於不善。夫其動而流於不善者，固不可謂心體之本然，然亦不可不謂之心也，但其誘於物而然耳。”

26. 孟子曰：“仁，人心也。”

集註曰：“仁者，心之德，程子所謂‘心如穀種，仁則其生之性’是也。”

黃勉齋曰：“生之性便是理，謂其具此生理而未生也；若陽氣發動，生出萌芽後，已是情。須認得‘生’字不涉那喜怒哀樂去。”

27. 孟子曰：“盡其心者，知其性也；知其性，則知天矣。”

集註曰：“心者，人之神明，所以具衆理而應萬事者也。性則心之所具之理，而天又理之所從以出者也。人有是心，莫非全體，然不窮理，則有所蔽而無以盡乎此心之量。故能極其心之全體而無不盡者，必其能窮夫理而無不知者也。既知其理，則其所從出亦不外是矣。”

朱子曰：“心、性皆天之所以與我者。”

程子曰：“心也性也天也，一理也。自理而言，謂之天；自稟受而言，謂之性；自存諸人而言，謂之心。”

張子曰：“由太虛，有天之名；由氣化，有道之名；合虛與氣，有性之名；合性與知覺，有心之名。”

又總論于後

《大學》第五章闕文，先儒董氏、王氏、黃氏皆有論辨，或以自"知止而後有定"至"近道矣"兩節，爲格物致知之傳；或取"物有本末"一節爲首，次之以"知止"，終之以"聽訟"，爲格致之傳。至於晦齋，則又以"物有本末"、"知止而後"二節爲格致之傳，"聽訟"一節，置之經文之末，而以經文爲曾子之言。

退溪曰："諸儒徒見此數節有'知止'、'知先後'、'知本[20]'等語，謂'可以移之，以爲格致之傳'，更不思數節之文，頓無格致之意，其可乎哉？今有巨室於此，正寢無闕，而廊廡有缺。大匠見之，作而補修，小無可疑。其後有世所謂良工者過而相之，恥己之一無措手也，於是攘臂其間，壞其所補，掇取正寢，補其所壞，非徒無益，而又害之也。"此言最善名狀。

退溪只論諸儒之移易《大學》，而愚則以爲論性理之學者莫不皆然，請以退溪所喻喻之。

有若工倕、魯班者，作室旣底法；其徒乃堂之室之，結構之垣墉之，至於塗墍茨。而正寢廊廡，一遵倕、班之旨，其規模間架、向背布置，極正大縝密，可居可守，可師可傳，初無一毫之可疑。其後有世所謂良工者過而相之，恥己

---

20 知本：저본에는 "知本末"，《退溪集·答李仲久》에는 "知本"으로 되어 있고, 이는 또 《대학》전4장 말미에 있는 "此謂知本"의 "知本"을 가리키는 것이므로, "末" 1자를 衍字로 판단하여 삭제.

之一無措手也。於是攘臂其間, 疑其不當疑者, 曰"大匠之意本自如此, 而居之者不知", 或曰"大匠之意自不如此, 而看之者錯認", 或曰"大匠之手猶未盡善, 而後人未覺", 或曰"大匠於他處不如此, 而於此處却如此", 覓來罅隙, 惹生同異, 巧出新意, 粧得奇論, 自謂"發前人所未發", 畢竟不免於血指汗顏, 而不知具眼者之竊笑。苟究其病根, 則皆由於恥己一無措手而然也, 眞所謂心勞日拙, 何益之有?

辭獻納, 兼請譴疏

伏以臣本以庸姿, 晚竊科第, 言議風采初不近似於耳目之任。而粵自泮宮應製之時, 猥蒙先朝不世之恩, 屢被魁擢, 輒叨褒賞。提誨則殆同嚴師, 獎諭則無異慈父; 詢及破屋之狀而特軫其貧寒, 命誦御批之句而至許以文章。恩山德海, 未足喩其淪浹; 摩放糜粉, 未足酬其萬一。至今銘鏤, 每不覺感涕之被面, 而俯仰天地, 萬事已矣。惟以"追先報今"爲四字符, 而無奈桑楡之景已迫遲暮? 螻蟻之忱, 末由報答, 耿耿一念, 未嘗少弛於夙宵矣。

酒者薇垣除旨, 忽下於千萬夢想之外, 臣且惶且感, 不知所云。而顧臣自知也甚明, "乏諫諍之姿, 隳臺閣之風", 卽爲臣準備語也。臣之一身顚沛, 縱不足恤, 其於辱聖眷而玷名器何哉?

且臣少弱善病, 老而益甚, 眩瞀之氣、怔忡之症, 動失

常度, 或値寒熱之候, 輒致委頓不省。反復思惟, 無路承膺,
屢犯違傲, 臣罪至此, 尤無所容。

抑臣有區區私義之萬萬難安者, 事雖屬於臣家, 義實關
於倫紀。兹敢略暴其顚末, 惟聖明垂察焉。

臣之三寸叔父幼學臣光著無子, 而贅居于公忠道唐津
成鎭泰家, 而臣之從祖父幼學臣東晉[21]居在鄰邑海美[22]地。
故臣之從祖父愍其無後, 乃以其第二孫忱[23]爲之後, 而忱[24]
時年幼, 遂以其兒名手書以遺之。臣之叔父受置而未及率
養矣。

臣之叔父及從祖父與堂叔父母作故之後, 臣之叔父之
妻姪成鎭泰, 使其子一源傳送其文迹於京中。忱[25]聞知此
事, 乃於中路奪取而去。故臣躬往海美, 諭之以義理, 則
忱[26]之兄悰堅拒不聽, 而自言"已火其文迹"矣。臣以爲"此不
可以口舌爭, 惟有上言一節而已", 歸卽遍告于諸族及門長
光宇處矣。

辛酉九月, 臣方待罪黃山任所, 聞有"人家繼後文迹可
據, 則草記稟處"之朝令。故使臣子翼培卽呈禮曹, 啓聞蒙

---

21 東晉 : "晉"이 저본에는 지워져 있음. 희미한 흔적을 통해 본디 글자가 확인됨.

22 海美 : 저본에는 두 글자를 지운 흔적이 있음. 본서 문고 제6책 〈癸亥八月十
六日陵幸時上言〉에도 이에 해당하는 부분이 지워져 있는데, 희미한 흔적을
통해 본디 글자 "海美"가 확인됨.

23 忱 : 저본에는 지워져 있음. 희미한 흔적을 통해 본디 글자 "忱"이 확인됨.

24 忱 : 上同.

25 忱 : 上同.

26 忱 : 上同.

允, 成出禮斜。 又卽以此意抵書于悰[27]兄弟, 萬端曉解。 則立不答書, 又不奉祠版, 故心竊怪之矣。

忽於壬戌之春, 悰[28]因科行上京, 呈單于該曹, 以爲"國典只有父母與受, 元無祖父母與受; 且其文迹今已付丙, 無憑可考"云。 故該曹使臣門長指一呈單, 而臣之門長光宇, 方欲以悰[29]之子爲已之孫, 故重違悰[30]意, 雖曰知其本事, 終不能從實直陳, 遂無發落。

癸亥秋陵幸時, 忱[31]之弟愊[32]上言于輦路。 故臣亦上言, 下于該曹。 而該曹又使臣門長呈單, 則又復如前。 今距禮斜之時已七年, 而迄無悔悟歸正之意。

噫! 聖人重繼絶存亡之義, 國家制禮斜立後之規。 一名爲"父子", 卽是天屬之親, 此乃撑天地亘萬古, 移易不得之倫紀綱常, 而不可容一毫依違紊亂者也。 手迹授受之時, 父子之倫固已大定; 成出禮斜之日, 父子之名又自明白, 無所逃於覆載之間。 而敢爲奪取付丙之計, 欲作漫滅掉脫之方, 乃於啓聞定名之後, 至有踰年呈辨之擧, 此天地間一大變怪也。

且人家門長之得以可否於門中繼後之事者, 以其擬議未定, 不得不藉其言也。 而此則旣因其祖之手迹, 至於上聞

---

27 悰: 저본에는 지워져 있음. 희미한 흔적을 통해 본디 글자 "悰"이 확인됨.
28 悰: 上同.
29 悰: 上同.
30 悰: 上同.
31 忱: 284쪽 주23)과 같음.
32 愊: 저본에는 지워져 있음. 희미한 흔적을 통해 본디 글자 "愊"이 확인됨.

禮斜, 則門長安得容議於其間, 而必待其呈單乎? 又況其心有偏係, 語持兩端者乎?

臣之叔父以天下之窮民, 不能辦生前之率養, 而恃篋中一片之紙, 爲他日祭祀之托, 其情可謂絶悲。 而幾年幽鬱之文迹, 卒不免奪取燒火之禍, 則必將怨怒冤泣於冥冥之中, 而有足以召災而致殃者也。

蓋彼悰[33]也, 徒知父母與受之著於國典, 而不知祖父母與受之爲尤重; 徒知奪取燒火之爲無可憑據, 而不知文迹之以燒而愈明; 徒知爲人後之爲可厭避, 而不知大倫一定, 則子不可以不父其父; 徒知門長之權爲可以左右, 而不知其祖之手筆重於門長之口; 徒知呈辨不已, 或可以得意, 而不知其身之不可以長在人鬼之關。 其無知妄作, 亦可謂不足責。

而顧臣之罪亦多矣。 有可據之文迹, 而不能立叔父之後; 處同堂之至親, 而不能化一弟之心; 遵朝令出禮斜, 而至使有久後呈訟之擧, 不免壞生民之大倫, 傷聖世之風教。苟使臣之平日言行, 有以見孚而取重, 則一家之內犯倫之變, 豈至於是乎? 撫躬慙痛, 若無所措, 方將蟄伏自訟之不暇, 尙何敢晏然自處以淸朝言責之任乎? 伏乞聖慈俯垂鑑諒, 亟命鑴遞臣職, 勘以重典, 以爲不能齊家者之戒焉。

臣方以是請譴, 何敢更及他說? 而竊有憂慨之蓄積者, 敢此附陳。夫逆也者, 天下之一惡也; 懲討也者, 天下之大

33 悰: 285쪽 주27)과 같음.

義也。以天下之大義，討天下之一惡，此人心之所同然，而王法之所必行也。

近者不幸，有亂逆之徒接踵而起，王法有未盡伸，輿憤有未盡洩。則於是乎有臺啓爭論之擧，此非人心之所同然，而王法之所必行者乎？是宜斷之以法，不少饒貸，存天下之大義，樹萬世之彝倫。

而竊伏見，近日臺閣則終始爭執，而殿下則惟以"不允"二字賜答，上下相持，莫可以伸王法而洩輿憤，古今天下寧有是耶？噫！凶徒之非無罪而橫罹也審矣，臺啓之非無據而强聒也明矣，而殿下亦何嘗以爲"無罪而無據"耶？然而一日二日，伈泄度年，三尺無所用，亂賊無所懼，將使倫綱淪而義理晦。此雖群下不能竭誠之罪，而臣愚死罪，亦不能無憾於天地之大也。

臣竊伏聞"昔在<u>宣廟</u>朝戊辰，臺啓之積久爭難者，一日之間盡賜允從，至今傳爲盛事"。此豈非殿下今日所當仰述者乎？伏願特念天討之不可以久稽，群情之不可以終遏，廓揮乾斷，亟允臺啓焉。臣無任瞻天望聖屏營祈懇之至。

大槪：事關倫紀，義在自引，敢因乞免之章，冀被嚴譴，兼附憂懊之忱，以備察納事。【政院以引義之不當，退却。】

代人擬與吏曹判書書

某聞"言行，君子之所以動天地也，可不愼乎？"。是故言之，必欲其行；行之，必顧其言。"先行其言，而後從之"者尙矣，言而不能踐之，則亦何以爲君子乎？

今之吏曹判書，乃古之天官大冢宰也。其位則六卿之長、八座之首，其任則銓衡一世之人物，進賢退不肖，以贊人君之治化者也。挽近以來，選是職多非其人，居是位多非其道；人材以之而日淪，世道以之而日汚；私意橫流而朝廷不尊，人心拂鬱而謗議不息，識者之憂歎，厥惟久矣。

今執事儼然出膺，毅然自任，乃上疏言其任之至重、其責之難副，上溯《周禮》建置之義，次及聖賢明垂之訓，而末乃曰："不與不求，程子曾斥持國；再及吾門，王朝深惜師德。"其言甚大，殊不草草，比諸從前銓長之循例辭遜，不翅霄壤。

見之者咸動色相賀曰："銓官得人矣。夫不求者，必恬雅之流也；數及者，必躁競之輩也。能知此義者，今世有誰？而今而後，庶幾復見朝有公道，野無遺賢，其基我聖上太平之治。"

後值開政，輒拭目爭睹再三之後，乃瞠然相顧曰："是何言行之若是懸也？不求者，何嘗與之？不及者，何嘗貴之？而殘寒疏外者，何嘗入於檢擬也？是反不如初不大言者之猶爲無責也。"

執事後又上疏曰："必考言詢事，察其能否，閱案循格，

擬諸注措。”又曰：“政宜抖擻心神，淬濯志氣，俾黜陟用舍
咸歸中正，丕贊我聖上光大之治。”

人之見之者又曰：“在案者多有無故者，而只以顯者輪
擬，未嘗一及於沈淪。是故騰驤者長時騰驤，潦倒者終身潦
倒。且行政而違於政格者，非止一二，斯可謂閱案循格乎？
況‘抖擻’、‘淬濯’、‘咸歸中正’等語，　獨不愧於所秉之筆乎？
是自欺而欺人也。”

某解之曰：“此恐只是擧爾所知也。後當大政，必當如
其言，子姑俟之，毋遽議也。”

及夫都政過後，物議益譁然。某亦無以復解，私自語
曰：“嘗聞‘大人言不必信，行不必果，惟義所在’，其或以此
而然歟？抑外面觀之，雖似人言，其實則率皆人當其職，才
稱其任歟？

將‘不與不求’之斥，<u>程子</u>猶未盡夫世情；‘再及吾門’之
說，<u>王公</u>或姑托於公言，而執事之意則以爲‘不求者彼自無
意，不必與之。不及者彼自不來，吾何知之？將欲考言詢
事，察其能否，則何可閱案循格，擬諸注措也’？初雖以是爲
言，後乃覺其不然歟？抑以爲‘抖擻、淬濯、咸歸中正，人
不及知，而吾自信之’云爾歟？

又以爲‘後雖不如其言，當此任者，言不可不若是’歟？
抑初意非不欲古處，而末乃不能不循俗歟？將考詢察閱，心
神志氣別有所之，而黜陟用舍迥出於常情之外歟？”

君子所爲，衆人固不識也，而莫見乎隱者，理也；至愚
而神者，民也。竊不勝仰悶俯鬱，敢此書質，伏乞明以敎某。

某雖不敏，請有以解心惑而禦人言。

記丁卯七月二十八日事

丁卯七月，余以左通禮爲前導之任，蓋老病者所不可堪也。方其奔趨升降之際，背汗胸喘，氣幾欲殊，幸而獲蘇。亦甚病泄，轉爲痢，至五六日，登溷無算，眞元澌陷無餘地。

乃於二十八日，合三呈旬，獲遞免。而其日有政命，銓曹卽以余擬納言蒙點，天牌踵臨。時則敬臣及其子觀鎬以大逆伏誅，而鍾秀之罪發於觀鎬之口，玉堂進箚，請黜廟享追奪。而臺諫聯箚乃不露鍾秀之名，故特命罷職而新除也。得可言之會，而處可言之地，孰不奮發聲討？而余病旣至此，呈免通禮，伊日疾勢尤劇，內逼下漏，欲起還仆。蓋痢之爲疾異於他症，決不可詣臺登筵，況筋力神識初不能自力乎？遂不免違牌。

其翌次對，執義呂東植請"聯箚臺臣，加施刊削之典"，又請"昨日有情病實故外，無端違牌之臺臣，一體刊削"，上允之。

噫！臣罪當誅，削職乃薄勘耳，惶蹙感隕，無所措躬。然人之聞之者，不慭憐其病之至於如此，而直曰："不進於討逆，是何也？"或有言實狀者，則又曰："古人有興疾討賊者，何可以病爲辭？"有若病不至於甚，而辭以病者然，此蓋有由然矣。

今之人好言病，在仕路者尤甚，其年少，其容貌肥潤，步履便利，談笑自若者，皆言"痛欲死"，無人不然。是故言之者以為例談，聽之者亦不答應，故聞人之病，皆不以為意也。

今以苦痢垂死之人，責之以"曷不興之以入也"，則設令至於死，亦將曰"古人有尸諫者，曷不興尸以入也耶"。

然疾雖危，一縷不滅，則律之以興疾之義，亦無所逃其罪矣。總由余不肖無狀，獲戾于天，故厄會湊巧，不先不後，適當其時，以至於此也。罪之輕重、命之生死，一聽於天而已，尚何言哉？

削職敘用，復拜獻納，避嫌啓

臣年紀衰邁，姿性庸下，耳目之任，本不近似。而向者待罪左通禮時，泄轉為痢，症勢漸劇，萬無供職之望。故乃於七月二十八日，呈旬遞免，而其日旋蒙納言之恩除。時則劇逆鍾秀之罪，發於凶賊之口，此乃王法之所必討而輿情之所共憤者也。值可言之會，得可言之地，孰不奮發聲討？

而臣於伊日，病勢垂盡，內逼下漏，四體投地，欲起還仆，竟犯違傲之罪。蓋痢之為疾異於他症，決不可詣臺登筵，況筋骸神識初不能自力運動乎？不先不後，適當其時，罹此毒疾，直欲卽地溘然，而不得矣。

果然臺言峻發，遂被嚴旨。噫！當此之時，刊削乃薄勘耳。臣亦今日臣子，苟可以強，豈欲自陷大戾？惶懔蹙伏，惟願無知。而纏踪一朝，遽蒙恩敍，臣震悚感泣，誠不知何以得與於曠蕩之典也。

洒者薇垣除旨又下於千萬夢想之外，臣且惶且感，惟義分是懼，黽勉出肅。而第伏念，病則屬於私故，事乃關於大義，既曰"無端違牌"，則安敢以病自解？又況病雖垂死，一縷未滅，則律之以興疾之義，尤無所逃其罪矣。以此情踪，何敢一刻晏然冒沒於臺次乎？請命遞斥臣職。

答曰：依啟。

種瓠說

堂下有田，田畔有叢薄。女奴種胡瓠於其下，蔓延蒙於叢薄之上。其結實而外露者，摘以充飢，或爲人所取。既盡而復索，則以其蒙密也，故披而覓之，無所得。及夫霜零蔓萎，叢薄亦漊落，童子報曰："有大者老於其中，而今乃見之。"

余聞而歎曰："嗟夫！此固然之勢也。方其蔓之盛也，叢茂草密，雖有深藏者，莫得而窺焉。苟非天以秋肅殺之，孰知其中之有無也？"

夫士隱淪於草萊之中，混迹於瓶雜之類，則人不得知焉。其地處之閭閻、才諂之矜衒者，瓠之外露者也；謂天下無人者，披而覓之，以爲無者也；板蕩之時，或以節義，或以才能，不能不露見者，大而老於叢薄之中者也。

夫子有言曰：“吾豈匏瓜也哉？焉能繫而不食？”方其時也，夫子之聖，人皆知之，轍環之行，非比隱遯，而猶且發此歎，況晦其迹而不衒者乎？吾於瓠而有感。

記不可知者

1. 世多有不可知者。今人之仕也，無論文蔭武，精神志趣專在於外任，外任雖十邑，猶以爲不足。

及其得之也，皆曰：“此殘薄之至者也。”或曰：“名雖雄且腴，而近來爲弊邑，且今異於古，名存而實無。”甚者則曰：“官無一得，將賣舊所有以去。”

其遞歸也，必曰：“負債幾千幾百，雖蕩產，不足以償。”

其更莅他邑也，雖勝於前十倍，必曰：“此乃半不及於前。”

夫爲外任而徒負債，則將厭避萬方之不暇，又何營營汲汲，昏夜乞哀乎？雖負債蕩產，人誰益之乎？藉曰將以禦人之求，誰以爲信然而退乎？此不可知者也。

2. 秋熟而看穫者皆曰：“今年比前年，半減或三分一。”或曰：“全無所收，將出債以給種稅。”溥豐則又曰：“吾田獨凶。”吾嘗驗之於人，年年無不然。

假令所收十斛，則昨年爲五斛，今年爲二斛，明年爲一

斛，又明年爲半斛，又明年則無所收矣。以此言之，人皆無
所收久矣，人之類滅亦久矣。

然而夷考其所入，則與前無異而又加之，其言雖如此，
人誰憐而與之？雖不如此，人誰欲而奪之？此又不可知者
也。

3. 商賈，將以取息者也。雖獲利十百，人誰非之？而皆曰：
“此僅爲本色，無所利矣。”甚則曰：“是落本，得本色則幸矣。”
吾嘗詰之曰：“然則只爲人通有無乎？”無以對則曰：
“遊坐甚無味，或冀有一文之利耳。”此又不可知者也。

4. 豐年，人之所願；凶年，人之所惡，而富者常惡豐而願
凶。此則欲市直之翔踊而牟其利也，固無足怪。

而窮不能自存者，亦有然者，春而豫占凶年之兆，有若
望之者；秋而獨倡凶年之說，有若幸之者；旱潦不至太甚，
而必曰“赤地”；蟲雹間有所聞，則揚言“判歉”；衆人謂豐，則
大言以折之；米價稍賤，則游辭以諱之。

此其意欲隨富人之言，以爲是乃富術耶？抑不忍其窮，
以爲無寧逢凶而速死耶？此又不可知者也。

此其大略，而其外率多類此。將欲信其說，則萬萬理外；將
欲全歸之於詐，則詐無所益。而世雖叔季，豈必人人皆然？
吾嘗終夜以思，竟不悟其何說也。

著者 尹愭

1741年(英祖17)~1826年(純祖26). 18世紀에 活動한 文人으로, 本貫은 坡平, 字는 敬夫, 號는 無名子이다. 幼年期에 文才가 뛰어나 집안의 囑望을 받았다. 20歲에 星湖 李瀷의 弟子가 되어 經書와 詩文을 質正받았다. 33歲에 增廣 生員試에 合格하여 近 20年을 成均館 儒生으로 지냈고, 이때 成均館의 모습을 그린 〈泮中雜詠〉 220首를 지 었다. 52歲에 文科에 及第하였다. 藍浦縣監과 黃山察訪, 獻納 등을 거쳐 81歲에 正3 品의 戶曹 參議에 올랐다. 纖細한 感受性으로 自身의 內面을 描寫하고 自然을 읊었 으며 權力者의 橫暴와 兩班 社會의 不條理를 날카롭게 批判하였다. 또 400首의 〈詠 史〉와 600首의 〈詠東史〉를 通해 歷史意識을 詩로 形象化하였다. 著書로 《無名子集》 이 있다.

校勘標點 姜玟廷

1971年 濟州道 涯月에서 出生하였다. 서울大學校 地球科學教育科를 卒業하였다. (舊)民族文化推進會 附設 國譯研修院 研修部와 常任研究部에서 漢文을 受學하고, 成均館大學校 漢文古典飜譯協同課程에서 文學博士 學位를 取得하였다. 韓國古典飜 譯院 專門委員을 거쳐 現在 成均館大學校 大東文化研究院 據點飜譯研究所에 在職 中이다. 《農巖集》, 《無名子集》, 《承政院日記(高宗·仁祖)》, 《雪岫外史》, 《校勘學概 論》, 《注釋學槪論》, 《七政算內篇》 등의 飜譯에 參與하였다. 博士學位 論文 〈九章 術解의 研究와 譯注〉 外에 〈算學書 飜譯의 現況과 課題〉 등 多數의 論文을 發表하 였다.

圈域別據點研究所協同飜譯事業 研究陣

研究責任者　安大會(成均館大學校 漢文學科 教授)
共同研究員　李熙穆(成均館大學校 漢文學科 教授)
　　　　　　陳在敎(成均館大學校 漢文敎育科 敎授)
　　　　　　李昤昊(成均館大學校 HK 敎授)
責任研究員　姜珉廷
　　　　　　金榮植
　　　　　　李奎泌
　　　　　　李霜芽
　　　　　　李聖敏
研究員　　　李承炫

校正　　　　鄭美景

校勘標點
無名子集 5

尹愭 著 | 姜珉廷 校點
初版 1刷 發行 2016年 12月 30日
編輯・發行 成均館大學校 出版部 | 登錄 1975. 5. 21. 第1975-9號
住所 (03063) 서울市 鍾路區 成均館路 25-2
電話 760-1252~4 | 팩스 762-7452 | 홈페이지 press.skku.edu
組版 고연 | 印刷 및 製本 영신사
ⓒ 韓國古典飜譯院・成均館大學校 大東文化研究院, 2016
Institute for the Translation of Korean Classics・Daedong Institute for Korean Studies

값 20,000원
ISBN 979-11-5550-203-7　94810
　　　979-11-5550-105-4　(세트)